»Ich wollte von der Angst der Kinder schreiben, ihrer Angst vor der Natur und ihrer Angst vor dem Krieg.« *Kenzaburō Ōe.*

Japan während des Zweiten Weltkriegs. Eine Gruppe heranwachsender Jungen soll aus einer Erziehungsanstalt wegen drohender Bombenangriffe evakuiert werden. Man bringt sie in ein entlegenes Bergdorf. Aus Angst vor einer Seuche fliehen die Dorfbewohner aber und versperren den Jungen den einzigen Fluchtweg über eine Schlucht. Nach anfänglicher Beklemmung beginnt die Gruppe – ähnlich wie in Goldings ›Herr der Fliegen‹ – ihr Überleben zu organisieren. Sie brechen in die verlassenen Häuser ein, versorgen sich mit Lebensmitteln und ergreifen vom Dorf Besitz. Doch dieser anarchisch-paradiesische Zusand einer solidarischen Kindergemeinschaft findet ein jähes Ende, als die Dorfbewohner zurückkehren. Sie etablieren erneut ihr Erwachsenenregime.

Dieser Roman von Kindern »in einer Zeit des Tötens« ist ein hochpoetisches, vor allem aber ein zeitloses Buch. Ein Roman, der »über die Grenzen von Sprache und Kultur hinweg kommuniziert, eine Poesie reich an neuen Beobachtungen und prägnanten Bildern«, wie es in der Nobelpreislaudatio von 1994 heißt.

»Mit dieser von Empörung und Wut, Verzweiflung und Mut instrumentierten Prosa, die sich auf die (pubertierende) Verwirrung der Gefühle, auf die Grausamkeit der Jugend und ihre Sehnsucht nach Liebe einläßt, hat Kenzaburō Ōe … einen erregend sinnfälligen Roman menschlicher Demütigung und individuellen Aufruhrs geschrieben.« ›Frankfurter Rundschau‹

Kenzaburō Ōe, geboren 1935 auf der Insel Shikoku, Romanistik-Studium an der Tōkyō University, Abschluß mit einer Arbeit über Sartre, schrieb Essays, Geschichten und Romane. Mit 23 Jahren erhielt Ōe den in Japan hochangesehenen *Akutagawa*-Preis. Mehrere ausgedehnte Auslandsreisen, zahlreiche weitere Auszeichnungen. 1994 Verleihung des Nobelpreises für Literatur. Ōe lebt in Tōkyō. Im *Fischer Taschenbuch Verlag*: ›Der kluge Regenbaum‹ (Bd. 13235), ›Stolz der Toten‹ (Bd. 12866), ›Der stumme Schrei‹ (Bd. 12865), ›Verwandte des Lebens‹ (Bd. 12857).

Unsere Adresse im Internet: www.fischer-tb.de

Kenzaburō Ōe

Reißt die Knospen ab…

Roman

Aus dem Japanischen
von Otto Putz

Fischer Taschenbuch Verlag

Limitierte Jubiläumsedition
Veröffentlicht im Fischer Taschenbuch Verlag,
Frankfurt am Main, Januar 2002

Lizenzausgabe mit Genehmigung
des S. Fischer Verlags GmbH, Frankfurt am Main
Die Originalausgabe erschien 1958
unter dem Titel ›Me mushiri koo uchi‹ bei Kodansha/Tōkyō
© Kenzaburō Ōe 1958
Für die deutsche Ausgabe:
© S. Fischer Verlag GmbH, Frankfurt am Main 1997
Gesamtherstellung: Clausen & Bosse, Leck
Printed in Germany
ISBN 3-596-50530-5

Inhalt

1
Ankunft

Spät in der Nacht waren zwei Jungen aus unserer Gruppe geflohen, und so hatten wir uns im Morgengrauen noch immer nicht auf den Weg gemacht. Wir verbrachten eine kurze Zeit damit, unsere grünen, steifen Mäntel, die während der Nacht nicht getrocknet waren, in der fahlen Morgensonne aufzuhängen oder auf den ockerfarbenen Fluß zu schauen, der hinter einigen Feigenbäumen jenseits der Straße vor der niedrigen Hecke dahinströmte. Der heftige Regen am Vortag hatte die Straße aufgerissen, und in den scharfgeränderten Rissen floß klares Wasser. Der Fluß war angeschwollen durch den Regen, geschmolzenen Schnee und die Fluten aus dem geborstenen Wasserreservoir und trug mit reißender Geschwindigkeit, unter ohrenbetäubendem Brausen, die Kadaver von Hunden, Katzen und Ratten mit sich fort.

Dann versammelten sich Kinder und Frauen aus dem Dorf auf der Straße und starrten uns mit Blicken an, die vor Neugierde, Scham und stumpfer Unverschämtheit vibrierten. Leises, fiebriges Flüstern war zu hören und abruptes Gelächter, was uns wütend machte. Für sie waren wir Wesen aus einer anderen Welt. Einige von uns näherten sich der Hecke, um ihre kleinen, unterentwickelten Penisse, die rötlichen Aprikosen glichen, vor den Dorfbewohnern zur Schau zu stellen. Eine Frau in mittleren Jahren drängte sich durch die kichernde, aufgeregte Schar und blickte, die Lippen erregt gespitzt, auf die Geschlechtsteile und berichtete dann lachend, die Wangen dunkelrot verfärbt, mit obszönen Worten einigen Freundinnen, die Säuglinge auf dem Arm hatten. Wir aber hatten uns bereits wieder und wieder in verschiedenen anderen Dörfern an diesem Spiel delektiert, und die schamlosen Überreaktionen der Bauersfrauen angesichts der Beschneidungen, die unter Jugendlichen in Besserungsanstalten üblich waren und unsere Geschlechtsteile verunstalteten, bereiteten uns kein Vergnügen mehr.

Deshalb beschlossen wir, die Dorfbewohner, die hartnäckig auf der anderen Seite der Hecke verharrten und uns nicht aus den Augen ließen, vollständig zu ignorieren. Wir gingen auf unserer Seite der Hecke auf und ab, wie Tiere in einem Käfig, oder setzten uns auf von der Sonne getrocknete Trittsteine und starrten auf die schwachen Schatten von Blättern, deren schwankende bläuliche Umrisse wir auf der dunkelbraunen Erde mit den Fingern nachzeichneten.

Nur mein kleiner Bruder, der sich über die Hecke beugte und dabei die Vorderseite seiner Jacke beim Kontakt mit den harten, ledrigen Blättern der Kamelien naßmachte, die feucht vom Nebel waren, beobachtete seinerseits aufmerksam die Dorfbewohner. Für ihn waren die Dorfbewohner äußerst bizarre Wesen aus einer anderen Welt, die seine Neugierde erregten. Von Zeit zu Zeit rannte er auf mich zu und erzählte mir, während sein heißer Atem über mein Ohrläppchen strich, enthusiastisch, mit vor Aufregung schwankender Stimme, was er gesehen hatte: die von Entzündungen entstellten Augen der Dorfkinder, ihre aufgesprungenen Lippen, die rissigen Finger der Dorffrauen, von der Feldarbeit schwärzlich verfärbt und zerschunden. Angestarrt von den Augen der Dorfbewohner, empfand ich Stolz über die rosig leuchtenden Wangen meines Bruders und die Schönheit seiner feuchten Iris.

Dennoch, um vor jenen, die sie beobachten, sicher zu sein, ist es für Wesen aus einer anderen Welt, seltenen Tieren in Gefangenschaft, am besten, eine willen- und augenlose Existenz zu führen, wie Steine, Blumen oder Bäume – eine Existenz, die ausschließlich daraus besteht, betrachtet zu werden. Da mein Bruder hartnäckig darauf bestand, das Auge zu sein, das die Leute aus dem Dorf beobachtete, passierte es ihm ab und zu, daß seine Wangen von Spuckeklumpen, die die Dorffrauen mit ihren dicken, gelblichen Zungen gerollt hatten, getroffen wurden oder von Steinen, welche die Kinder nach ihm warfen. Mein Bruder jedoch nahm strahlend lächelnd sein mit Vögeln besticktes Taschentuch zur Hand, wischte sich das Gesicht ab und starrte weiter auf die Menschen aus dem Dorf, die ihn beleidigt hatten, seine Augen leuchtend vor grenzenloser Bewunderung.

Das bedeutete, daß sich mein Bruder noch nicht recht an die Existenz eines Beobachteten, die Situation eines Tiers im Käfig, gewöhnt hatte. Ganz anders der Rest von uns: Im Gegensatz zu ihm waren wir mehr als nur daran gewöhnt. Tatsächlich waren wir die eigenartigsten Dinge gewohnt. Tag für Tag blockierten Hindernisse unsere Wege, an die wir uns gewöhnen mußten, während unsere Körper und Seelen aufs extremste verletzt wurden, und wir hatten keine andere Wahl, als uns an diesen Hindernissen die Köpfe einzuschlagen. Verprügelt zu werden, zu bluten und zusammenzubrechen – das waren lediglich allererste Übungen. Unsere

Kameraden, denen man einen Monat lang die Pflege von Polizeihunden übertrug, waren in der Lage, mit Geschick obszöne Figuren in die Wände und Dielenbretter zu ritzen, mit deformierten kindlichen Händen, die von kräftigen Kiefern gebissen worden waren, wenn sie allmorgendlich den hungrigen Hunden das Fressen gaben. Als aber später an diesem Morgen unsere zwei geflohenen Kameraden im Gefolge eines Polizisten und des Erziehers zurückkehrten, verloren selbst wir die Fassung. Man hatte die beiden gnadenlos zusammengeschlagen.

Während sich der Erzieher und der Polizist unterhielten, umringten wir unsere tapferen Kameraden, deren Flucht fehlgeschlagen war. Getrocknetes Blut klebte an ihren zerfetzten Lippen, die Augen waren schwarz umrandet und die Haare feucht von Blut. Ich zog ein Alkoholfläschchen aus dem Sack mit meinen Siebensachen, reinigte ihre zahlreichen Wunden und bestrich sie mit einer Jodtinktur. Der Ältere der beiden, ein Junge mit kräftigem Körperbau, hatte eine Prellung an der Innenseite des Schenkels, an der Stelle, wo er getreten worden war, aber wir hatten nicht die leiseste Ahnung, wie wir sie behandeln sollten, als er das Hosenbein hochkrempelte.

»Ich wollte in der Nacht durch den Wald in Richtung Hafen fliehen. Und dann wollte ich mit einem Schiff in den Süden«, sagte der Junge voller Bedauern. Plötzlich brachen wir alle in ein rauhes Gelächter aus, obwohl wir immer noch angespannt waren. Der Junge hatte eine unstillbare Sehnsucht nach dem Süden und konnte ganze Tage damit verbringen, darüber zu erzählen, und so nannten wir ihn ›Minami‹*.

* Minami = Süden

»Dann aber haben mich Bauern entdeckt und verdroschen! Wo ich ihnen doch nicht einmal eine einzige Kartoffel geklaut habe. Die Schweine haben mich wie ein verdammtes Wiesel behandelt.«

Ein Seufzen ging durch unsere Reihen, voller Bewunderung für den Mut der beiden, erfüllt von Wut über die Brutalität der Bauern.

»Na, sag's ihnen! Viel hätte nicht gefehlt, und wir wären auf der Straße gewesen, die zum Hafen führt, was! Wir hätten uns nur noch an einen Laster hängen und verstecken müssen, und schon wären wir beim Hafen gewesen.«

»Hm«, sagte der Jüngere der beiden kraftlos. »Viel hätte nicht gefehlt.«

»Und alles für die Katz!« sagte Minami und fuhr mit der Zunge über seine verletzten Lippen. »Alles nur wegen deiner Bauchschmerzen!«

»Ja«, meinte der Junge, blaß im Gesicht und noch immer gepeinigt von hartnäckigen Schmerzen im Bauch, und blickte vor Scham zu Boden.

» Die Bauern haben dich verprügelt?« fragte mein Bruder mit glänzenden Augen.

»Was? Nein, *verprügelt* hat mich keiner!« antwortete Minami voller Stolz und Verachtung. »Aber ich bin total fertig, weil ich mir die Schweine vom Hals halten mußte. Die hatten Schaum vorm Maul, als sie meinen Arsch mit Feldhacken bearbeiten wollten.«

Mein Bruder seufzte hingerissen und traumverloren. »Hacken auf deinem Arsch!«

Als der Polizist die Menschenansammlung jenseits des Zauns verjagt hatte und anschließend abmarschiert war, rief uns der Erzieher zusammen. Als erstes schlug er Minami und seinem von Bauchschmerzen gepeinigten Komplizen auf die zerschundenen Lippen, ihre Kinnbacken mit frischem Blut besudelnd, dann verdonnerte er sie zu einem Tag Essensentzug. Das war eine milde Strafe, und da die Art, wie er zugeschlagen hatte, in nichts an einen Gefängniswärter erinnerte, sondern von einem – wie wir es nannten – feinen männlichen Geist zeugte, schlossen wir uns abermals zu einer engverschworenen Gemeinschaft zusammen, zu der auch er gehörte.

»Und laßt gefälligst eure lächerlichen Fluchtversuche!« sagte der Erzieher, dessen jugendlich wirkender Hals anschwoll und sich rötete. »Hier in den Dörfern tief in den Bergen könnt ihr fliehen, wohin ihr wollt – die Bauern werden euch auf jeden Fall erwischen, bevor ihr eine Stadt erreicht. Sie hassen euch wie die Lepra. Durchaus möglich, daß sie euch töten. Für euch ist es schwieriger, von hier abzuhauen als aus einem Gefängnis.«

So war es. Nach den Erfahrungen mit unseren mehrfachen Fluchtversuchen, die wir auf unserem Zug von einem Dorf zum anderen gemacht hatten, und deren Scheitern wußten wir, daß uns endlose Mauern umgaben. In den Dörfern glichen wir Dornen, die sich in Haut und Fleisch bohrten. Von einem Moment zum anderen umzingelten uns Menschen, wie dick werdendes Fleisch, die uns erstickten und uns dann ausstießen. Die Bauern, von Kopf bis Fuß gekleidet in die Rüstung ihrer exklusiven Zusammengehörigkeit, lehnten es ab, uns durchziehen zu lassen – geschweige denn, daß sie uns ein Eindringen in ihre Gemeinschaft erlaubten. Unsere kleine Gruppe trieb auf einem Meer dahin, das alle Fremden wieder ausspie, ohne sie jemals aufgenommen zu haben.

»Ich will damit sagen, daß wir die beste Methode gefunden haben, um euch einzusperren. Selbst der Krieg hat seine nützlichen Seiten«, meinte der Erzieher und entblößte seine kräftigen Zähne. »Ich wäre nicht in der Lage, Minamis Vorderzähne auszuschlagen. Dazu brauchte es schon einige Bauern mit starken, prächtigen Fäusten!«

»Ich bin mit einer Hacke geschlagen worden«, sagte Minami glücklich. »Von einem klapprigen alten Idioten.«

»Halt den Mund, wenn du nicht gefragt wirst!« brüllte der Erzieher. »Wir brechen in fünf Minuten auf, macht euch fertig! Ich möchte bis zum Abend an unserem Zielort sein. Wenn ihr herumtrödelt, gibt's nichts zu essen! Beeilt euch gefälligst!«

Unter Geschrei löste sich unsere Versammlung auf, und wir rannten, um unsere Sachen zu packen, zu dem alten Schuppen, einer Lehranstalt für die Zucht von Seidenraupen, die uns einen Tag lang als Unterkunft überlassen worden war. Fünf Minuten später, wir wollten gerade aufbrechen, übergab sich Minamis Komplize bei der fehlgeschlagenen Flucht leise stöhnend an der Hecke und spuckte fahle rötliche Kotze auf den Boden. Wir stellten uns auf der Straße in einer Reihe auf, sangen das feminine, laszive, schwerfällige Anstaltslied mit seinem schockierenden Text und brüllten aus voller Kehle den langen Refrain, der vollgestopft war mit religiösen Metaphern – bis sich sein akuter Anfall von Magenschmerzen gelegt hatte. Zutiefst erstaunte Dorfbewohner umstanden uns fünfzehn unterernährte singende Jungen in unseren grünen Mänteln aus wasserdichtem Stoff. Das Gefühl der Erniedrigung, das wir tagtäglich erlebten, tobte in uns, begleitet von düsterer Wut.

Nachdem der Junge sich übergeben hatte, schloß er sich unserer Marschkolonne an, wobei er, geräuschvoll schniefend, die Getreidekörner hochzuziehen versuchte, die in seiner Nase steckten, und wir trampelten in unseren Stoffschuhen los, hastig den Refrain der dritten Strophe brüllend.

Es war eine Zeit des Mordens. Gleich einem lange andauernden Hochwasser überflutete der Krieg mit seinem kollektiven Wahnsinn die feinsten Verästelungen menschlicher Gefühle, die verstecktesten Winkel ihrer Körper, die Wälder, die Straßen und den Himmel. Ein Soldat, der in einer Maschine urplötzlich vom Himmel herunterschoß – ein junger, blonder Luftwaffensoldat, der im teilweise transparenten Rumpf seines Flugzeugs obszön sein entblößtes Gesäß zeigte –, hatte im Tiefflug das altmodische Ziegelgebäude, in dem wir untergebracht waren, und sogar dessen Innenhof mit einem wahnsinnigen Sperrfeuer belegt; und als wir früh am Morgen, in einer Reihe marschierend, die Anstalt verließen, um zur Arbeit zu gehen, lehnte am Tor mit seinem bösartigen Stacheldrahtverhau eine soeben an Hunger gestorbene Frau, die plötzlich dem Erzieher, der uns anführte, vor die Füße kippte. In fast allen Nächten, und mitunter sogar tagsüber, erhellten nach Luftangriffen Feuersbrünste den Himmel über der Stadt oder verschmierten ihn mit schwärzlichem Rauch.

Es ist der Aufzeichnung wert, daß man in jener Zeit, als wahnsinnige Erwachsene verzweifelt durch die Straßen irrten, mit seltsamer Leidenschaft fortgesetzt Menschen hinter Gitter brachte, die am ganzen Körper eine glatte Haut aufwiesen oder nur einen kastanienbraunen Flaum, Menschen, die sich unerheblicher Vergehen schuldig gemacht hatten, darunter auch welche, denen man lediglich Neigungen zu jugendlicher Kriminalität zuschrieb.

Als die Luftangriffe heftiger wurden und allerorten Zeichen des nahenden Endes sichtbar wurden, begannen Eltern, ihre Kinder endlich von unserer Anstalt zu nehmen, die Mehrzahl der Familien aber erschien nicht, um ihre lästigen und bösartigen Nachkommen abzuholen. Und so planten die Erzieher die Evakuierung der Besserungsanstalt, auf besessene Weise entschlossen, ihre Beute zu beschützen.

Bis zum Abmarsch waren noch zwei Wochen Zeit. An Eltern wurden letzte Briefe gesandt, mit der Aufforderung, ihre Kinder zu sich zu nehmen, und unter den Anstaltsinsassen machten sich die wildesten Erwartungen breit. Als in der ersten Woche mein Vater, der mich angezeigt hatte, in Militärstiefeln und mit der Mütze des Arbeitsdiensts auf dem Kopf, in Begleitung von meinem kleinen Bruder erschien, war ich außer mir vor Freude. Tatsächlich war aber mein Vater, nachdem er es leid war, einen Ort zu suchen, an dem er meinen Bruder in Sicherheit bringen könnte, auf den Gedanken verfallen, meinen Bruder mitzuschicken, wenn die gesamte Anstalt evakuiert würde. Ich war bitter enttäuscht. Dennoch, sobald mein Vater heimgegangen war, umarmten mein Bruder und ich uns herzlich.

Mein Bruder wurde Mitglied unserer Gemeinschaft jugendlicher Delinquenten, man zog ihm die Anstaltsuniform an, und die nächsten zwei, drei Tage befand er sich vor Freude und Neugierde in einem Zustand außergewöhnlicher Erregung. Danach dann redete er ununterbrochen auf unsere Kameraden ein, seine Augen feucht vor überquellender Bewunderung, flehte sie an, ihm die Details ihrer Vergehen zu verraten, und in den Nächten, die er mit mir zusammen unter einer Decke verbrachte, lag er lange wach und ging, schwer atmend, im Geiste den brutalen Abenteuern nach, von denen er gerade gehört hatte. Und sowie er die funkelnde, blutrünstige Geschichte unserer Kameraden auswendig kannte, begann er versessen, seine eigenen, von ihm selbst ausgedachten Verbrechen zu untersuchen. Von Zeit zu Zeit kam er auf mich zugerannt und erzählte mir mit geröteten Wangen von seiner Phantasie, einer kleinen Freundin mit einer Steinschleuder ein Auge ausgeschossen zu haben. Schließlich schlüpfte mein Bruder, so mühelos wie Wasser, in das Leben unserer Gruppe. Vielleicht waren wir Kinder in jenen Tagen des Mordens, des Wahnsinns, die einzigen, die fähig waren, ein enges Gemeinschaftsgefühl zu entwickeln. Nach zwei Wochen voller Erwartungen und Enttäuschungen brach unsere Gruppe, einschließlich meines Bruders, zu unserer seltsam stolzen und erniedrigenden Reise auf.

Der Aufbruch – ihm hatten wir es zu verdanken, daß wir die unglaublich merkwürdigen, alten Anstaltsmauern mit ihrem braunroten Anstrich hinter uns lassen konnten, aber falls wir glaubten, dadurch etwas freier zu werden, irrten wir uns. Es war, als marschierten wir durch einen unterirdischen Abwasserkanal, der zwei Kellerlöcher miteinander verband. Die braunroten Mauern, die uns auf die Nerven gegangen waren, waren verschwunden, nur um durch unzählige neue Gefängniswärter mit groben Bauernhänden ersetzt zu werden. Die Freiheiten, in deren Genuß wir auf unserer Reise kamen, hatten wir auch hinter den Mauern genossen. Die einzige neue Freude, die wir dem Aufenthalt außerhalb der Mauern verdankten, war, eine wirklich große Anzahl von ›unverdorbenen‹ Jugendlichen zu sehen und mit Spott und Hohn überschütten zu können.

Schon kurz nach unserem Aufbruch wurden wir bei unseren wiederholten, beharrlichen Fluchtversuchen in Dörfern, Wäldern, an Flüssen und irgendwelchen Äckern von haßerfüllten Bauern gefangen und mehr tot als lebendig zurückgebracht. Für uns, Menschen aus einer fernen Stadt, stellten die Dörfer transparente, dicke Mauern von gummiartiger Konsistenz dar. Selbst wenn wir unter einer dieser Mauern durchschlüpften, wurden wir umgehend zurückgewiesen und hinausgeworfen.

Die einzigen Freiheiten, die wir infolgedessen genießen konnten, waren, auf Dorfstraßen entlangzuziehen, die uns entweder in gewaltige Staubwolken hüllten oder uns bis zu den Knöcheln im Schlamm versinken ließen; in Stunden, in denen wir in den Ecken von Tempeln, Schreinen oder Hütten lagen, auf das Nachlassen der Aufmerksamkeit des Erziehers zu warten, um dann hastig mit Dorfbewohnern einen Handel zu versuchen und im Austausch gegen Dinge Essen zu erhalten; oder Dorfmädchen verführerisch hinterherzupfeifen, während wir uns verzweifelt wegen unserer Anstaltsuniformen grämten, die mittlerweile vor Schmutz starrten.

Unsere Reise hätte nach einer Woche zu Ende gehen sollen. Aber die Verhandlungen zwischen dem Erzieher, der uns führte, und den Dorfschulzen, von denen man erwartet hatte, daß sie uns aufnahmen, scheiterten eine nach der anderen, so daß wir nun schon die dritte Woche unterwegs waren. Wir hatten gehofft, unser letztes Reiseziel, ein abgelegenes Dorf in den Bergen, im Lauf des Nachmittags zu erreichen. Ohne die beiden Flüchtlinge wären wir bereits dort und könnten uns setzen oder uns hinlegen, uns ausruhen und die Verhandlungen zwischen den Verantwortlichen des Dorfes und dem Erzieher, unserem Führer, verfolgen.

Nachdem unsere Aufregung, verursacht durch die Flucht der beiden, abgeklungen war, gingen wir schweigend und eilig mit gebeugten Rücken weiter, unsere Säcke fest an die Hüften gepreßt. Fast alle von uns — angefangen mit dem Jungen, der beim Gehen vor Bauchschmerzen stöhnte — waren tief in Gedanken versunken, verbunden durch ein mißmutiges Gefühl, ein Gefühl, das sich in unserer Brust zusammenballte und dann in unsere Kehlen stieg.

Unsere Reise näherte sich dem Ende. Auch wenn sie nicht mehr als ein Zug durch einen unterirdischen Kanal war, bestand zumindest, solange sie andauerte, die Möglichkeit zu vergeblichen Fluchtversuchen. Sobald wir uns aber in der endlosen Weite der Wälder befanden und jenseits der Bergtäler ein Dorf gefunden hatten, in dem wir bleiben konnten, würde das Gefühl des Eingeschlossenseins — eingesperrt hinter dicken Mauern, auf der Sohle eines Abgrunds von der Außenwelt abgeschnitten — noch größere Ausmaße annehmen als damals, als man uns hinter die braunroten Mauern der Besserungsanstalt brachte. Und wir würden am Ende unserer Widerstandskraft sein. Ich glaubte nicht, daß wir noch einmal entkommen konnten, sobald sich die vielen Dörfer, durch die wir auf unserer Reise gezogen waren, zu einem stabilen Ring zusammengeschlossen hatten.

Das Scheitern von Minamis vermutlich letztem Fluchtversuch war der Hauptgrund für die gedrückte, zornige

Stimmung, die schwer auf uns allen lastete. Mit derselben Intensität wie Minami waren wir wütend über den Jungen und haßten ihn, da er wegen seiner lächerlichen Bauchschmerzen die letzte Flucht, unsere ganze Hoffnung, hatte scheitern lassen. Wenn er im Gehen vor Schmerzen stöhnte, pfiffen wir demonstrativ vor uns hin, um ihm unsere Gleichgültigkeit zu beweisen, und einige von uns bewarfen sogar seinen kleinen Hintern mit Steinen.

Nur mein Bruder kümmerte sich um ihn, ungeachtet unserer düsteren Wut, oder fragte Minami nach Einzelheiten seiner abenteuerlichen Flucht. Aber auch mein Bruder konnte uns mit seiner üblichen Aufgeregtheit und Heiterkeit nicht aus der düsteren Stimmung reißen, die uns bedrückte. Schließlich, als mein Bruder vom Gehen müde war, ging unsere Schar weiter – mit hängenden Köpfen, gekleidet in Uniformen von häßlicher Farbe und schlechtem Schnitt –, ohne auf die bellenden Hunde, die Bauern und ihre Familien zu achten, die aus den Häusern an den Straßenrändern herausstürzten, um uns anzustarren. Lediglich einer marschierte mit stolzgeschwellter Brust voran: der kräftige Erzieher, der uns führte.

Wenn wir auf diese Weise, mut- und kraftlos, weitermarschiert wären, hätten wir niemals unser Ziel erreicht, nicht einmal, wenn wir bis zum Morgengrauen weitergegangen wären. Aber nachdem wir mit größter Vorsicht eine gefährliche Brücke überquert hatten, die vom Hochwasser halb weggespült worden war, dann einer Seitenstraße folgten, bis wir auf die breite Teerstraße stießen, die in die Nachbarpräfektur führte, erblickten wir uniformierte junge Männer voll wunderbarer Würde, die vor sexueller Energie zu vibrieren schienen – eine vielköpfige Gruppe von Kadetten und neben ihnen, auf einem geparkten grüngestreiften Laster, mit Gewehren bewaffnete Militärpolizisten in mittleren Jahren. Umgehend kehrten unsere Lebensgeister zurück, und jubelnd rannten wir auf sie zu.

Auf unsere Schreie hin wandten sich die Soldaten um, blieben aber angespannt stehen, ohne uns zu antworten. Sie trugen kurze Schwerter an der Hüfte und wirkten mit ihren starren Mienen, den halb geöffneten Lippen und den wohlgeformten Köpfen, die sie kerzengerade hielten, so schön wie sorgfältig trainierte Pferde. Wir näherten uns bis auf einen Meter und starrten sie seufzend an. Keiner von uns sagte ein Wort zu ihnen, und auch sie schwiegen, erschöpft und mit niedergeschlagenen Mienen. Diese jungen, zurückhaltenden Soldaten, die schwiegen, als wären sie vollkommen ratlos, diese Soldaten mit ihren sanften Profilen, auf denen die Strahlen der Abendsonne lagen, die durch die Büsche am leicht ansteigenden Hang schien, verströmten, wie einen Körpergeruch, eine weitaus faszinierendere Kraft als zu jenen Zeiten, in denen sie Kiefernwurzeln ausgruben und kochten, um stinkendes, dickes Öl von klebriger Konsistenz zu gewinnen, oder zu jenen Stunden, wenn sie in edlen Uniformen hochmütig durch die Stadt schlenderten und törichte, obszöne Gespräche führten.

»Weißt du«, sagte Minami, sein Kopf so nahe an meinem, daß seine Lippen fast mein Ohr berührten, »für eine Handvoll Zwieback würde ich jederzeit mit denen schlafen, selbst wenn meine Hämorrhoiden aufplatzen sollten oder ich hinten zuschwellen würde.«

Speichel sammelte sich in den Winkeln von Minamis wulstigen Lippen, der seufzend mit glänzenden, leuchtenden Augen auf die kräftig gerundeten, leicht aufklaffenden Hinterbacken der Soldaten starrte.

»Als sie mich gefaßt haben, habe ich gerade mit einem geschlafen, der genauso aussah wie die da«, sagte Minami, und ein plötzlicher Ausdruck des Bedauerns legte sich über sein Gesicht. »Was? Ich hab nur eine Handvoll Zwieback bekommen! Wenn das Prostitution sein soll!«

»Die machen ganz einfach Jagd auf alle Schwulen«, erwiderte ich. »Selbst wenn sie sich nicht prostituieren.«

»Hm«, meinte Minami geistesabwesend und bahnte sich durch unsere Kameraden einen Weg nach vorne, um sich jene genauer anzusehen, die bis zu seiner Internierung Kunden von ihm gewesen sein könnten.

Mein Bruder – er stand neben dem Erzieher und den Militärpolizisten und lauschte eifrig ihrer Unterhaltung – drehte sich nach mir um, rannte dann hüpfend, mit vor Aufregung zitternden Schultern, auf mich zu und begann in demselben wichtigtuerischen Ton zu sprechen, den er stets anschlug, wenn er mir flüsternd Geheimnisse anvertraute.

»Er ist geflüchtet! Ein Soldat aus der Kadettenanstalt ist in den Wald geflüchtet! Alle suchen ihn. Wenn wir in den Wald gehen, schießt man auf uns.«

»Aber warum«, fragte ich erstaunt, »warum ist er in den Wald geflüchtet?«

»Er ist einfach geflüchtet!« wiederholte mein Bruder aufgeregt. »Geflüchtet, geflüchtet! Er ist irgendwo hier im Wald!«

Nachdem sich unsere Kameraden um uns versammelt hatten, verbreitete mein Bruder die Neuigkeit ein ums andere Mal in seiner Sing-Sang-Stimme. Wir gingen zu den Militärpolizisten hinüber. Der Erzieher schwang die Arme, zeigte auf einen Baum und befahl uns, dort zu warten. Danach erläuterte er der Militärpolizei eifrig seine Meinung über den Zustand der Straße, auf der wir gekommen waren, und man sah ihm an, daß ihm weitere Fragen äußerst willkommen wären. Wir drängten uns unter einem niedrigen Kampferbaum mit ausladenden Ästen zusammen, machten, zutiefst aufgewühlt, vergebliche Versuche zu sprechen oder stampften auf den Boden, während wir auf die niedergeschlagenen Kadetten starrten, die Militärpolizisten, die dem Erzieher Fragen stellten, und auf den braunen Berghang, der – bedeckt mit welken Blättern, von denen im Glanz der untergehenden Sonne ein purpurnes Licht ausging – dem geflüchteten Soldaten irgendwo ein Versteck bieten mußte. Da sich aber die Zeit endlos dehnte, ohne daß wir mitbekamen, wie die Beratung zwischen der Militärpolizei und dem Erzieher stand, flaute unsere Erregung ab, und wir begannen mißmutig zu werden.

Als dann die heraufziehende frostige Nacht die Gesichter der Polizisten und des Erziehers in dunkle Schatten getaucht hatte, erschien ein Mann auf einem altmodischen Fahrrad, der sich am schwachen Lichtstrahl seiner hundskopfgroßen Taschenlampe orientierte. Er sprach mit den Polizisten und lud anschließend das Fahrrad auf den Laster. Die Polizisten riefen etwas mit lauter Stimme, die Kadetten stellten sich in einer Reihe auf, und dann kam der Erzieher zu uns herübergerannt.

»Sie nehmen uns bis zu unserem Ziel auf dem Laster mit«, sagte er.

Unsere Lebensgeister erwachten schlagartig wieder, und wir kletterten unter Gebrüll auf die Ladefläche. Als der Laster anfuhr, begleitet von schwerem Motorengedröhn, sahen wir, daß die Kadetten auf der nun völlig in nächtliches Dunkel gehüllten Straße eine Kolonne bildeten und in entgegengesetzter Richtung abmarschierten, und jähe Erregung erfaßte uns.

Der Laster fuhr unter heftigem Schwanken und Ächzen die steile, enge nächtliche Straße hinauf. An verschiedenen Stellen, an denen es infolge der Überschwemmung zu Erdrutschen gekommen war, mußten wir absteigen. Wir gingen dann ein Stück voraus, standen auf der weichen lehmigen Straße, auf die das Licht der Scheinwerfer fiel, kniffen die geblendeten Augen zusammen und mußten warten, bis der Laster die gefährliche Passage überwunden hatte. Aber der Mann mittleren Alters aus dem Dorf, der auf dem altmodischen Fahrrad mit dem massiven Rahmen saß, das auf der Ladefläche lag, und einen bitter riechenden Tabak aus getrockneten Kräutern rauchte, machte kein einziges Mal Anstalten, den Laster zu verlassen. Er verhielt sich die ganze Zeit über abweisend und schwieg, versuchte uns jedoch gelegentlich zu beobachten, wobei er uns mühselig aus fürchterlich blutunterlaufenen Augen anstarrte und seinen Blick über unsere schmalen Schultern und Knie wandern ließ. Dann aber wandte er sich langsam wieder ab. Der Laster drosselte die Geschwindigkeit immer mehr, und die Motorengeräusche hallten endlos in den dicken Schichten der Nachtluft wider, als wir die holprige Bergstraße entlangfuhren. Die unübersehbar enger werdende Straße, die Bäume an beiden Seiten mit ihren rätselhaften, dunkel gefärbten, winzigen Blättern, die fast unsere Gesichter berührten, und der kalte nebelfeuchte Wind, der unsere Wangen erstarren ließ – sie drängten unsere Aufregung in tiefere Schichten unseres Bewußtseins, ohne sie jedoch gänzlich auszulöschen.

Zudem wirkten die breiten Schultern der Militärpolizisten, die, dem heftigen Wind zum Trotz, mit zusammengekniffenen Lippen ganz hinten auf der Ladefläche knieten, derart einschüchternd, daß wir es nicht einmal wagten, miteinander zu flüstern. Aus diesem Grund verlief die nächtliche Fahrt in vollkommenem Schweigen, sah man von dem Stöhnen unseres Kameraden ab, der von Bauchschmerzen gepeinigt wurde. Aber jedesmal, wenn die Scheinwerfer des Lasters das von dunklen Bäumen bewachsene Tal anstrahlten – so, als würde das Licht vom plötzlich lauter werdenden Tosen des Wassers angelockt –, oder wenn sie die Kammhöhen erfaßten, als folgte ihr Schein den Schreien von Tieren, die in der Tiefe des Waldes zu hören waren, suchten unsere angespannten Blicke den Deserteur, der sich vielleicht hier irgendwo verbarg.

Und dann vermischten sich unsere Erschöpfung, hervorgerufen von der langen Reise, unsere sinnlose Erregung, die Vibrationen des Lasters und die Überwachung durch die Militärpolizisten und zogen uns in einen tiefen Schlaf hinein, und wir preßten unsere kleinen Köpfe auf die harten, rauhen Bretter der Ladefläche. Um den kindlichen Schlaf meines Bruders zu beschützen, der bereits ruhig und gleichmäßig atmete, nahm ich seinen hübschen Kopf in die Arme, schlief dabei aber selbst ein, halb über seinem Körper liegend.

Aufgeweckt von strengen Stimmen, die ich in den letzten Momenten meines seichten Schlafes hörte, und einem Arm, der mich wild schüttelte, schlug ich die Augen auf, ärgerlich stöhnend über die unerfreuliche Art des Erwachens, die dank der wiederholten Luftangriffe fast zur täglichen Routine geworden war, und bemerkte, daß ich der Länge nach auf der Ladefläche lag, während mein Bruder mit vor Ernst gespitzten Lippen mich wachzurütteln versuchte. Meine Kameraden waren bereits vom Laster gestiegen, und der Mann aus dem Dorf, der seinen kurzen Körper reckte, um das Vorderrad seines Fahrrads freizubekommen, das sich hinten am Laster verfangen hatte, steckte offensichtlich in Schwierigkeiten. Ich stand eilig auf, klopfte mein Gewand ab und zog an der kalten, feuchten Lenkstange, um dem Mann zu helfen. Das Fahrrad war ziemlich schwer, und der Mann schenkte mir über meine vor Anstrengung zitternden Arme hinweg ein unbeholfenes, aber zutrauliches Lächeln. Er stellte sein Gefährt auf den Boden, und ich sprang vom Laster, mein Bruder jedoch zögerte. Als ihn die starken Arme des Mannes mühelos herunterhoben, lachte mein Bruder schüchtern, weil es ihn kitzelte.

»Danke«, sagte er mit leiser Stimme, passend zu der gerade geschlossenen Freundschaft.

»Hm«, sagte der Mann aus dem Dorf und packte das Fahrrad.

Jenseits der dunklen Masse der Nachtluft, hinter der Verlängerung des sich fahl abzeichnenden, jäh verengenden Weges war ein Lagerfeuer zu sehen und eine vielköpfige Menschenmenge. Die Militärpolizisten und der Erzieher gingen gerade auf sie zu. Dann der Mann aus dem Dorf, der ihnen hinterherfuhr, wobei sich seine Hüften steif hoben und senkten. Wir scharten uns neben dem Laster zusammen und beobachteten sie, unser Genick vor Kälte von Gänsehaut überzogen. Es war kalt. Es war eine fremde Kälte, eine neue Kälte, die tief bis in die hintersten Winkel unserer Gefühle drang, als wären wir in einer Gegend mit einem völlig anderen Klima. Wir sind jetzt wirklich mitten in den Bergen, dachte ich. Wir zitterten wie Hunde, die erbärmlich schmalen Schultern aneinandergepreßt. Aber wir zitterten auch, weil eine Art erregter Anspannung, die über dem Feuer lag und es so sehr von seiner Umgebung abschnitt wie die dichten Bäume eines Waldes, eine seltsame Resonanz in unserer Gruppe erzeugte, die uns erbeben ließ. Schweigend beobachtete ich, wie sich die Militärpolizisten und der Erzieher unter die Menschen mischten und sich mit ihnen zu beraten begannen.

Die Dorfbewohner, die die Polizisten und ihren Begleiter umringten, debattierten hastig, aber ihre Ausführungen erreichten unsere verzweifelt gespitzten Ohren nicht. Im zeitweiligen Auflodern des Feuers jedoch – jedesmal, wenn die Flammen in die Höhe schossen – spiegelten sich in unseren Augen, die an das Dunkel gewöhnt waren, die vielen Soldaten aus der Kadettenanstalt und die langsamen Bewegungen der Dorfbewohner, die lange Bambusspeere und Haken bei sich hatten. Es war, als wäre dort ein kleiner Krieg im Gange. Wir beobachteten sie, mit erstarrten Körpern.

Der Mann aus dem Dorf verließ den Kreis erregt diskutierender Erwachsener und kehrte zu uns zurück, auf seinem Gepäckträger türmte sich Brennholz. Er warf das Holz auf den Boden und verschwand wortlos, und als er wieder erschien, hatte er einen in Flammen stehenden Zweig in der Hand, aus dem zischend Pflanzensaft tropfte. Während er sein Fahrrad an einen Baum lehnte, schichteten wir das Brennholz auf und zündeten es an. Das Holz brannte einfach nicht. Wir rannten schlotternd in das dunkle Wäldchen hinein, und jeder von uns kam mit einem Armvoll trockenem Laub zurück; dann legten wir sorgfältig dürre Zweige, die mit einem scharfen Knall umgehend brachen, um das Feuer herum. Als der Mann aus dem Dorf den Kopf in den Rauch steckte, um hingebungsvoll das Feuer zu entfachen, wurden bei jeder spasmischen Ausbreitung und Kontraktion der kleinen Flammen an seinem ungewöhnlich stark sonnengebräunten, ockerfarbenen Hals von stämmiger Kürze – an diesem kräftigen Hals, der trotz seiner Stämmigkeit kein Gramm Fett aufwies und den Eindruck erweckte, als bestünde er aus einer anorganischen Substanz – die Spuren zahlloser Brandwunden sichtbar.

Als das Feuer, umringt von uns, sanft prasselnd zu brennen anfing und ein stetiger Rauch aufstieg, begann sich, bedingt durch die Geduld erfordernde Arbeit des Feuermachens, zwischen uns und dem Mann aus dem Dorf eine Art enger Vertrautheit auszubreiten. Zudem floß nun das pochende Blut schneller unter unserer eisigen Haut und erzeugte in uns ein kribbelndes Wohlgefühl, so daß schließlich die Starre aus unseren Wangen und Lippen wich. Dem Mann aus dem Dorf erging es nicht anders. Wir standen um das süß riechende Lagerfeuer herum, das mittlerweile lodernd brannte, und lächelten uns völlig grundlos an.

»Onkel, du bist Schmied, oder?!« fragte mein Bruder mit scheuer Stimme. »Ich hab doch recht, oder?«

»Hm«, sagte der Mann aus dem Dorf erfreut. »In deinem Alter hab ich bereits Sicheln geschmiedet!«

»Toll!« sagte mein Bruder voll unverhüllter Bewunderung. »Ob ich das auch könnte?«

»Alles eine Frage der Übung!« sagte der Mann aus dem Dorf. »Du hast doch mein Fahrrad gesehen?! Die Pedale hab ich neu gemacht. Jetzt sind sie stabiler.«

Der Schmied stand auf, holte sein Fahrrad und legte es mühelos über seine Knie und lachte kurz, als er unter unseren bewundernden Blicken mit der schrundigen Finger-beere seines Daumens die plumpe und schartige, jedoch mit der menschlichen Existenz eng verbundene Achse des Pe-dals, die zu massiv war, und die abgewetzte Tretkurbel nachzeichnete.

»Daß Schmiede Fahrräder umbauen«, sagte mein Bruder, »das wußte ich nicht.«

»Kann ich mir vorstellen!« meinte der Schmied, kippte das Fahrrad auf die schwärzliche Erde, aus der wegen der Hitze des Feuers Dampf aufstieg, legte noch zwei, drei Stück Brennholz nach und fügte hinzu: »Niemand weiß das!«

Wir versanken alle in Schweigen und dachten für einen kurzen Moment an das einzige Fahrrad, das es in der Besse-rungsanstalt gab, während wir hörten, wie der Pflanzensaft zischend ins Feuer fiel, die Luft sich leise bewegte, Asche-klumpen nach unten stürzten und der Mann aus dem Dorf ununterbrochen tief in der Kehle lachte. Das Fahrrad mußte jetzt an der Innenseite der Mauer lehnen, die mor-schen lehmbespritzten Gummireifen von feinen Rissen überzogen...

Um das andere Lagerfeuer herum erhob sich mächtiger Lärm. Ein Mann mit durchdringender Stimme gab Kom-mandos. Wir hoben unsere Köpfe, starrten in die tiefe Dun-kelheit und erkannten, daß sich die Männer in einer Reihe aufzustellen begannen.

»Das sind doch die Kerle aus der Kadettenanstalt, oder?« fragte einer unserer Kameraden den Schmied. »Sind die hier alle auf Manöver? Oder suchen sie den Deserteur?«

»Hm.« Der Schmied beantwortete die Frage äußerst be-reitwillig. »Die gehn auf Jagd in den Bergen. Und nicht nur die Kadetten, das ganze Dorf ist bei der Jagd dabei. Wir laufen jetzt schon seit drei Tagen durch die Gegend, und nichts haben wir gefunden. Sollte der Soldat hierher flüchten, dann sitzt er in der Falle. In das Dorf im nächsten Tal, in dem ich lebe, kommt man nur mit einer Lore hinüber. Wir hatten ein Hochwasser, dann gab's einen Erdrutsch, und jetzt ist es unmöglich, das Tal zu Fuß zu durchqueren. Wir haben hier schon alles abgesucht, aber nichts gefunden. Für uns ist Schluß mit der Jagd, wir gehen heim, hinüber ins andere Tal. Der Soldat ist wahrscheinlich abgestürzt und ertrunken.«

Die Jagd in den Bergen – die stille nächtliche Jagd der Erwachsenen aus dem Dorf, bewaffnet mit Bambusspeeren und Hacken, der verfolgte Soldat, auf seiner Flucht durch die Wälder in das vom Hochwasser überschwemmte Tal gestürzt und ertrunken. Wir stießen einen tiefen Seufzer aus, versunken in die blutigen Bilder der Jagd, die uns am ganzen Körper erzittern ließen. Wir befanden uns mitten in den Wirren des Krieges. Und eine ungeheure Krise rieb, wie eine Bestie, ihren Kopf an uns. Ah, die Jagd in den Bergen!

»Muß furchtbar gewesen sein«, sagte ich. »Die Jagd muß furchtbar gewesen sein!«

»Es war schlimm, schlimmer als die Jagd auf Wildschweine«, erwiderte der Schmied. »Die Leute aus dem Dorf liefen drei Tage ohne Essen und Trinken in der Gegend herum und klopften die Büsche ab!« Trotz seiner bitteren Worte machte er im Licht des Feuers einen heiteren Eindruck. Den funkelnden Widerschein der Flammen auf seinen dicken, nassen Lippen, sagte er noch einmal in äußerst bedächtigem Ton: »Es war wirklich schlimm! Abschürfungen am ganzen Körper, und nicht einmal ein einziges Kaninchen hat sich blicken lassen!«

»Fängt man denn auf der Jagd in den Bergen Kaninchen?« fragte mein Bruder offensichtlich erstaunt. »Und Hasen?«

»Was sich blicken läßt, wird gefangen«, sagte der Schmied in ernstem Ton. »Tauben, Fasane, Kaninchen.«

Als sich mein Bruder vorbeugte, um den Schmied mit Fragen über die kleinen Tiere, die er liebte, zu überschütten, kamen der Erzieher und ein großgewachsener Mann aus dem Dorf eilig auf unser Feuer zu. Der Schmied schloß abrupt den Mund und legte seine Arme um die Knie. Alles an ihm sagte, daß die Unterhaltung mit meinem Bruder beendet war, und auch in uns machte sich wieder Anspannung breit.

»Das ist der Dorfschulze, der sich um euch kümmern wird. Steht auf und verbeugt euch!« teilte uns der Erzieher mit, in seiner Stimme lag Erleichterung. »Gut so!«

Wir standen da und beobachteten den großen Mann mit dem spitzen Kinn und der dicken Arbeitskleidung aus Baumwolle, die Fellmütze bis über beide Ohren gezogen. Er starrte zurück, aus Augen, deren Unterlider schlaff waren, aus Augen, die aber dennoch ein scharfes, braunes Licht ausstrahlten.

»Die Vorbereitungen für eure Unterbringung sind seit drei Tagen abgeschlossen«, sagte der Dorfschulze, wobei sich die Partie um seine Lippen, die von einem auffälligen, struppigen Bart umgeben waren, so bewegten, als zerkaute er Getreidekörner. »Ich möchte, daß ihr euch also beruhigt.«

»Ich vertraue euch hiermit dem Schulzen an«, sagte der Erzieher. »Ich habe mich entschlossen, umgehend mit dem Armeelaster zurückzufahren, um die zweite Gruppe zu holen. Und ihr benehmt euch gefälligst anständig! Verstanden?!«

Der Schulze erhob seine Stimme so durchdringend, daß sie unsere gemeinsame Antwort übertönte.

»Je nachdem, wie ihr euch verhaltet, werden wir uns entsprechende Gedanken machen!«

»Benehmt euch so, daß ihr niemandem zur Last fallt! Euer Gruppenführer wird sich diejenigen merken, die gegen die Regeln verstoßen. Die werden dann ihre Strafe erhalten, wenn die Evakuierung abgeschlossen ist.«

Mit dieser Art von Formalitäten wurden wir ständig konfrontiert, sie beschränkten unsere Handlungen oder verzögerten sie, sie stürzten uns in ein Chaos aus Erschöpfung und nervöser Ungeduld. Die Übergabe der Namensliste, das Antreten zum Appell, die Ernennung des Gruppenführers, und dann unser kraftloser Chorgesang, als wir das Lied der Besserungsanstalt anstimmten, und die Bauern, die sich mit schmutzigen Gesichtern, zerrissenen Jakken und Waffen in den Händen aus Neugierde allmählich um unseren von Hunger gepeinigten Chor herum versammelten. Wir waren alle erbärmlich, und unsere Angst nahm zu.

Die Kadetten kamen vom anderen Lagerfeuer in einer Reihe heranmarschiert, um auf den Laster zu steigen. Während der Laster mit einem schrillen Geräusch wendete, beobachteten wir sie, aber sie waren erschöpft, ihre Mienen wirkten niedergeschlagen, und alle waren in ein verdrossenes Schweigen versunken; keiner von ihnen sah jung aus, keiner schön. Auch sie waren während der Jagd auf noch regennassen Bergwegen herumgerannt und durch das von Erdrutschen verheerte Tal, und die kraftvolle, tierische Schönheit voll sexueller Triebhaftigkeit, die sie normalerweise umgab, war erloschen.

Wir verließen die Kadetten und den Erzieher, die auf den Laster kletterten, und stiegen, umringt von schweigenden, mit Bambusspeeren und Hacken bewaffneten Bauern, einen schmalen, steilen Weg hinauf. Ein Dickicht dunkler Büsche, die unsere vor Kälte eisige Haut verletzten, bedrängte uns von beiden Seiten. Blätter und Zweige schlugen gegen unsere Finger, unsere Wangen und die Haut zwischen den Ohrläppchen und dem Genick und rissen uns blutende Schrammen. Als die Geräusche des Lasters verklungen waren, hörten wir aus der Tiefe des stillen nächtlichen Waldes das Tosen von Wasser, und während wir unsere Ohren spitzten, gingen wir eilig in gebückter Haltung weiter. Das Schweigen der Menschen aus dem Dorf hatte uns angesteckt, und bis wir den Wald hinter uns hatten und zu einem hohen Kamm über dem Tal gelangten, wo eine kleine ebene Fläche mit einem Steinpflaster bedeckt war, sagte keiner von uns ein Wort.

Am äußersten Ende des dunklen Pflasters befand sich ein stabiler Holzrahmen, der fahles Licht reflektierte. Und dort, auf dem Gleis, das sich über das Tal hin erstreckte, stand eine Lore, mit der Holz transportiert wurde. Den barschen Anweisungen des Schulzen folgend, bestiegen wir die Lore.

»Bewegt euch nicht! Bewegt euch auf keinen Fall!« warnte er uns mehrfach, nachdem er einem Mann, der sich auf der anderen Seite zu befinden schien und für die Bedienung des Flaschenzugs zuständig sein mußte, mit lauter Stimme ein Zeichen gegeben hatte. »Es reicht, wenn sich nur einer von euch bewegt, und ihr werdet alle ins Tal stürzen und sterben. Bewegt euch also nicht, bewegt euch auf keinen Fall!«

Die schwere, gereizte Stimme des Dorfschulzen fiel auf uns herab wie das Summen eines lärmenden Insektenschwarms, legte sich auf unsere dreckverkrusteten Körper und verband sich mit dem leisen Rauschen des Wassers, das von der Sohle des tiefen, dunklen Tals heraufdrang. Todmüde, halb übereinanderliegend, hockten wir reglos wie von einem Hundefänger aufgegriffene Köter im engen Holzkasten der Lore, der mit ungelöschtem Kalk bedeckt war, und warteten auf die Abfahrt. Es reicht, wenn sich nur einer von euch bewegt, und ihr werdet alle ins Tal stürzen und sterben. Bewegt euch also nicht, bewegt euch auf keinen Fall!

Dann begann die Lore zu rollen. Sie trug uns fort, glitt leise bebend auf dem Gleis dahin, das sich über dem Dunkel des Talgrunds erstreckte, hinein in die noch dunklere Weite des Waldes, wo uns der dumpfe, erstickende Geruch von Baumrinde und Knospen entgegenschlug. Und die trockene, harte Luft der Winternacht legte sich fest um alles: um den Holzkasten der Lore, die über das schmale, unsichere Gleis glitt, die jungen mutlosen Menschen in ihr und das Drahtseil, von dem wir gezogen wurden.

Ich streckte meinen Arm durch die dicht gedrängten Leiber, tastete nach der kleinen, weichen Hand meines Bruders und drückte sie kräftig. Mein Bruder erwiderte meinen Händedruck mit zerbrechlicher Kraft, und die Wärme seiner Finger und sein kindlicher Pulsschlag übermittelten mir eine flinke, wendige Vitalität, die mich an Eichhörnchen oder Kaninchen denken ließ. Das gleiche Gefühl muß sich auch von meiner Handfläche auf ihn übertragen haben. Ich befürchtete, daß die grenzenlose Angst, die meine Lippen zittern ließ und, vereint mit meiner Erschöpfung, meinen ganzen Körper erfaßte, von meiner Hand zu meinem Bruder fließen könnte, und bei ihm mußte es genauso sein. Verladen wie Hunde, die jegliche Widerstandskraft verloren hatten, einem gefährlichen Transport ausgesetzt, hielten wir alle durch, wobei wir uns vor Furcht auf die Lippen bissen.

Die Stimmen von Erwachsenen, die einen rauhen Dialekt sprachen, und Schreie, erfüllt von ausweglosem Ärger, ertönten in Intervallen von beiden Seiten des Tals und hallten auf dessen Grund wider. Aber diese Stimmen und Schreie ergaben für uns so gut wie keinen Sinn. Alles außer dem schwellenden, reichen Duft des nächtlichen Waldes und dem Quietschen des Gleises tobte weit über unseren kleinen, hängenden Köpfen, wie ein heulender Wind in einer stürmischen Nacht.

Der Junge, der auf unserem langen Marsch zum Tal an Bauchschmerzen gelitten hatte, stöhnte wieder hinter zusammengebissenen Zähnen. Verkrümmt vor Schmerzen, bemühte er sich, die Pein zu ertragen, ohne sich zu bewegen, und schließlich wimmerte er mit schwacher Stimme.

»He, kotz bloß nicht auf meine Schulter!« sagte Minami kalt.

Der Junge unterdrückte sein Wimmern und sagte leise »Ja«, es klang wie ein Seufzer.

Hinter den Körpern unserer Kameraden, die halb übereinander lagen, sah ich den Jungen, die Hand auf den Mund gepreßt, bleich im Gesicht, und ich senkte wieder den Blick. Was konnten wir für ihn nur tun? Bis die mit Menschen

vollbeladene Lore das Tal überquert hatte, mußten wir bleiben, wo wir waren.

Als die Lore schließlich mit einem leichten Stoß hielt,
beugte sich ein junger Bauer vor – er stand auf dem Seil, das
sich um eine neue dicke Holzachse mit rauher Rinde gewunden hatte –, fixierte flink die Lore mit einem Querholz,
und rief uns dann zu:

»Endstation! Los, raus mit euch!«

2

Erste kleine Arbeit

Umringt von schweigenden Dorfbewohnern, die Waffen trugen, gingen wir durch den dunklen, feuchten Wald einen schmalen Weg hinunter. Das Bersten gefrorener Rinde tief im Wald, das Rascheln, verursacht von kleinen Tieren, die verstohlen flüchteten, schrille Schreie und unerwarteter Flügelschlag – sie fielen über uns her und ließen uns von Zeit zu Zeit vor Schreck zusammenfahren. Der nächtliche Wald war wie ein lautlos wütendes Meer. Als wären wir Kriegsgefangene, schlossen uns die Dorfbewohner von vorne und hinten ein, obwohl es überflüssig war. Nicht einmal der Waghalsigste unserer Gruppe brachte den nötigen Mut auf, um in diesen riesigen Wald zu rennen, der im einen Moment an ein stürmisches Meer erinnerte, über das sich im nächsten Moment wieder Stille senkte.

Als wir aus dem Wald kamen, erstreckte sich auf dem Grund der Dunkelheit, in die sich fahles Licht mischte, der Weg, nun weniger steil abfallend und mit Steinen gepflastert, die sich, während langer Zeit gerundet vom Regen und Wind, angenehm unter den Füßen anfühlten. Und am Ende des Wegs war in einer Biegung des schmalen Tals ein Dorf zu sehen.

Die Häuser drängten sich zusammen, verschlossen und düster wie die dunklen Bäume auf dem Talgrund. Gleich schweigenden nächtlichen Tieren kauerten sie in einer gelegentlich unterbrochenen Reihe, angefangen bei einer leicht erhöhten Stelle bis zu der Senke weit hinten im Tal. Wir blieben stehen und sahen auf sie hinunter, und eine leise Rührung überkam uns.

»Die Lichter sind alle gelöscht, weil Verdunklung angeordnet wurde«, erklärte uns der Schulze. »Eure Unterkunft liegt ein wenig oberhalb der Häuser, im Tempel rechts vom Turm mit der Feuerglocke.«

Mit angestrengtem Blick sahen wir auf einer Erhebung, die noch etwas dunkler als ihre Umgebung war, dort, wo der Hang des gegenüberliegenden Berges anzusteigen begann, einen niedrigen Turm; er bestand aus einer ungeschlachten Stahlkonstruktion, die mit dem Wald dahinter verschmolz, als wäre sie selbst eine Art Pflanze; dann blickten wir, rechts unterhalb vom Turm, auf das einstöckige Gebäude, das etwas größer war als die Häuser des Dorfs unten im Tal, und auf ein ihm gegenüberliegendes, ebenfalls großes zweistökkiges Gebäude. Um dieses herum standen einige kleinere Häuser, die zu ihm gehörten und von einer Lehmmauer eingeschlossen wurden. Wir bemerkten, daß die niedrige Mauer ein fahles Licht ausstrahlte.

»Ich möchte in dem zweistöckigen Haus wohnen!« sagte mein Bruder, was unter den Dorfbewohnern, die in unserer Nähe standen, brüllendes Gelächter auslöste. Ihr Lachen klang kraftvoll, und Spott und Hohn vermischten sich in ihm.

»Eure Unterkunft«, wiederholte der Schulze, »ist das einstöckige Gebäude gegenüber. Kapiert?!«

»Ja«, murmelte mein Bruder offensichtlich enttäuscht. »Das dachte ich mir.«

Wir setzten uns wieder in Bewegung, und das Dorf verschwand hinter den alten Bäumen, die an beiden Seiten der Pflasterstraße emporragten und mit ihren dunklen Kronen die Sicht auf den Himmel beschnitten. Wieder mußten wir lange Zeit gehen. Endlich erreichten wir die Talsohle: Das Dorf war größer und verwinkelter, als wir erwartet hatten. Zwischen den Häusern lagen winzige Äcker, auf denen ungeerntetes, vom Frost verdorbenes Gemüse weißlich glänzte.

Die Häuser mit ihren geschlossenen Holztüren schienen in tiefem Schlaf zu liegen, aber bald bemerkten wir, daß leuchtende Augen aus Türspalten und Fensterwinkeln starrten, und wir mußten den Blick senken, um sie ignorieren zu können. Hunde bellten.

Am Fuß des Hügels änderte unser Zug die Richtung; wir ließen fast die Hälfte der Dorfbewohner zurück und stiegen einen schmalen, steilen Weg hinauf, mitten durch den erstickenden, modrigen Gestank alten Abfalls, der unsere Nasen füllte, vorbei an einem Brunnen, und gelangten dann auf eine andere Pflasterstraße. Auf der linken Seite befanden sich ein Platz und ein Gebäude mit zahlreichen Fenstern.

»Das ist unsere Zweigschule«, sagte der Schulze. »Momentan ist sie allerdings geschlossen. Die Straße, die direkte Verbindung in die Stadt, ist vom Hochwasser weggeschwemmt worden. Und die Lehrer kommen nicht. Uns blieb nichts, als sie zu schließen.«

Wir waren zu müde, um für die Zweigschule, die faulen Lehrer und die Dorfkinder Interesse aufzubringen, die sich über die unerwarteten, langen Ferien freuten. Schweigend gingen wir mit hängenden Köpfen weiter. Als wir oben auf dem Hügel anlangten, stießen wir auf ein Gebäude, das wie ein Speicher aussah, dann tauchte ein stabil konstruiertes Haus auf, das – im Unterschied zu den windschiefen Hütten, die sich, erbärmlich wie Tiere, an beiden Seiten unseres Weges hingezogen hatten – von Mauern umgeben war, die von einer kurzen Steintreppe unterbrochen waren. Dahinter lag der Tempel, mit einem kleinen Garten und weit nach unten gezogenen Dachtraufen, die den Blick auf den Himmel versperrten. Wir stellten uns in einer Reihe im Garten auf und ließen die lächerlichen, detailgenauen Formalitäten über uns ergehen, die erforderlich waren, ehe wir eine neue Unterkunft betraten. Feuermachen im Tempel war verboten; es war untersagt, die Toilette zu verschmutzen; mit Essen würden uns anfangs die Leute aus dem Dorf versorgen. Wir hörten uns die Belehrungen an, nickten brav, und dann hatten wir auch das hinter uns.

»Ihr werdet arbeiten und den Kiefernwald ausholzen! Und ich will niemand beim Faulenzen sehen!« rief der Schulze am Ende seiner Rede, und seine Stimme bekam plötzlich einen scharfen Ton. »Jeder, der stiehlt, Feuer legt oder eine Gewalttat begeht, wird von den Leuten aus dem Dorf totgeschlagen werden. Vergeßt nicht, daß ihr Schmarotzer seid, die wir aufnehmen und füttern! Denkt immer daran: Ihr seid für das Dorf unnütze Schmarotzer!«

Wir standen in der Dunkelheit und Kälte des Gartens, erschöpfte Jungen, die Schlaf in sich hineinsogen wie ein Schwamm das Wasser, zu niedergeschlagen, um noch etwas sagen zu können. Und obendrein mußten wir uns auch noch die Füße waschen und wurden einer Leibesvisitation unterzogen, bevor wir ins Haus durften.

Als der letzte Dorfbewohner gegangen war, hockten wir uns im Dunkeln auf den Boden, da er das Licht, das eine nackte Glühbirne spendete, ausgemacht hatte. Tastend streckten wir unsere Hände, die salzbedeckt und feucht von Speichel waren, nach den Kartoffeln in Bambuskörben, die sich rauh anfühlten, und setzten geduldig unser mitternächtliches Mahl fort. Wir aßen weiter, bereits kalt gewordene, schmierige Kartoffeln, während wir spürten, wie sich unsere Mundschleimhaut mit einer zähen, rauhen Schicht von mehliger Konsistenz überzog.

Dieses Abendessen, das uns am Ende einer langen Reise erwartete! Wie armselig war das Zeug und das Geschirr, das man uns gegeben hatte! Drei Körbe mit kümmerlichen Kartoffeln, eine Handvoll hartes Steinsalz. Wir waren zutiefst enttäuscht und wütend. Da wir aber sonst nichts zu tun hatten, aßen wir geduldig weiter. Umgeben von weißen Wänden und dicken Querbalken saßen wir auf den feuchten Tatami der Tempelhalle, durch eine Tür getrennt von der engen *doma** und der Toilette. Unsere bloße Anwesenheit genügte, um den Raum mit stickiger Luft zu füllen. Es gab weder andere Zimmer in diesem Gebäude, noch lebten hier Menschen aus dem Dorf.

Einige Kartoffeln waren noch übrig, aber unsere Mägen vertrugen das dürftige Essen nicht mehr; Schlaf und eine vage Trauer, die von unseren vollen Bäuchen herrührte, drang wie Wasser in unsere weichen Köpfe. Einer nach dem

---

* doma: Ungedielter Teil eines Hauses, der tiefer liegt als die − je nach dem Vermögen des Besitzers − mehr oder minder erhöhten, gedielten und teilweise mit Tatami (Strohmatten) belegten Fußböden der anderen Zimmer.

anderen verließen wir die Körbe, wischten uns die Finger am Hosenboden ab und legten uns hin, wobei sich mehrere von uns je eine dünne Bettdecke teilten. Durch die dämmrige Luft hindurch begannen unsere an die Dunkelheit gewöhnten Augen das Dachgebälk wahrzunehmen.

Das Stöhnen des Jungen, der die gesamte Reise über an Bauchschmerzen gelitten hatte, füllte noch den letzten Winkel des engen Raums, aber keiner von uns beachtete ihn. Wir starrten in die Finsternis, die Ohren gespitzt. Mysteriöse Schreie von Tieren, das Bersten aufreißender Rinde, Geräusche wie von Wellenschlag, wenn der Wind plötzlich ums Haus fuhr – sie alle fielen von draußen über uns her.

Mein Bruder, der hinter mir lag, die Stirn an meinen Rücken gepreßt, setzte sich abrupt auf. Er zögerte kurz.

»Was ist?« fragte ich mit leiser, gedämpfter Stimme.

»Ich hab Durst«, antwortete er heiser, irgendwie ängstlich. »Im Garten ist doch ein Brunnen. Ich möchte raus und was trinken.«

»Ich komme mit dir.«

»Das brauchst du nicht!« sagte mein Bruder hitzig, offensichtlich hatte ich seine Gefühle verletzt. »Ich hab keine Angst!«

Ich hatte mich halb aufgerichtet, legte mich nun aber wieder hin und hörte, wie er in die *doma* hinunterstieg und die kleine Tür zu öffnen versuchte, die nach draußen führte. Es schien nicht zu funktionieren. Mehrfach wiederholte er seine fruchtlosen Versuche, dann schnalzte er ärgerlich mit der Zunge und kam zurück, augenscheinlich ratlos.

»Die haben von außen abgesperrt«, sagte er niedergeschlagen. »Ich hab keine Ahnung, was ich tun soll.«

»Es ist abgeschlossen?« rief Minami in heftigem Ton, der

die Luft im Zimmer plötzlich vor Spannung vibrieren ließ.
»Ich schlag die Tür ein!«

Minami sprang zum Eingang hinunter und warf sich mit aller Gewalt gegen die Tür, aber entgegen unseren Erwartungen geschah nichts, nur seine schmutzigen Flüche drangen an unsere Ohren. Wir hörten, wie er sich unerschrocken gegen die Tür warf und immer wieder davon abprallte. Es funktionierte nicht.

»Saukerle!« knurrte Minami wütend, nachdem er langsam vom Eingang heraufgestiegen war und unter die Decke zu seinen Kameraden kroch. »Die wollen uns hinter Schloß und Riegel haben. Sie geben uns nichts zu trinken und nur soviel Kartoffeln, wie sie auch ihren Schweinen geben!«

Durst, der wie ein kollektiver Anfall über uns kam, schnürte uns die Kehle zu. Der Speichel hinter unseren Lippen begann mehlig zu schmecken und sich zu verdicken, die Zungen schmerzten und verkrampften sich. Wir mußten schlafen. Aber die Kälte machte uns zu schaffen. Zudem ließ uns der Durst nicht aus seinen Klauen. Allein um das Schluchzen zu unterdrücken, das in unseren vor schrecklichem Durst gefühllos gewordenen Kehlen nach oben stieg, brauchten wir die ganze Kraft, die in unseren erschöpften Körpern noch vorhanden war.

Es wurde Morgen. Beaufsichtigt von den Männern des Dorfs, die die Tür von außen aufgeschlossen hatten, den Frauen, die uns Essen brachten, das in ein grobmaschiges Tuch eingewickelt war, und den Kindern, die, versteckt hinter Bäumen und Mauerecken, zu uns herüberspähten, aßen wir harte braune Reisklöße, stopften uns den Mund mit gekochtem Gemüse voll, wobei wir uns der Finger bedienten, und tranken dazu Tee aus kupferfarbenen Gefäßen. Das Essen war weder gut, noch war ausreichend davon vorhanden. Aber wir aßen, schweigend.

Nach dem Essen kam der Schmied den Hang heraufgestiegen, über der Schulter ein Jagdgewehr, und die anderen Erwachsenen zogen sich zurück. Die Kinder jedoch beobachteten uns weiter, fasziniert, und machten keinerlei Anstalten, sich von der Stelle zu rühren. Wir winkten und riefen ihnen etwas zu, aber selbst dann schwiegen sie verbissen, ihre erdfarbenen Gesichter leer und ausdruckslos.

Der Schmied ließ seinen Blick kurz über uns gleiten – abschätzend, wie es schien. Dann ging er zu dem Jungen hinüber, der seit der vergangenen Nacht wegen seiner Bauchschmerzen völlig geschwächt war und das Essen nicht einmal angerührt hatte, das man ihm neben seine Matratze gestellt hatte. Als sich unsere wortlose Aufmerksamkeit auf den Schmied zu konzentrieren begann, der sich über unseren jüngeren Kameraden beugte und den erschöpften Kranken lange betrachtete, sah sich der Schmied plötzlich über seine breiten Schultern nach uns um, auf seinen Lippen ein verlegenes Grinsen.

»Ich möchte, daß ihr euch an die Arbeit macht – von dem hier einmal abgesehen.«

»Arbeit?« sagte ich.

»Sie wollen uns schon morgens zur Arbeit treiben?« fragte Minami scherzhaft. »Heute wollen wir uns mal erholen!«

»Was ihr heute tun werdet«, fuhr der Schmied hastig fort, »verdient kaum den Namen Arbeit. Ihr werdet eine Kleinigkeit für mich vergraben!«

»Was sollen wir denn vergraben?« fragte mein Bruder, neugierig geworden.

»Ich will hier nicht von jedem einzelnen von euch eine Gegenfrage hören!« schnitt ihm entrüstet der Schmied das Wort ab. »Geht raus und stellt euch in einer Reihe auf!«

Lärmend schnürten wir unsere Schuhe und stürmten in den Garten. Der Schmied redete hartnäckig auf den am Boden liegenden kranken Jungen ein, dann kam er uns eilig nach, und wir folgten ihm den Hügel hinunter. Das Rudel der Dorfkinder rannte uns nach, behielt aber einen gewissen Abstand bei. Als wir uns jedoch bedrohlich gestikulierend umwandten, traten sie sofort den Rückzug an, um uns dann wieder nachzulaufen, wobei sie uns mit größter Vorsicht beobachteten.

Es war Morgen, ein wunderbarer klarer Wintermorgen. Die Mitte der Straße, die mit zerschlagenen Steinen ausgelegt war, der Teil des Wegs, der sich hochwölbte wie der Rücken eines Schafs, war trocken, und Staub wirbelte auf; an den Straßenseiten hingegen, wo verdorrtes gelbstieliges Unkraut wucherte, lag noch Rauhreif, der knirschend Widerstand leistete, wenn wir auf ihn traten, dann aber plötzlich zusammenbrach. Und wie ein Bündel von Pfeilen durchbohrte Kälte die Luft, in der Spuren des Gestanks von hartgefrorenen Pferdeäpfeln lagen.

Am Fuß des Hügels stießen wir auf eine etwas breitere Straße, gepflastert mit ziegelgroßen Steinen, deren Ecken abgerieben waren, und mehrere niedrige, kleine Häuser, die wir bereits letzte Nacht in der Dunkelheit gesehen hatten. Doch jetzt, überflutet vom Schein der vormittäglichen Sonne, ging von ihren Strohdächern und Lehmmauern ein weicher goldfarbener Glanz aus. Die Berge, die uns in der

Nacht in Angst und Schrecken versetzt hatten, der lichte Wald, durch den die Straße zum Dorf führte, und, daran anschließend, die steilen Hänge der Mischwälder, die in einem Bogen das Dorf umgaben – sie verströmten nun leuchtend grünes Licht oder funkelten in hellem Braun, und von allen Seiten brandeten die Stimmen von Vögeln heran. Zug um Zug hob sich unsere Stimmung, bis uns ein Glücksgefühl erfaßte und wir geradezu Lust bekamen, ein Lied zu singen. Wir waren in dem Dorf angekommen, in dem wir den Rest des Winters und anschließend einige weitere Jahreszeiten verbringen sollten, wir waren bereit zu arbeiten. Arbeit war eine feine Sache. Die Arbeiten, die wir bislang für gewöhnlich verrichten mußten, hatten allerdings nur aus der Vorfertigung von Spielzeug bestanden, dem sinnlosen Anpflanzen von Kartoffeln auf unfruchtbaren Böden und, wenn es hochkam, der Herstellung von Sandalen mit Holzsohlen. Im Schweigen des Schmieds, der gebückt dahineilte, lag das Versprechen auf eine lohnende Arbeit. Mit vor Erwartung geblähten Nüstern sogen wir die kalte Luft ein und zitterten.

»Hier liegt ein toter Hund!« rief mein Bruder. »Schaut mal, ein ganz kleiner Hund!«

Wir gingen durch niedriges, wucherndes Unkraut zum Aprikosenbaum, zu dem mein Bruder gerannt war, dann sahen auch wir ihn.

»Der hat sich den Magen verdorben und ist dann verreckt!« rief mein Bruder und wandte sich mit glühenden Wangen nach uns um. Einige jüngere unserer Kameraden liefen zu uns herüber. »Sein Bauch ist ganz aufgeschwollen.«

»He!« Brüllend, mit ausdrucksloser Miene, schwang der

Schmied seine Arme in Richtung der kleinen Gruppe, was denen jedoch nichts sagte. »Keiner verläßt ohne Erlaubnis die Reihe!«

Offensichtlich verstört wollten mein Bruder und die anderen in die Reihe zurückkehren. Ich spürte, daß es meinem Bruder nicht gelang, seine Enttäuschung über den Schmied zu verbergen, der gerade Verrat an den freundschaftlichen Gefühlen beging, die mein Bruder gestern nacht für ihn gehegt hatte.

»Zieh den Hund hierher!« rief der Schmied mit ausdrucksloser Stimme, als wäre ein toter Hund die normalste Sache der Welt. Wir lachten, während mein Bruder verwirrt stehenblieb. Aber der Schmied wiederholte in ernstem Ton: »Binde ihn an einem Stück Schnur fest und zieh ihn hierher!«

Ohne weiteres Zögern hob mein Bruder aus dem dichten Gras eine hartgefrorene Schnur auf und beugte sich über den toten Hund. Seine jüngeren Kameraden liefen schreiend zu ihm, um ihm zu helfen.

»Die werden den Hund braten und uns zu fressen geben«, sagte Minami leise, begleitet von einer übertriebenen Geste der Mutlosigkeit. »Das wird eine schöne Schweinerei!«

»Du ißt doch sogar Katzen!« sagte ich. »Und Ratten, egal was!«

»Hier liegt eine tote Katze!« rief Minami leicht verblüfft. Aus dem Gräsergewirr zu seinen Füßen lugten die flauschigen, sanften Hinterpfoten einer Katze heraus. »Sie hat'n getigertes Fell.«

»Die könnt ihr auch mit der Schnur rüberziehen!« sagte der Schmied ruhig. »Und trödelt nicht so herum!«

Mit einem vagen, gehemmten Gefühl banden wir die aufgeschwollene Hundeleiche und die tote Katze zusammen, deren Kiefer fest zusammengebissen waren, und schleppten sie hinter uns her.

Wir gingen den schmalen, von Gras überwucherten Weg hinunter, wo neben dem ohne jegliche Sorgfalt errichteten Gebäude der Zweigschule noch ein schmutziger Rest Schnee lag, von dort aus über einen steilen Abhang ins schmale Tal hinab, das sich um uns schloß, wie der Boden eines Sacks. Etwas weiter oben am gegenüberliegenden Hang sahen wir einige Stollen, die zu einer stillgelegten Grube gehören mochten, und eine Handvoll erbärmlicher Häuser.

Wir gingen hinunter ins Tal, zuletzt mit trippelnden Schritten.

Dort, wo sich der schmale Weg in einer Wiese verlor, die von aufgetautem Rauhreif in Matsch verwandelt worden war, standen eine Scheune und ein Stall. Der Schmied schob seine Schulter in den Eingang der Scheune, die aus grob gehobelten Balken bestand, und rief: »Hat sich bei dir was getan?«

»Nichts. Bei keinem einzigen Stück Vieh«, antwortete eine tiefe, leise Stimme. Jemand schien im Inneren der dunklen Scheune aufzustehen. »Bis jetzt hat sich bei keinem einzigen Stück Vieh was getan.«

»Ich leih mir deine Hacken aus«, sagte der Schmied.

»Hm.«

Er trat in den Eingang und kam mit mehreren Hacken zurück, die er auf den feuchten Boden warf. Es waren Hacken für die Arbeit in den Bergen, mit kurzen, dicken Stielen und massiven, stumpfen Hackblättern aus Eisen: wirklich schwere Hacken. Jeder von uns wollte schneller sein als der andere, als wir sie aufhoben und dann über die Schulter legten. Daß man uns Werkzeug gab – noch dazu solide, männlich wirkende bäuerliche Geräte, die etwas zutiefst Menschliches an sich hatten –, erfüllte uns mit Stolz und gab uns neue Kraft.

Das Verhalten des Schmieds war allerdings weniger menschlich. Während wir die Geräte aufhoben und schulterten, behielt er uns nämlich voller Vorsicht im Visier seines Gewehrs, das er in Brusthöhe in Anschlag gebracht hatte. Der Mann aus dem Dorf, der aus seiner Scheune aufgetaucht war, betrachtete uns und die Tierleichen, die wir angeschleppt hatten, ohne eine Miene zu verziehen. Das Ausbleiben jeglicher Reaktion schockierte uns ein wenig, aber die schlaffe Haut unter seinen Augen, die Ähnlichkeit mit verschleimten Beuteln hatte, sah aus, als könnte sie sich nach oben schieben, dem Mann die Augen schließen und ihn in Schlaf versetzen.

»Ist das alles, was heute morgen anfällt?« fragte der Mann langsam, als wäre er außerordentlich gelangweilt.

»Als nächstes kommt deine Kuh dran!« sagte der Schmied.

»Glaubst du, ich könnte es ertragen, wenn's meine Kuh erwischt?!« schrie der Mann erregt. »Glaubst du wirklich, ich könnte es ertragen, wenn's auch noch meine Kuh erwischt?!«

Der Schmied schüttelte wortlos den Kopf und bedeutete uns, zur Wiese hinunterzugehen. Er hütete sich, mit dem Rücken zu uns voranzulaufen, solange wir Geräte hatten, die man auch als Waffen verwenden konnte. Wir rannten hinunter, bis ans Ende des kleinen Tals, wo ein schmaler

Bergbach schwach in der Sonne glänzte. Eine Windströmung zirkulierte hier, eine Spur schwerer und von dichterer Konsistenz als die Luft im Dorf, und brachte etwas Wärme mit sich.

Wir drehten uns um und blickten den Hang hinauf. Kinder, die eilig hinter dem Schmied herrannten, weiter oben die Häuser des Dorfs, die wie eine Schar von Vögeln auf der Flanke des Hügels hockten, darüber der kalte Himmel, blau und hart. Der Schmied schwenkte heftig die Arme und signalisierte uns, nach rechts weiterzugehen. Wir zogen durch grobstieliges Gras, das uns in die Haut schnitt, und schleppten die Tierkadaver hinter uns her, an deren Gliedmaßen – mittlerweile wie Pflanzen von unbeweglicher Starre erfaßt – winzige haarige Samen von hülsentragenden Gräsern und Schmutz klebten.

Und dann standen wir plötzlich in unseren schlammbeschmierten schweren Schuhen vor einem hoch aufgestapelten seltsamen Haufen, heftig atmend vor Schrecken.

Hunde, Katzen, Feldmäuse, Ziegen und sogar Fohlen: die Kadaver unzähliger Tiere türmten sich zu einem kleinen Hügel, lautlos und geduldig verrottend. Sie hatten die Zähne zusammengebissen, ihre Pupillen befanden sich in Auflösung, die Glieder steif und starr. Ihr totes Fleisch und ihre Haut hatten sich in gallertartigen Schleim verwandelt und überzogen das gelbe dürre Gras, den schlammigen Boden mit einer klebrigen Schicht, und dann die zahllosen Ohren, die seltsam lebendig wirkten und allein dem zersetzenden Angriff der Verwesung widerstanden hatten.

Wie von einer Decke schwarzen Schnees waren die Tiere unter Schwärmen dicker, fetter Winterfliegen begraben, die immer wieder kurz in die Höhe flogen, begleitet von einer Musik, die erfüllt war von Schweigen und unsere vor Schrecken empfindungslos werdenden Köpfe überflutete.

Mein Bruder seufzte. Angesichts dieser aufeinanderliegenden Tierkadaver erschien ihm der braune Hund, den er an einer Schnur hierher geschleppt hatte, bedeutungslos, banal wie Gras oder Erde.

»Buddelt ein Loch und vergrabt sie!« sagte der Schmied. »Hier wird nicht geträumt, sondern gearbeitet!«

Aber wir standen nur da, benommen, eingehüllt in den Gestank, der dem Haufen toter Tiere entströmte und, wie eine zähe Flüssigkeit, sich dumpf auf unsere Gesichtshaut legte, von unseren Nasen ganz zu schweigen. In diesem wild herausschießenden Gestank, der uns mit seinen Wogen umgab, lag etwas verborgen, das uns aufputschte. Nur Kinder, die schon einmal ihre kleinen Nasen an die Hinterbeine einer läufigen Hündin gepreßt haben, um hingebungsvoll ihren Geruch einzuatmen, Kinder, die, getrieben von einer verwegenen Begierde, mutig genug sind, ein zwar nur kurzzeitiges, wenngleich gefährliches Vergnügen daran zu finden, hastig das Fell eines erregten Hundes zu streicheln, sind empfänglich für die zärtlichen menschlichen Signale und die verführerische Kraft, die im bestialischen Geruch von Tierkadavern enthalten sind. Die Augen zum Platzen weit aufgerissen, sogen wir geräuschvoll die Luft durch unsere geblähten Nüstern ein.

»Hier liegt schon wieder eins!« rief, ängstlich und schamvoll und doch voller Anmaßung, hinter uns eine Stimme, in einem Dialekt, in dem die Vokale mit kaum geöffneten Lippen artikuliert werden.

Wir drehten uns um und sahen, daß eines der Dorfkinder, die sich in kurzer Entfernung auf einem niedrigen Hügel zusammengeschart hatten, eine kleine Ratte mit angeschwollenem Bauch von seinen Fingern baumeln ließ.

»Jetzt sieh sich einer diesen Idioten an! Du sollst die Tiere nicht berühren! Schon vergessen?!« rief der Schmied, an dessen Kehle Adern hervortraten. »Geh nach Hause und wasch dir die Hände!«

Zitternd, als hätte er einen Schlag erhalten, schleuderte der Junge das Rattenkind von sich und hetzte den Hang zum Dorf hinauf. Verwirrt beobachteten wir, wie der Schmied dem Jungen hinterherblickte, sein Gesicht glühend vor rechtschaffenem Zorn.

»Hebt das auf und bringt es her!« sagte der Schmied, er unterdrückte seine Wut.

Aber keiner von uns machte Anstalten, zu der Ratte zu gehen und sie aufzuheben. Wir ahnten ein böses Vorzeichen.

»Na, kommt schon! Bringt sie endlich her!« wiederholte der Schmied mit gekünstelter Freundlichkeit.

Ich rannte los und bückte mich, nachdem die Dorfkinder schreiend auseinandergestoben waren, hob die harte, eingeschrumpfte Ratte zwischen Daumen und Zeigefinger am Schwanz hoch und ging mit ihr zurück. Ich ignorierte den leichten Vorwurf im Blick meines Bruders und warf die Ratte auf den Berg toter Tiere, die endlos, stumm, weiterschrien. Die Ratte prallte vom Rücken einer haarlosen Katze ab, die sich, dem Regen ausgesetzt, weiß verfärbt hatte, glitt über andere Tiere nach unten und schlüpfte dann unter das entblößte vorstehende Hinterteil einer Ziege. Gelächter lief durch unsere Reihen, und plötzlich wich die Anspannung von uns.

»Also, dann mal an die Arbeit!« sagte der Schmied mit neuer Energie.

Mit geschwungenen Hacken gruben wir die braune Erde auf, die mit dürrem Gras und Laub bedeckt war. Die obere Schicht war weich, und wir kamen schnell voran. Wenn wir dicke, runde orange-weiß gefärbte Larven ausgruben, oder überwinternde Frösche und Spitzmäuse, ließen wir umgehend unsere Hacken gezielt auf sie niedersausen und schlugen sie tot. Der dünne Nebel, der über dem Tal lag, lichtete sich schnell, aber die aufgestapelten Kadaver der Tiere füllten das Tal gleichsam mit neuem Nebel, mit Schwaden bestialischen Gestanks, der niemals verschwand.

Wir gruben ein rechteckiges Loch von exakt zwei auf drei Metern. Unter der weichen Erdschicht erschien eine etwas härtere Schicht, die weiße kristalline Steine enthielt. Und jedesmal, wenn wir die Hacken zu Boden sausen ließen, sickerte kaltes Wasser hervor. Die schwachen Strahlen der Wintersonne trieben uns bei der Arbeit den Schweiß auf Stirn und Wangen. Sobald das Loch tiefer wurde, konnte nur noch eine begrenzte Anzahl von uns in ihm arbeiten. Ich schmiß die Hacke hin und wischte mir den Schweiß von der Stirn. Vorsichtig schlichen sich die Dorfkinder wieder näher heran. Als sie jedoch sahen, daß ich zu arbeiten aufgehört hatte, machten sie sich bereit davonzurennen. Ich entdeckte ein Mädchen, dessen Nacken schwärzlich vor Schmutz starrte, aber ihre gespitzten Lippen, die kleine niedliche Nase und die feuchten, kränklichen Augen nahmen mir jede Freude an dem Vergnügen, sie und ihre Freunde zu erschrecken. Ich hatte in den Dörfern, durch die wir während unserer Reise gekommen waren, Mädchen ihrer Art bis zum Überdruß erschreckt. Wir pflegten die Mädchen mit Gebrüll zu überfallen, wenn sie sich, die kleinen, knochigen Hintern entblößt, hinhockten, um zu urinieren. Aber auch das Vergnügen an diesem Spiel hielt nicht so lange vor, wie wir gedacht hatten. Ich verachtete die Dorfkinder zutiefst, ich haßte sie.

»He, hier wird nicht gefaulenzt!« sagte der Schmied, der sich mir näherte.

»Hm«, sagte ich, zeigte aber keinerlei Absichten, wieder mit der Arbeit zu beginnen. »Ihr Jagdgewehr hat'n ziemliches Kaliber, was!«

»Das Gewehr ist für die Bärenjagd, man kann damit aber auch Menschen umlegen«, sagte der Schmied drohend und zog die Waffe zurück, als ich die Hand danach ausstreckte. »Wenn du durchdrehst, erschieße ich dich! Es ist überhaupt kein Problem für uns, dich und deine Kumpane zu erschießen.«

»Schon klar!« sagte ich verletzt. »Wenn die Dorfkinder eine tote Ratte berühren, infizieren sie sich mit Bakterien. Wenn wir eine berühren, stört das niemanden. Habe ich recht?«

»Was soll das heißen?!« stammelte der Schmied bestürzt.

»Unter den Tieren ist eine Seuche ausgebrochen, oder?« sagte ich und deutete mit dem Kinn auf meine Kameraden, die begonnen hatten, Kadaver in das frisch ausgehobene Loch zu werfen. »Was für eine Seuche?«

»Woher soll ich das wissen!« sagte der Schmied verschlagen. »Nicht mal der Arzt weiß es.«

»Macht ja auch nichts, wenn die Tiere sterben. Schlimmstenfalls geht ein Pferd drauf, oder?« fragte ich noch verschlagener als er, und der Schmied ging mir auf den Leim.

»Ein Mensch ist auch schon gestorben«, sagte er in einem Atemzug.

»Ein Koreaner!« rief ein Dorfjunge, der, von Neugierde getrieben, seine Angst bezwungen hatte und den Kopf hinter dem Rücken des Schmieds hervorstreckte. »Schau mal, du siehst doch die Fahne dort drüben?!«

Wir blickten zu der äußerst armseligen Ansammlung von Häusern hinauf, die sich am gegenüberliegenden Berghang zusammendrängten. Bei einer Hütte am Rand der Siedlung flatterte eine verschossene, zinnoberrote Papierfahne im Wind. Im Tal selbst regte sich kein Lüftchen, aber dort oben, auf halber Höhe des Bergs, mußte den ganzen Tag ein Wind wehen, der nach neuen Blättern roch und Erde. Dort würde es kaum nach verwesenden Hunden stinken…

»Dort drüben?« fragte ich zurück, aber der schüchterne Junge preßte die Lippen zusammen. »Dort drüben ist ein Koreaner gestorben?«

»In der Siedlung leben Koreaner, und gestorben ist nur einer von ihnen«, antwortete der Schmied anstelle des Jungen. »Kein Mensch weiß, ob er dieselbe Krankheit hatte wie die Tiere.«

Meine Kameraden versuchten gerade, ein schweres Kalb von der Stelle zu bewegen, aus dessen aufgerissenem Bauch eine Mischung aus breiigem Fleisch, Blut und Körpersäften strömte. Ich hatte das Gefühl, daß die mörderische Krankheit, die dieses kräftige Kalb befallen hatte, ohne weiteres auch einen Menschen erledigen konnte.

»Im Vorratshaus liegt eine Frau im Sterben, die man aus der Stadt evakuiert hat«, rief ein anderes Kind mit vor Aufregung schriller Stimme. »Sie hat nämlich angefaultes Gemüse gesammelt und gegessen. Alle sagen das.«

»Falls ihre Krankheit etwas mit der Seuche zu tun hat, müßt ihr die Frau auf eine Isolierstation bringen«, sagte ich. »Wenn sich die Seuche erst einmal ausbreitet, wird's grausam. Keiner würde das überleben.«

»Hier gibt's keine Isolierstation«, sagte der Schmied ärgerlich. »So was gibt's hier nicht.«

Ich ließ nicht locker. »Und was macht ihr, wenn sich eine Seuche ausbreitet?«

»Dann haut das ganze Dorf ab. Wir lassen die Kranken hier und fliehen. Das ist bei uns die Regel. Wenn hier im Dorf eine Seuche herrscht, dann sorgen die Nachbardörfer für uns. Und umgekehrt, wenn in einem anderen Dorf eine Seuche ausbricht, dann füttern wir die Leute durch, die zu uns fliehen. Wird wohl an die zwanzig Jahre her sein, damals gab's hier eine Choleraepidemie, und wir haben drei Monate im Nachbardorf verbracht.«

Vor zwanzig Jahren! Das klang so feierlich und schlicht wie eine Legende, und ich geriet ins Träumen. Vor zwanzig Jahren, im Dunkel der Geschichte, hatten die Menschen in dem Dorf stöhnende, schmerzgepeinigte Kranke im Stich gelassen und waren geflohen. Und dieser Überlebende hier sprach mit mir, so dicht neben mir, daß ich seinen Körpergeruch aufnehmen mußte.

»Und warum flieht ihr dieses Mal nicht?« fragte ich, unfähig, meine Atemlosigkeit verbergen zu können.

»Was?« sagte der Schmied? »Dieses Mal? Wüßte nicht, daß hier groß eine Seuche ausgebrochen wäre. Tiere sind gestorben, zwei Menschen erkrankt, einer tot. Das ist alles.«

Dann schloß der Schmied den Mund, er wandte den Blick von mir ab, die Haut um seine Lippen angespannt. Ich lief zu meinen Kameraden zurück und half ihnen bei der

Arbeit. Angefangen mit dem wirklich winzigen Hund transportierten wir allerlei Tiere zur Grube und warfen sie auf ihre Artgenossen, die hier bereits zusammengepfercht lagen. Die meisten von ihnen waren am Verwesen, und wenn die Haut ihrer Hinterbeine, wo ich sie gepackt hielt, sich glatt von den Knochen löste, hatte ich das Gefühl, daß sich Scharen von Krankheitserregern, ausgestattet mit grausamer Macht, von den Kadavern auf mich stürzten, und kalter Schweiß lief mir über den Rücken. Als aber meine Nasenschleimhaut wegen des Gestanks unempfindlich geworden war, war auch dieses Gefühl vollständig aus meinem Bewußtsein verschwunden. Nachdem wir alle Tiere in das Loch befördert hatten, bedeckten wir sie mit Erde und schauten, plötzlich zur Untätigkeit verurteilt, zum Himmel auf. Dort, am engen Himmel, der an beiden Seiten von Berghängen begrenzt wurde, stand leuchtend die Sonne, und ihre mittäglichen Strahlen brannten mit aller Kraft auf uns herab.

»Nach dem Mittagessen werden wir die Erde festtreten«, sagte der Schmied. »Wascht euch die Hände gründlich im Fluß und kommt dann.«

Schreiend schwangen wir unsere verdreckten Arme und liefen zu dem schmalen Fluß in der Senke. Glatte Steine lagen hier herum, bedeckt mit verdorrtem Moos, zwischen denen ein glasklares Rinnsal floß. Wir steckten die Hände hinein, und heftiger Schmerz durchzuckte unsere Körper. Doch als wir unsere Finger, rot angeschwollen und vor Kälte paralysiert, tüchtig rieben, entstanden zwischen den Fingern, für einen kurzen Moment, Regenbögen – sie und das pulsierende Glitzern der Sonne auf dem Wasser ließen immer wieder ein glückliches Lachen in unsere Kehlen steigen.

»Wascht euch gründlich! Ihr wimmelt von Bakterien!«

sagte ich mit lauter Stimme. »Wenn euch einer anfaßt, der sich nicht gewaschen hat, habt ihr die Seuche am Hals!«

»Es leiden die Hunde, es leiden die Ratten!« rief Minami scherzhaft und spritzte mit Wasser um sich. »Es leiden die Katzen, und Bockkäfer leiden auch!«

Wir brachen alle in Gelächter aus und brüllten aus vollem Hals, aber einer von uns verstummte plötzlich und spähte ins Wasser, die Haut über den Wangen vor Anspannung straff.

Umgehend angesteckt von seinem Schweigen, starrten wir, halb auf dem Rücken des Vordermanns liegend, auf das, worauf sein aufgeregt zitternder Finger zeigte.

»Es ist ein Krebs!« rief mein Bruder überrascht.

Es war tatsächlich ein Krebs. Auf dem gelbbraunen, sandigen Grund des hellblauen Wassers lugten zwischen Steinbrocken die gepanzerten Beine eines Krebses hervor, groß wie die Hand eines Kindes. Die borstigen erdfarbenen Haare auf seinen Beinen wiegten sich in der Strömung des Rinnsals. Mein Bruder tauchte ängstlich die Hand ins Wasser und bewegte sie auf die Beine des Krebses zu. Dann, vielleicht hatten seine Finger die Beine berührt, trübte plötzlich ein Wirbel aus Erde und Sand das Wasser, und als sich die Sandwolke wieder gelegt hatte, war nichts mehr zu sehen. Wir lachten heiser und rochen den normalen Geruch des Sandes und des Wassers, mit den Schleimhäuten unserer Nasen, die sich vom Gestank erholt hatten.

»Kommt her! Kommt endlich alle her! Was treibt ihr eigentlich?« schrie der Schmied ungeduldig.

Über dürres Gras trampelnd, stiegen wir den Hang hinauf und wurden auf unserem Rückweg zum Tempel auf der

Pflasterstraße von einer Schar Dorfbewohner am Weiter-
marschieren gehindert, die sich vor dem Gebäude versammelt hatten, das einem Vorratshaus glich. Sie starrten
gespannt durch die offene Tür ins Innere des Gebäudes,
unseren zum Stehen gekommenen Zug beachteten sie
nicht. Dorfkinder liefen furchtsam an uns vorbei und
mischten sich unter die Erwachsenen. Aus dem Vorratshaus
war das Schluchzen eines jungen Mädchens zu hören, was
uns den Atem verschlug.

Dann trat aus der Tür des Vorratshauses ein Mann mit
kräftigen abstehenden Ohren, ungewöhnlich kahl über der
Stirn, in der Hand eine dickbauchige Ledertasche, schwarz
und alt. Als er den Kopf schüttelte, ein wenig zu heftig, lief
durch die Reihen der Erwachsenen angespanntes Raunen,
und einige der Dorfbewohner gingen ins Vorratshaus.

Aus dem lastenden Schweigen der Dorfbewohner erhob
sich, unnatürlich klingend, die Stimme des Schmieds:
»Nun, wie steht es, Doktor?«

»Wie?« meinte der Mann hochmütig, ohne die Frage des
Schmieds direkt zu beantworten, und drängte sich durch
die Menge zu uns.

Er ließ seinen Blick aufmerksam über unsere Köpfe gleiten. Es war nicht angenehm, von seinen erschöpften, trü-
ben, braunen Augen angestarrt zu werden, und zudem
schien es, daß sich das unnormale Gefühl, das von den Dingen ausging, die er im Vorratshaus hinter sich gelassen
hatte, sich nun in seiner Gestalt einen Weg zu uns gebahnt
hatte, um uns zu bedrohen.

»Wer ist euer Anführer?« fragte der Mann mit tiefer, rauher Stimme. »Euer Anführer?!«

Vollständig aus der Fassung gebracht, gedrängt und angestachelt von den Blicken meiner Kameraden, stammelte ich eine Antwort.

»Ich, aber Sie können auch jeden anderen von uns nehmen.«

»Wie?« sagte der Arzt. »Ich habe euren kranken Freund untersucht. Geh ins nächste Dorf, meinetwegen morgen, und hol das Medikament ab. Du bekommst von mir eine Karte.«

Er zog aus seiner dickbauchigen Tasche ein Notizbuch, zeichnete mit einem Bleistift eine detaillierte Karte, die er herausriß und in meine ausgestreckte Hand drückte. Ich wollte die Karte vorsichtshalber lesen, ehe ich sie in meine Brusttasche schob, aber die simple Zeichnung ergab keinen klaren Sinn für mich.

Als ich den Mann, er schien Arzt zu sein, nach dem Zustand unseres Kameraden zu fragen versuchte, kam der Schulze mit dem heulenden Mädchen im Arm aus dem Vorratshaus und führte es den Hang hinunter. Das Mädchen, das so entsetzlich weinte, als würde es am ganzen Körper brennen, jagte uns Angst ein und ließ uns verstummen wie wilde Tiere.

3

Angriff der Seuche
und Räumung des Dorfes

Am Nachmittag sollten wir die Erde über dem Loch fest-
stampfen, in dem wir die Tiere vergraben hatten. Nach dem
primitiven Mittagessen setzten wir uns auf die schmale Veranda des Tempels, wo wir unsere müden Körper von den
schwachen Strahlen der Wintersonne bescheinen ließen,
und warteten lange Zeit, aber der Schmied, der unsere Arbeit beaufsichtigen sollte, kam nicht wieder den Hügelweg
jenseits des Gartens herauf. Die Kinder des Dorfs standen
dort mit fast reglosen Mienen, die Arme verschränkt und
ausnahmslos schmutzig, und starrten uns hingebungsvoll
an. Wenn wir ihnen drohten, stürzten sie, panisch wie
Hunde, davon, nur um gleich darauf wieder zu erscheinen.
Wir verloren schnell die Lust an diesem einseitigen Fangen-
spiel und widmeten uns unseren eigenen Spielen, während
wir die Dorfkinder ignorierten wie Bäume oder Gras.
Schließlich und endlich war es das erste Mal, daß wir uns
seit der Ankunft im Dorf erholen konnten.

Einige von uns brachten ihre Säcke in Ordnung: Sie legten ihre wertvollen Besitztümer in die Sonne (mysteriöse
Tuben, bronzene Türgriffe, blutverschmierte Eisenringe,
die wir als Waffen verwendeten, Scherben von schußfestem
Glas) und polierten sie mit einem Tuch. Andere waren eifrig dabei, aus weichen Hölzchen ein Modellflugzeug fertig-

zustellen. Und Minami, der ließ sich zur Verarztung seines kleinen Afters, chronisch entzündet infolge einer aufopferungsvollen Liebe, von einem ergebenen Freund mit dem geringen Rest einer Salbe einreiben, die einem Zelluloidgefäß aus der Tiefe seines Seesacks entstammte. Um die entzündete Stelle einer Behandlung zugänglich zu machen, mußte er sich, wie ein Tier, das den Darm entleert, in eine entwürdigende Position begeben; und wenn einer es wagte, ihn zu verhöhnen, sprang Minami umgehend auf die Beine und schlug mit noch immer heruntergelassenen Hosen den unverschämten Gegner zu Boden. Wir ließen es uns gutgehen und verbrachten zum ersten Mal seit Tagen einen Nachmittag, ohne etwas zu tun. Nur der Junge, der die ganze Reise über unter Magenschmerzen gelitten hatte, lag erschöpft und bleich im Gesicht auf dem Rücken, mittlerweile zu geschwächt, um noch zu stöhnen. Aber was sollten wir tun?

Plötzlich wurde die Luft kälter, der Wind frischte auf, und von den bewaldeten Höhen, welche die Sicht nach oben begrenzten, stieg Dämmerung zum niedrigen Himmel auf. Die Frauen aus dem Dorf brachten uns schweigend das Abendessen, das wir hastig hinunterschlangen, und dann wurden abermals alle Türen geschlossen und von außen verriegelt. Der Schmied, der während des Essens anwesend war, betrachtete uns stumm, mit versteinerter Miene; unsere Fragen, mit denen wir ihn zum Sprechen bringen wollten, ignorierte er. Sobald wir wieder unter uns waren, eingeschlossen in dem dunklen Raum, breitete sich in der reglosen Luft langsam der spezielle Gestank aus, der bei der morgendlichen Arbeit unsere Körper, die Kleidung und – mehr als alles andere – unseren Geist durchdrungen hatte.

Deprimiert von der Erschöpfung, die unsere Körper überflutete, während der Gestank an Intensität zunahm, lagen wir da, begraben unter der drückenden Luft, und versuchten, den Schlaf anzulocken, in unserem Inneren und auf den Augen. Aber das schwächliche, keuchende Atmen unseres kranken Kameraden, die Schreie der Tiere im nächtlichen Wald und das Krachen umstürzender Bäume störten uns immer wieder auf und ließen uns lange nicht schlafen. Schließlich hörte ich überall im Raum Keuchen und verstohlenes Rascheln, Anzeichen von wollüstigen Handlungen, aber ich war zu erschöpft, um mich daran zu beteiligen.

Später in der Nacht starb unser Kamerad, der so lange gelitten hatte. Wir erwachten urplötzlich in diesem Moment. Aber nicht deshalb, weil uns Lärm oder das Gefühl von jemandes unerwarteter Anwesenheit in Aufruhr versetzt hätten, sondern aus einem vollkommen anderen Grund. Mitten in unserer Gruppe, die in leichtem Schlaf gelegen hatte, war ein leises Geräusch verstummt, ein Lebewesen ging für immer verloren. Und dieses seltsame, fremdartige Gefühl ergriff von uns allen Besitz. Wir richteten uns im Finstern auf. Plötzlich versetzte das kraftlose Schluchzen eines unserer Jüngeren die dunkle Luft in Schwingungen. Weinend erzählte er uns, was mit unserem Kameraden geschehen war. Wir verstanden sofort. Wir tasteten uns durch das Dunkel und versammelten uns um den Toten, der bis zum Anbruch der Nacht unser Freund gewesen war, nun jedoch rasch erkaltete und steif zu werden begann. Wir drängten uns gegenseitig aus dem Weg, unsere heißen Körper dicht aneinander, berührten seine Haut, aus der jegliche

Wärme gewichen war, und zogen die Hände wieder zurück, als hätten wir einen Schlag erhalten.

Plötzlich drängten sich einige von uns gegen die Tür, die ins Freie führte, und begannen zu schreien. Ihre Schreie übertrugen sich auf alle, und wie in einem kollektiven Anfall preßten wir uns gegen die Tür und schlugen brüllend dagegen, als hätten wir nur noch den Wunsch, möglichst weit von dem Toten entfernt zu sein.

»Heee! Heee! Kommt endlich! Macht die Tür auf! Heee, der Kranke ist tot!«

Heee, heee! schrien wir, aber unsere Stimmen vermischten sich nur und hallten wider, trugen jedoch, wie die Schreie der Tiere im nächtlichen Wald, keine klare Bedeutung weiter. Und uns war, als ob aus unseren sich gegenseitig überlagernden Stimmen, unseren Schreien, die kämpften und einander bedrängten, lediglich Trauer entsprang, die sich mit mächtigem Funkeln verbreitete, hinauf zu den Höhen des Himmels und hinab in die Tiefe des Tals.

Lange Zeit verging, und als unsere Schreie vor Erschöpfung und Heiserkeit bereits kraftlos und dumpf geworden waren, hörten wir auf der Straße das chaotische Getrampel einer großen Menschenmenge, die die Straße vor dem Garten heraufkam, hörten, wie jemand sich geräuschvoll am Türschloß zu schaffen machte. Wir verstummten und warteten. Aber die Erwachsenen aus dem Dorf zögerten, bevor sie den Tempel betraten, und der Schein einer Taschenlampe fiel von draußen zu uns herein. Im Lichtkegel sah ich das tränenverschmierte Gesicht meines Bruders. Und dann sah ich, wie der Schulze und der Schmied mit wachsamen Blicken hereinkamen, ihre Gewehre in Hüfthöhe im Anschlag. Wir schwiegen. Und atmeten heftig. Der Schulze und sein Begleiter – sie bissen sich mit geweiteten Nüstern auf die Lippen – waren so angespannt wie Wärter, die eine Gefangenenrebellion niederzuschlagen hatten.

»Was ist los, ihr verdammten Strolche? Was geht hier vor?« sagte der Schulze knurrend. »Was soll dieser Radau?«

Ich versuchte, ihm die Situation zu erklären, und schluckte Speichel, um meine heisere Kehle zu befeuchten, aber das war überflüssig. Der Lichtkegel der Taschenlampe in der Linken des Schmieds, der über unsere Köpfe wanderte, hatte den Toten erfaßt und verharrte dort. Beobachtet von unseren stummen, wachsamen Blicken, näherten sich die beiden, ohne die Schuhe auszuziehen, mit vor Mißtrauen steifen Wangen unserem Toten. Die Taschenlampe auf ihn gerichtet, bückten sie sich, um ihn zu untersuchen. Im fahlgelben Lichtkreis das bleiche, armselige, kleine Gesicht, die blutleere Haut, hart wie die Schale einer Frucht, und etwas eingetrocknetes Blut unter der kurzen Nase. Und dann die groben Finger, die die schweren Lider von den Augen schälten, und die beiden Arme, die gekreuzt über dem Bauch lagen.

Es war häßlich. Eine dunkle, feuchte Wut auf die beiden Männer, die den Toten im Schein der Lampe unsanft betasteten, begann in uns aufzusteigen. Wenn sie mit ihrer respektlosen Untersuchung weitergemacht hätten, hätten sich wohl einige von uns schreiend auf sie gestürzt. Aber sie standen plötzlich auf, kehrten dem Toten den Rücken und gingen in den Garten hinaus.

Ein später Mond war gerade aufgegangen. Durch den schmalen Spalt in der Tür, die sie offengelassen hatten, sahen wir die schwarzen Gestalten von Männern aus dem Dorf, eine vielköpfige Menge, die leise miteinander disku-

tierte, der Schulze und der Schmied in ihrer Mitte. Sie rede-
ten leidenschaftlich aufeinander ein, in einem rauhen Dialekt, der – vielleicht durch ihre Erregung – für uns fast
unverständlich geworden war, und wir konnten sie nur an-
starren, wie eine Horde von Hunden, die sich bellend an-
einanderdrängen.

Schließlich schrie der Schulze etwas in scharfem Ton, es
klang wie ein Befehl, und drückendes Schweigen breitete
sich aus. Als er abermals schrie, löste sich die Gruppe auf,
und die Männer begannen den Garten zu durchqueren.
Der Schmied sprang auf die Veranda, und als er sich
daranmachte, unsere Tür wieder zu schließen, versuchte
ich, ihm eine Frage zu stellen. Mit dem Mondlicht im Rükken stand er dunkel und massiv vor mir und machte die Tür
zu, ohne die geringste Absicht zu zeigen, auf meine Frage
einzugehen. Dann verschwand er hastig, die Tür ließ er un-
verschlossen. Wir setzten uns in einer Ecke zusammen,
möglichst weit weg von dem Toten, hörten, die Arme um
die Knie geschlungen, wie sich die Fußschritte der Dorfbewohner in der Ferne verloren, und spürten, daß sich die
Erregung in unseren Körpern legte und verstummte wie
eine Folge von Klängen. Wir verstanden nicht mehr, warum
wir schreiend an die Tür gehämmert hatten. Kinder können für die Toten nichts tun.

Das von Fett und Asche verdreckte Gesicht meines Bru-
ders wirkte stahlgrau im Licht, das durch ein Astloch in der
Tür hereinfiel. Er blickte mich unverwandt an, in seinen
Augen, die braunrot wie Johannisbeeren waren, standen
Tränen und ein Rest von Furcht.

»Was ist?« sagte ich.

Mein Bruder fuhr sich mit der Zunge über die Lippen, die

umgehend zu glänzen begannen und ihre Spannkraft wie-
dererlangten.

»Mir ist kalt.«

»Was ist denn los? Du hast ja nicht einmal deine Jacke an«,
sagte ich und berührte seine zitternden Schultern.

»Ich hab sie dem Jungen geliehen, ihn hat gefroren«, sagte
mein Bruder und drehte den Kopf zum Toten hin.

»Gestern, tagsüber?«

»Hm.«

»Es ist völlig sinnlos, daß du ihn die Jacke jetzt noch tragen
läßt!« sagte ich ärgerlich zu meinem Bruder.

»Hm«, sagte er vage und schlug die Augen nieder.

»Ich hol sie für dich«, sagte ich und stand auf. Mein Bruder
folgte mir rasch, als hätte er Angst, zurückgelassen zu werden.

Um dem Toten die grüne Jacke meines Bruders auszuziehen, mußte ich seinen schweren Körper ziemlich unsanft
herumschieben. Als ich dann unter dem Rücken des Toten,
der hin und her schaukelte, die Jacke herausgezogen hatte,
spürte ich in der Dunkelheit auf meinem ganzen Körper die
Augen meiner Kameraden. Aber ich hatte keine Wahl.

Die Jacke verströmte den Geruch einer Frucht, die unter
Zusatz von Chemikalien verfault, nicht den Geruch, der
durch lange Arbeit von Fäulniserregern entsteht – es roch
nach einem anorganischen Fäulnisprozeß.

Mein Bruder hängte sich die Jacke über seine Schultern,
ohne in die Ärmel zu schlüpfen, und bückte sich, um dem
Toten ins Gesicht zu starren, das fahl im Dunkeln schwebte.
Dann erschütterte leises Schluchzen seinen Körper.

»Er war doch mein Freund! Er war doch mein Freund!«
wiederholte er tränenerstickt.

Über die Schulter meines Bruders hinweg sah ich das kleine, erstarrte und vogelähnliche Gesicht unseres Kameraden, der die lange Reise zusammen mit uns gemacht hatte – sah seine weit geöffneten dunklen Augen voll eisiger Kälte. Tränen liefen über meine Wangen und tropften meinem Bruder auf den Rücken.

Ich nahm meinen Bruder in die Arme, stellte ihn auf die Beine, und gemeinsam kehrten wir in die Ecke am anderen Ende des Raums zurück, unseren Kameraden sich selbst überlassend, der sich, die Augen geöffnet, in einen Toten verwandelt hatte. Wir setzten uns zwischen unsere hier versammelten Kameraden, aber selbst dann noch wurden die Schultern meines Bruders von einem stoßweisen Schluchzen erschüttert, und dies entfachte und verschlimmerte erneut die Trauer in unseren Herzen.

Lange Zeit saßen wir stumm und reglos da. Und dann begann die Feuerglocke zu dröhnen. Wir spitzten beunruhigt die Ohren, und bald hörte die Glocke zu läuten auf, doch dann entstand nach einer Weile, unten am Hügel, dort, wo die Pflasterstraße des Dorfs verlief, ein ungewöhnlicher Aufruhr. Es schien, daß sich der Lärm von hier aus wie tosender Wellenschlag bis in die letzten Winkel des Dorfs übertrug. Wir warteten, angespannt lauschend, den Mund voller Speichel. Auf dem Pflaster hallten Schritte wider, Geräusche von aneinanderstoßenden Dingen – wahrscheinlich waren es Möbel, plötzliches Pferdegewieher. Und endlos bellende Hunde und die erstickten Schreie kleiner Kinder.

Nicht lange, und es schien, daß sich der Lärm unten am Hügel zu verdichten begann und langsam in Bewegung setzte. Ich suchte in der Finsternis nach Minamis Gesicht und entdeckte, wie Minami seinerseits meinen Blick suchte.

Wir starrten einander in die Augen, so nahe beisammen, daß sich unsere Köpfe fast berührten.

»Was meinst du?« sagte Minami leise mit kräftiger Stimme.

»Wir sollten nachsehen, was los ist!« sagte ich.

Wir sprangen auf und stemmten unsere Schultern mit aller Kraft gegen die Tür, die der Schmied abzusperren vergessen hatte. Sie ging knarrend auf, und als wir barfuß in den kalten Garten hinuntersprangen, folgte uns mein Bruder. Minami fuhr die anderen Kameraden bissig an, die sich gerade hastig erheben wollten.

»Ihr bleibt, wo ihr seid, und bewacht den Toten! Sonst fressen ihn wilde Hunde!«

»Verhaltet euch ruhig und wartet!« schrie auch ich. »Jeder, der meint, einfach herausspazieren zu können, bekommt es mit mir zu tun!«

Den anderen war ihre Unzufriedenheit deutlich anzumerken, aber keiner machte den Versuch, den Tempel zu verlassen.

Und Minami, mein Bruder und ich rannten durch den Garten den Hügelweg hinunter.

Wir liefen über Steine, die sich kalt unter unseren bloßen Füßen anfühlten, weiter zwischen Steinmauern hindurch, bis wir schließlich die Biegung erreichten, von wo aus man auf die breite Pflasterstraße hinuntersehen konnte. Der Nachtwind, durchzogen von Nebelschwaden, trug streng unterdrückten, jedoch anschwellenden Lärm und das Geräusch von Schritten zu uns herauf. Und plötzlich sahen wir die Menschenmenge, die auf der Pflasterstraße dahinzog, und der Schock verschlug uns den Atem.

Die Menge bewegte sich langsam fort – Menschen, die im düsteren Licht des Monds, der von graublauen Schatten bedeckt war, zu dunklen Gestalten wurden, Menschen, die gebückt unter ihrem schweren Gepäck schwankten und aneinanderstießen. Kinder, Frauen und alte Leute schleppten ebenso wie die kräftigen erwachsenen Männer des Dorfs Lasten auf ihren Rücken, in den Händen trugen sie Bündel. Dann das Holpern von Handwagen, deren Räder sich in die Pflasterstraße fraßen, und Ziegen und Kühe, die von Frauen geführt wurden. Mondlicht überzog das weiße, steife Haar auf den spitzen Rücken der Ziegen mit feuchtem Glanz, in den es auch die Köpfe der Kinder tauchte.

Zusammengeschart gingen sie die Pflasterstraße hinauf, am Schluß des Zugs folgten zwei Männer mit Gewehren, vermutlich zum Schutz der anderen, doch wirkte es, als brächten sie die Gruppe – so wie man Rinder zum Schlachthof treibt – an einen rätselhaften Ort, an dem alle Wege ein Ende haben. In völliges Schweigen gehüllt gingen die Dorfbewohner unbeirrt weiter, die Rücken gebeugt. Nachdem die Kolonne vorüber war, sahen die Pflasterstraße und die kleinen Häuser an ihren Seiten entsetzlich leer aus.

Mein Bruder seufzte kraftlos, es klang, als würde er vor übergroßem Erstaunen das Bewußtsein verlieren.

Minami stöhnte. »Diese Schweine!«

»Sogar die Ziegen nehmen sie mit!« sagte mein Bruder. »Und die Kühe auch!«

»Sie hauen ab, die Schweine!« rief Minami, dem plötzlich ein Licht aufging, mit zornerfüllter Stimme. »Mitten in der Nacht hauen die ab.«

»Ja«, sagte ich. »Sie hauen ab.«

Wir verstummten, sprangen von der Steinmauer, durchquerten ein schmales Feld und liefen zur Pflasterstraße. Die kalte, winterliche Nachtluft, die mit Nebel versetzt war, legte sich schmerzend, wie grobkörniges Pulver, auf unsere Lider und Wangen, aber unser Blut kochte, als wären wir berauscht, und wir fühlten uns wie von Sinnen. Getreidekörner, die die flüchtenden Dorfbewohner auf der Pflasterstraße verloren hatten, lagen verstreut herum und reflektierten schwach das Mondlicht. Vom Zug der Dorfbewohner war bereits nichts mehr zu sehen. Wir liefen mit gedämpften Schritten weiter und blickten, verborgen hinter den tief herabhängenden Zweigen eines alten Aprikosenbaums, den Dorfbewohnern nach, die gerade auf den Scheitelpunkt der kurvigen Straße zumarschierten. Und wieder verschwanden sie aus unserem Blick, und wir rannten, wie kleine Tiere, zu einer Stelle, von wo wir den Schluß des Zugs sehen konnten.

»Die Schweine hauen ab«, wiederholte mein Bruder im selben Tonfall wie Minami. Seine Stimme klang heiser – als triebe ihn wahnsinniger Zorn –, doch gleichzeitig auch seltsam kraftlos. »Sie nehmen sogar die Ziegen mit.«

»Sie hauen ab«, sagte Minami. »Warum denn nur?«

Ich starrte Minami an, der wie ein Kleinkind große Augen machte, während aus seinen hochgezogenen Mundwinkeln Spucke sprühte – und Minami starrte zurück. Nichts war in seinen Augen zu lesen, nichts außer Verblüffung.

»Ich weiß es nicht. Und ich habe auch nicht die leiseste Ahnung, warum«, log ich vorsichtigerweise.

Minami kaute an seinen Nägeln und stöhnte. Der Schrei

eines Kindes erhob sich aus der Schar der Dorfbewohner, die sich nun bereits weit über uns befanden, und wurde offenbar umgehend von der Hand eines Erwachsenen erstickt, die sich auf einen kleinen Mund preßte. Ein Hund heulte traurig, über die Schultern meines Bruders lief ein Zittern.

»Sollen wir uns ihnen anschließen und ebenfalls abhauen?« sagte Minami.

»Der Erzieher kommt ins Dorf und bringt die zweite Gruppe mit«, sagte ich.

»Mir doch egal! Die Leute aus dem Dorf hauen ab. Und wir sollten mit ihnen gehn!«

Aber Minami wußte, und ich wußte es auch, daß uns die Leute aus dem Dorf niemals in dem dunklen Tempel eingeschlossen hätten, wenn sie beabsichtigt hätten, uns mitzunehmen. Wir wußten, daß sie schweigend im Mondlicht flüchteten, ohne auch nur daran zu denken, uns in ihren Reihen aufzunehmen. Und so folgte ich ihnen, verborgen im Schatten der Bäume, anstatt umzukehren und unsere Kameraden zu holen. Was sonst konnte ich tun?

Plötzlich hörten wir Schritte, jemand kam hastig die Pflasterstraße heruntergerannt, und kaum hatten wir uns hinter einem lichten Gebüsch versteckt, das naß vom Nebel war, da lief, beschienen vom Mondlicht, der Schmied dicht vor unseren Augen vorbei. Er lief hinunter ins Tal, mit schaukelnden Bewegungen, den einen Arm über dem Schaft des Gewehrs, das er auf dem Rücken trug, an die Hüfte gepreßt, um die Flinte ruhigzuhalten. Hoffnung keimte in uns auf und erhitzte unsere Körper. Es schien, daß der Haupttrupp der Dorfbewohner an der Stelle wartete, wo die Pflasterstraße in den Wald hineinführte. Noch ist Zeit, dachte ich. Es würde nicht dazu kommen, daß man uns allein zurückließ in diesem Tal, in dem eine Seuche wütete. Man würde uns retten.

Aber meine Hoffnung wurde grausam enttäuscht. Nicht lange nämlich, und der Schmied kam zurückgerannt, in seinem rechten Arm ein voluminöser Korb. Sein gefrierender Atem ging keuchend und war sogar in der Nacht deutlich zu erkennen. Dann sahen wir im Korb ein weißes Kaninchen, das panisch herumsprang, und tiefe Mutlosigkeit kam über uns. Wir hörten Lärm, als sich der Trupp aus dem Dorf abermals in Bewegung setzte, aber wir folgten ihnen nicht mehr, sondern hockten uns auf den Boden. Unsere nackten Füße waren völlig gefühllos und schienen dick angeschwollen zu sein. Und um unsere glühenden Körper legte sich still die Kälte und breitete sich aus. Minami drehte sich nach mir um. Ich sah in sein Gesicht, das in sich – wie bei einem jungen Tier – auf seltsame Weise eine subtile, krankhafte Grobheit und ein kindliches Wesen vereinigte. Ein krampfartiges Zucken verzerrte seine Miene, und aus seinem geöffneten Mund drang, trotz seiner Anstrengungen, kein Wort. Tränen traten in seine Augen, und noch mehr Tränen.

»Ich sorge dafür, daß das alle erfahren werden«, sagte er mit fiebriger Stimme, die endlich einen Weg über seine Lippen gefunden hatte. »Alle werden erfahren, daß wir im Stich gelassen worden sind.«

Dann sprang er mit einer obszönen und lächerlichen Geste aus dem Gebüsch. Den Arm um die Schulter meines Bruders gelegt, stand ich langsam auf und verließ unser Versteck. Wir standen nun völlig ungedeckt im Mondlicht, aber auf der Pflasterstraße, die in den Wald führte, war bereits niemand mehr aus dem Dorf zu sehen, und nur gelegentlich hörten wie das Bellen eines Hundes von jenseits des Waldes. Das war alles – das und das Geräusch von Minamis Füßen auf dem Pflaster, der mit Höchstgeschwindigkeit den Hügel hinunterrannte.

Wir gingen ziellos zum Waldrand und setzten uns auf einen niedrigen Damm. Der Mond lag fast völlig versteckt hinter den Bäumen, und es war die Morgendämmerung, die den grauen, schweren Himmel mit perlfarbenem Glanz überzog. Es war beißend kalt. Der Nebel, der dichter zu werden begann, schränkte unsere Sicht ein. Weder ich noch mein Bruder wußten, was wir tun sollten. Wir konnten natürlich zurücklaufen und zusammen mit den anderen Zeter und Mordio schreien, aber das war sinnlos. Außerdem war ich so erschöpft, daß mir jeder weitere Schritt entsetzlich mühsam erschien.

»Schlaf ein wenig!« sagte ich mit tränenverschleierter Stimme.

»Meine Jacke stinkt«, sagte mein Bruder, der sich neben mir zusammenrollte, die Stirn an meine Seite gepreßt. »Ich will diese Jacke nicht anhaben.«

»Wenn die Sonne aufgegangen ist, waschen wir sie im Bach«, sagte ich, um ihm Mut zu machen, und fragte mich gleichzeitig, ob man in diesem schmalen, kleinen Bach irgend etwas waschen konnte.

»Hm«, sagte mein Bruder, während er die Position änderte und seinen Körper an mich preßte. »Das machen wir!«

»Und wenn dann der Wind weht, wird sie bald wieder trocken sein«, sagte ich, legte meine Hand auf seinen Rücken und schüttelte ihn sanft. »Südwind ist am besten.«

»Am Morgen wird sie schnell trocknen«, sagte er kraftlos,

mit einer Stimme, die bereits brüchig vor Schlaf war; dann gähnte er ein wenig und war umgehend in seiner unnatürlichen Körperhaltung eingeschlafen.

Ich war völlig allein, durch und durch erschöpft und zutiefst niedergeschlagen. Ich zog die Hand von meinem Bruder weg, umschlang meine Knie und senkte den Kopf. An seiner Jacke hing tatsächlich der Geruch des Toten, bewahrt in einem vagen, schwebenden Gefühl.

Am Morgen werde ich die Jacke waschen und im Südwind trocknen, dachte ich mit aller Kraft. Es war nötig, an etwas, an irgend etwas, mit aller Kraft zu denken. Denn daran, daß wir im Stich gelassen worden waren, wollte ich auf keinen Fall denken.

4
Eingeschlossen

Die Morgendämmerung brach an, im Dorf herrschte Totenstille: Kein Hahn krähte, kein Haustier war zu hören. Die
weichen Strahlen der Morgensonne überfluteten, weiß wie
Pulver, die kraftlosen Häuser des Dorfs, in denen sich nichts
und niemand mehr bewegte, die Bäume, Straßen und den
sie umschließenden tiefen Einschnitt des Tals. Gleich kla-
rem Wasser lag das Licht über dem Dorf, und wir, die zurückgelassenen Jungen, warfen fast keine Schatten, als wir
gemächlich die Pflasterstraße entlanggingen, zur Anhöhe
hinauf und wieder hinunter.

Wir konnten uns nicht länger in dem dunklen Tempel
verstecken, da wir nicht mehr in der Nähe unseres toten
Kameraden bleiben wollten, der reglos und still dalag, wie
die Bäume und Häuser, und einen feuchten Geruch verströmte. Und so wanderten wir mit den Händen in unseren
Jackentaschen langsam über die Dorfstraße, die so verlassen
und öde wirkte wie ein Strand an einem tobenden Meer, die
Rücken gebeugt, die Augen blutunterlaufen vor Übernäch-
tigung.

Wir waren vor Angst wie gelähmt, aber wir wanderten zu
zweit oder zu dritt über die von Rauhreif bedeckte Straße,
und wenn wir auf Kameraden stießen, die, mit angewider-
tem Gesichtsausdruck, von der Anhöhe herunterkamen,

tauschten wir ein wortloses Lächeln aus oder gaben uns pfeifend Signale, bewegt von einem seltsamen Gefühl der Lächerlichkeit, das immer mehr Besitz von uns ergriff. Das Dorf, in dem sich kein einziger Dorfbewohner mehr aufhielt, die Hülle des Dorfes, leer wie abgestreifte Schlangenhaut, bedrückte uns ein wenig, und wir fühlten uns angesichts unserer Situation so aufgeregt wie bei Schulfesten, wenn wir in Theateraufführungen mitspielten. Die wilde Erregung – sie hatte uns erfaßt, als wir vom Exodus der Dorfbewohner erfuhren, und hielt dann noch eine Stunde an – war allmählich abgeklungen, und wir hatten das Gefühl, daß wir allein schon wegen des Respekts, den wir dem ungewöhnlichen Zustand des leeren Dorfs durch unser Schweigen erwiesen, in hemmungsloses Lachen ausbrechen könnten, wenn wir nicht vorsichtigerweise die Backenzähne zusammenbissen. Und da uns niemand mehr beaufsichtigte, hatten wir auch nichts zu tun. Wir wußten einfach nicht, was wir tun sollten. Aus diesem Grund wanderten wir langsam, geduldig, die Straße hinauf und hinab.

Es war still im Dorf; der Himmel, der das Tal bedeckte, hatte sich aufgeklärt und strahlte nun in einem pathetischen, fahlen Blau. Da an der direkt gegenüberliegenden Bergwand, dort, wo die aufgelassene Grube zu sehen war, die Büsche die Unterseite ihrer silbergrauen Blätter zeigten, sobald sich der Wind erhob, hatte man den Eindruck, als flitzten Schwärme von unzähligen kleinen Fischen über sie hinweg. Dann, nach einer kurzen Weile, begann es über der Straße, auf der wir umherspazierten, in den dichten Baumkronen zu rascheln, was uns zeigte, daß der Wind nun auch über uns wehte. Von unseren Köpfen und Schultern jedoch hielt er sich fern, und die Sonne schien warm. Jedes der Häuser, in denen eisiges Schweigen herrschte, war mit dikken Eisenschlössern abgesperrt oder mit Riegeln, die man mit Ketten versehen hatte. Langsam schlenderten wir zwischen den Häusern herum.

Als sich die Sonne vom Bergkamm löste, war es Mittag. Während wir durch die Straßen gingen, hörten wir, wie Wanduhren in den menschenleeren, verschlossenen Häusern die Zeit verkündeten. Und dann fiel uns plötzlich der Hunger an, wie ein Tier. Wir gingen zurück zum Tempel, wo wir, mit angehaltenem Atem und ein wenig verängstigt, aus dem stinkenden Raum, in dem unser toter Kamerad lag, unsere Säcke holten, in denen wir Zwieback hatten, und gingen dann wieder zurück, zum Platz vor der Zweigschule, auf den wir uns zum Essen setzten. Der einzige Grund, warum wir alle uns hier versammelten, war, daß sich auf dem Platz eine kleine Handpumpe befand, aus der ein Rinnsal milchigen Wassers tropfte, wenn man mit aller Kraft pumpte. Was man kaum einen besonderen Grund nennen kann. Und auch die Gründe für unser unnatürliches, von Peinlichkeit erfülltes Schweigen voll seltsamer Lächerlichkeit waren recht vage. Im Dorf, in diesem schweigenden Dorf, hielten aller Wahrscheinlichkeit nach nur wir uns auf, und wir teilten, niedergeschlagen vor Überraschung, ausnahmslos dasselbe Gefühl. Worüber sollten wir also ernsthaft streiten, da wir uns alle in der gleichen Lage befanden und von ein und demselben Gefühl beherrscht wurden?

Nach dem Essen jedoch fühlten sich mehrere von uns, wegen ihrer vollen Bäuche, auf irritierende Weise erschöpft und traurig, während sich andere, aus demselben Grund, in kindischer Zufriedenheit suhlten. Und so begannen wir, ziemlich gegensätzlich gestimmt, unsere Zungen zu gebrauchen.

»Warum sind sie denn abgehauen?« fragte mich einer unserer Kameraden. »Weißt du's?«

»Ja, warum nur?« fragte auch mein Bruder, der neben mir saß, den Kopf zur Seite gelegt, und die Knie mit seinen Armen umschlang.

»Ich weiß es nicht!« sagte ich.

Unter uns breitete sich abermals ein träges Schweigen aus, das über uns schwebte und sich dann im Dorf verbreitete und im Tal, von wo es lautlos widerhallte. Wir legten uns auf Trittsteine oder lehnten uns an Bäume und starrten eine Weile zum Himmel hinauf, der seltsamerweise tief in unsere Köpfe hineinsickerte.

»Du, he, du!« sagte Minami und richtete sich plötzlich auf, während er mich anblickte. »Du hast kein Wasser aus dem Brunnen hier getrunken, oder?!«

»Nein«, sagte ich verwirrt.

»Warum nicht?!« setzte mir Minami voller Ernst weiter zu. »Ich weiß, warum! Du hast nämlich Angst vor der Seuche, stimmt's?! Und die Leute aus dem Dorf sind ebenfalls aus Angst vor der Seuche abgehauen und haben uns hier sitzenlassen, wo es von Bazillen nur so wimmelt!«

Unruhe ergriff alle. Ich dachte mir, daß ich ihr inneres Gleichgewicht wieder herstellen mußte, auch wenn es etwas viel verlangt war, daß sie mir glaubten. Andernfalls aber würden sie verzweifeln und zu randalieren beginnen. Und für mich selbst stellte sich dasselbe Problem, ein Problem, das mir auf den Nägeln brannte.

»Welche Seuche?« sagte ich, die Lippen verzerrt, als

wollte ich Minami meine Verachtung zeigen. »Ich hab nicht einmal im Traum an eine Seuche gedacht!«

»Was ist mit der Frau, die im Vorratshaus gestorben ist? Und was ist mit unserem Kameraden?« sagte Minami.

»Der war schon krank, bevor wir hierherkamen! Oder etwa nicht?« sagte ich an alle gerichtet.

»Dann hätten wir da noch die Tiere«, sagte Minami, nachdem er einen Moment überlegt hatte. »Die sind in rauhen Mengen gestorben.«

Die Leichen der Tiere. Die Bilder des aufragenden Haufens mit ihren Kadavern, die wir erst gestern vergraben hatten, und die Erinnerung an den Geruch, wurden in mir wieder lebendig und machten mir Angst. Woran waren sie wirklich gestorben...

»Rattenkrankheiten und Krankheiten von läufigen Kaninchen!« sagte ich übertrieben spöttisch. »Jeder von euch, der sich davor fürchtet, soll doch abhauen und den Leuten aus dem Dorf nachlaufen!«

»Ich haue ab!« sagte Minami, der sich mit seinem Sack über der Schulter schwungvoll erhob und keinen Zweifel an seiner Entschlossenheit ließ. »Wißt ihr, ich will nämlich nicht sterben! Und du kannst die Seuche bekommen und stöhnend darauf warten, daß der Erzieher mit der zweiten Gruppe kommt!«

Dem Beispiel Minamis folgend, standen die übrigen ebenfalls auf, einer nach dem anderen, bis nur mein Bruder und ich übrig waren. Wir sahen uns in die Augen. Die weiche Haut in seinen Mundwinkeln bebte vor Anspannung. Als Minami und die anderen in einer Gruppe auf der Pflasterstraße losmarschierten, folgten wir ihnen, ließen aber absichtlich unsere Säcke zurück, um deutlich zu ma-

chen, wie ablehnend wir dem Unternehmen gegenüber-
standen.

Die Arme einander um die Schultern gelegt, gingen mein
Bruder und ich hinter Minamis Gruppe her, die gewundene
Hügelstraße hinauf und, im Anschluß daran, hinein in den
Wald, wo sich feuchtes Laub auf der Straße häufte, und
wahrten dabei einen gewissen Abstand zu den anderen. Aus
Opposition zu ihnen wollte ich brüderliche Gemeinsamkeit
demonstrieren, gleichzeitig war ich mir keineswegs sicher,
ob wir ohne sie weiterhin im Dorf bleiben konnten. Und so
ignorierte ich meinen Bruder boshafterweise, als er mich
drückte, den Arm um meine Hüften geschlungen, und mit
fiebrigen Augen zu mir aufsah. In seinen Augen stand nämlich eine Frage: Ist wirklich keine Seuche ausgebrochen?
Spitzmäuse und andere Tiere sind doch gestorben! Und ich
wiederholte, stumm hinter den Lippen: Ich weiß es nicht!
Woher soll ich das denn wissen!

Minamis Gruppe hatte den Waldrand erreicht und
machte fassungslos am Beginn des Lorengleises halt, und
wir rannten bestürzt auf sie zu. Der kleine Zwist zwischen
uns war bereits vergessen, und wir starrten gemeinsam, eine
Gemeinschaft von bestürzten Menschen, hinüber auf das
andere Ende des Gleises. Wir alle seufzten, verzweifelt.

Am anderen Ende des Lorengleises, das sich über das Tal
spannte, hatte man in der Nähe der gegenüberliegenden
Bergwand eine Art heimtückischer Barrikade aus Baumstümpfen, Brettern, Schwellen und Felsen errichtet, die uns
den Weg versperrte. Bei jedem Versuch, über die auf dem
schmalen Gleis hoch aufgetürmte Barrikade zu klettern,
würden sich die Füße in augenblicklich herunterfallenden
Felsen und Holzteilen verfangen, und ein Sturz ins Tal wäre

die unvermeidliche Folge. Die Barrikade verstellte uns den Weg wie eine wirklich massive Mauer, und mehr noch, sie war als Falle voll tückischer Unsicherheit gedacht. Und tief unter uns, auf der Talsohle, waren die tosenden Ausläufer der hartnäckigen Hochwasserfluten vom Oberlauf des Flusses zu hören, die ihren Weg bis hierher gefunden hatten. Zunächst waren wir für einen kurzen Augenblick unfähig, eine Entscheidung zu treffen, erfaßt von einem Gefühl der Ausweglosigkeit, verwirrt von bestürztem Erstaunen. Obwohl ich nicht daran gedacht hatte, das Tal zu überqueren und den Ort zu verlassen, übertrug sich die Stimmung der anderen auf mich, und ich schwieg einfach, mit zugeschnürter Kehle.

Nicht lange, und wir sahen durch die Zweige hoher Bäume, die in der winterlichen Kälte verdorrt waren, wie auf der anderen Seite des Gleises ein Mann aus der Lorenhütte trat.

Anfangs schrie nur Minami, doch dann begannen wir alle zu brüllen.

»Heee! Heee!« schrien wir und schwangen kurze Stöcke und unsere Arme, um die Aufmerksamkeit des Mannes am fernen Ende des Gleises zu erregen. Das Echo unserer Stimmen, die sich vielfach überlagerten, hallte im Tal wider – es klang wie ein melancholischer Chorgesang.

»Heee! Heee! Wir sind noch hier! Heee!«

Das kleine braune Gesicht auf der anderen Seite hatte uns offensichtlich bemerkt. Der Mann nahm sein Gewehr von der Schulter und kletterte flink auf die Anhöhe links von der Hütte. Müde ließen wir unsere Arme sinken und schonten unsere Kehlen, die bereits zu schmerzen begannen. Wir hatten verstanden: Der Mann änderte deshalb seine Position, um einen besseren Blick auf jene zu haben, die, getrieben von verzweifeltem Abenteurergeist, über das Gleis die andere Seite zu erreichen versuchten, und die Barrikade war errichtet worden, um uns zurückzuweisen, zudem hatte man eine Wache aufgestellt. Wir verstanden: Man hatte uns eingesperrt.

Wir glühten vor jäher Wut. Verrückt vor Zorn schrien wir Schimpfwörter zur anderen Seite des Tals hinüber. Aber noch ehe unsere Verwünschungen den Mann erreichten, der am Hang zwischen entlaubten Eichen kniete und mit dem Gewehr auf das Gleis zielte, fielen sie ins Tal hinunter, wo sie vom Rauschen des Wassers übertönt wurden. Wir waren voller Wut und einsam.

»Die Schweine sind zu jeder Gemeinheit fähig!« sagte Minami mit zornig schriller Stimme. »Die knallen jeden ab, der über das Gleis geht. Widerlich, was?!«

»Warum? Warum schießen die?« sagte mein Bruder mit Tränen in den Augen. Seine Stimme zitterte kindlich. »Uns abzuknallen…«

»Wir sind doch nicht einmal ihre Feinde«, sagte ein anderer, dem, angesteckt von der Erregung meines Bruders, ebenfalls Tränen in die Augen traten. » Wo wir doch nicht einmal ihre Feinde sind!«

»Um uns eingesperrt zu halten!« sagte Minami. »Und jetzt Schluß mit dem Gegreine! Habt ihr kapiert?! Man will uns einsperren!«

»Warum sperren sie uns ein?« fragte mein Bruder zaghaft, eingeschüchtert von Minamis gewalttätigem Ton.

»Weil du und ich an der Seuche erkrankt sind!« sagte Minami. »Und jetzt haben sie Angst, daß wir die Bazillen in der Gegend verbreiten. Und darum haben sie uns eingesperrt und bewachen uns, bis wir wie Hunde oder Spitzmäuse sterben.«

»Keiner von uns hat die Seuche!« sagte ich und blickte Minami scharf an. Wobei es mir allerdings wichtiger war, daß die anderen mich hörten. »Die glauben nur, daß wir uns angesteckt haben. Hat irgendeiner von euch seit heute morgen gekotzt? Hat einer Ausschlag am ganzen Körper, rote Pusteln vielleicht? Oder hat einer von euch Läuse?«

Alle schwiegen. Ich biß mir hart auf die Lippen, das kurze Echo meiner Stimme noch in den Ohren.

»Kehren wir um!« sagte Minami nach einer Weile. »Ich lasse mich lieber von der Seuche erledigen als von einer Gewehrkugel!«

Dann stieß er einen schrillen Schrei aus, trat den Jungen vor ihm in den Hintern und begann loszurennen. Ich folgte ihm und lief die Straße hinunter, die durch den Wald führte. Blindlings und atemlos hastete ich hinter Minami her, der mit Höchstgeschwindigkeit rannte, und erreichte ihn schließlich am Ausgang des Waldes, wo er erschöpft stehenblieb. Einige Zeit keuchten wir nur, unfähig, ein Wort zu sagen. Unsere jüngeren Kameraden waren weit hinter uns zurückgeblieben und kamen nun lärmend durch den Wald gerannt, wie ein jäher Windstoß, der einen Sturm im Gefolge hat. Ihre Rufe klangen angsterfüllt, eher wie Schreie um Hilfe.

»Du wirst unter keinen Umständen mehr über die Seuche reden!« sagte ich heiser zu Minami. »Falls die anderen mir wegen deines Geredes die Ohren vollheulen sollten, wirst du's bereuen!«

In trotziger Reaktion auf meine Drohung zog Minami das Kinn hoch, wagte es aber nicht, mir Widerstand zu leisten. Er wandte mir nur sein Profil zu und schwieg, gereizt vor unbesänftigtem Ärger.

»In Ordnung?« sagte ich. »Ich werde auch nicht darüber reden.«

»Hm«, sagte Minami vage. Ich hatte den Eindruck, daß ihn weniger meine Worte beschäftigten als etwas anderes. Und plötzlich sagte er drohend:

»Wir könnten ohne Probleme fliehen, falls wir wollen. Selbst wenn sie das Lorengleis bewachen, sitzen wir noch lange nicht in einem Loch gefangen.«

Aber ich wußte nur zu gut, daß Minami lediglich bluffte. Ich schwieg, während ich spürte, daß er mich gereizt von der Seite musterte. Die Worte der Dorfbewohner, die den desertierten Kadetten in den Bergen gejagt hatten, die Tiefe des Tals und die reißende Strömung, die wir mit eigenen Augen gesehen hatten, hatten mich von der Aussichtslosigkeit einer Flucht überzeugt.

»Wir müssen nur den Berg auf der anderen Seite hochklettern!« sagte Minami in Opposition zu meiner schweigenden Ablehnung seiner Vorstellungen, doch mittlerweile lag kein drohender Ton mehr in seiner Stimme.

»Die Kerle im Dorf jenseits des Bergs würden dich nur halbtot schlagen!« sagte ich. »Genauso, wie sie es mit dir gemacht haben, als du geflüchtet bist.«

Die Blockade des Lorengleises war eine Art ›Symbol‹. Es stand für die geballte Feindseligkeit der Bauern in den zahlreichen Dörfern, die das Tal umgaben, in dem wir eingeschlossen waren; es stand für die starrsinnige, dicke Mauer, die wir niemals passieren konnten. Es war eindeutig, auf verzweifelte Weise unmöglich, sich dieser Mauer zu stellen und unter ihr den Kopf hindurchzuzwängen.

»Halbtot, ja?« sagte Minami stöhnend. »Ich bin dreimal geflüchtet, und sie haben mich dreimal halbtot geschlagen! Nur, dieses Mal gibt's da auch noch den Kerl mit dem Gewehr. Ich hab einmal beim Töten kranker Kühe und Hunde mitgeholfen. Verstehst du, kranke Kälber, die vor Schmerzen brüllten, mit einem Hammer, der so groß wie ihr Kopf war!«

»Hör auf, wenn du von mir nicht geschlagen werden willst!« sagte ich erregt. »Red nie wieder darüber!«

»Du wirst's gleich kapieren«, sagte Minami, gewappnet für meinen Angriff. »Drei Männer haben ein Kalb auf die Beine gestellt, damit man richtig zuschlagen konnte. Und ich war dafür zuständig, die Tiere mit Gras und Wasser anzulocken.«

Ich war drauf und dran, Minami an die Kehle zu springen. Seine Augen füllten sich jedoch zusehends mit Tränen. Schwer atmend rührte ich mich nicht von der Stelle.

»Verstehst du?« sagte Minami und wischte sich die Tränen mit dem Handrücken ab. »Ich hab das wirklich getan!«

»Meinst du nicht, daß das nicht mit uns zu vergleichen ist? Wir sind eingesperrt, und keiner von uns ist krank!« sagte ich.

»Ich kann's nicht richtig sagen«, fuhr Minami ungeduldig fort. »Ich hab mich einfach daran erinnert, wie wir die Kälber umgebracht haben. Plötzlich konnte ich mich an alles wieder haargenau erinnern.«

Fast wurde ich hineingezogen in Minamis Erregung, die voll von Trauer war. Es war nicht länger zu übersehen, daß meine Lippen bebten – nicht nur vor Wut.

»Aber es gibt nichts, was wir tun könnten, meinst du

nicht?! Hör jetzt zu weinen auf! Wir sind eingeschlossen, und wir können einfach nichts tun.«

Unsere Kameraden kamen einschließlich meines Bruders auf uns zugerannt. Sie umringten uns, und Minami und ich starrten uns in die Augen, ganz wie zwei gute Freunde.

Es liegt mir fern, das zu rechtfertigen, was wir spät an diesem Nachmittag zu tun begannen. Keiner von uns hatte dazu einen Entschluß gefaßt, keiner sich darüber ein Urteil gebildet. Obwohl es so abnormal war wie die Zeit rapiden Wachstums, in der die Schenkel von Kindern plötzlich länger werden, fing alles außerordentlich natürlich an.

Als erstes suchten wir uns einzeln oder zu zweit ein Haus aus, dessen verschlossene Tür wir dann gewaltsam öffneten. Ohne Herzklopfen oder eine Spur von Erregung zu empfinden, die Diebstähle sonst begleiten, machten wir die versteckten Lebensmittel ausfindig.

Mein Bruder und ich suchten uns ein Haus aus, das von Mauern mit einem Gittermuster umgeben war, ganz am Ende der Pflasterstraße, die ins Tal führte. Ich riß das Vorhängeschloß aus der Holztür heraus, zertrümmerte mit einem Stein, den mein Bruder brachte, den Riegel, und dann rannte er – flink wie ein wendiger Fisch, jedoch äußerst vorsichtig – in die dunkle *doma* hinein.

Der Raum war düster, wie der Teil eines Walds, der von Menschen aufgegeben worden ist. Nichts deutete hier auf die Schönheit und Sanftheit des ›Lebens‹ hin, nur der bereits verrottende Geruch von Menschen hing in der Luft. Weder an den roh verputzten Wänden, noch im schwarzen offenen Dachgebälk, noch an den schweren, schief nach einer Seite hängenden Möbeln, die sich tief in den mit Tatami ausgelegten Fußboden drückten, hingen die Augen von Fremden, um uns aus allen Ecken heraus zu überwachen, als wir verstohlen in das Haus eines Unbekannten eindrangen. Es gab hier keine Fremden, mehr noch, es gab hier keine Menschen. Das Haus war von Menschen im Stich gelassen worden.

Während mein Bruder und ich ungerührt auf die Unterwäsche traten, die verstreut auf dem nur wenig erhöhten Fußboden und den Dielenbrettern herumlag, wo sie jemand in Panik liegengelassen hatte, entdeckten wir mit einer Beiläufigkeit, als pflückten wir Blumen am Wegrand, in verborgenen Winkeln Säcke mit Reis, eine kleine Menge getrockneten Fisch sowie auf dem Grund einer alten Flasche mit abgesprungenem Hals einen Rest Sojasauce, und transportierten alles auf die Straße hinaus. Wir arbeiteten schweigend und langsam. Als ich zum soundsovielten Mal ins Freie trat, um eine Dose mit gemahlenem Sojabohnenmehl auf den Berg mit Lebensmitteln zu werfen, der sich auf dem Pflaster türmte, schrie Minami mit verzerrter Miene etwas zu mir herüber, während er gerade das strohgedeckte Haus an der Ecke verließ, im Arm einen Sack mit irgendwelchen Lebensmitteln.

»Ich hab noch nie einen derart lächerlich einfachen Bruch gemacht!« rief er – und klang schwer enttäuscht dabei.

»Wie sieht's unten bei dir aus?« schrie ich zurück, da es sein ständiger Stolz war, bei Diebstählen die prächtigsten Erektionen zu haben.

»Der ist so schlapp wie die Puppe eines Mädchens!«

Minamis Stimme verklang, während das Echo eines leeren Gefühls noch in der Luft hing, und ich kehrte zu meinem ›lächerlich einfachen Bruch‹ zurück.

Wir machten hartnäckig mit unserer Arbeit weiter, ganz einfach deshalb, weil wir sonst nichts zu tun hatten. Aber diese schludrige, übel beleumdete Tätigkeit war nicht so, daß wir sie lange hätten machen wollen. Die Häuser waren klein, unsere Funde von schlechter Qualität. Und weckten, was schlimmer als alles andere war, nicht für einen Augenblick unsere Neugier. Mein Bruder und ich beschlossen, soviel von unserer Beute, wie wir im Arm tragen konnten, zum Platz vor der Zweigschule zu transportieren. Unsere Kameraden hatten dort bereits ihre Beute aufgestapelt. Durchweg belanglose, armselige Säcke mit Essen. Sie garantierten uns hier ein Leben von beträchtlicher Dauer – aber mehr auch nicht. Meine Kameraden waren erschöpft und schienen sich für die einzelnen Beutestücke, die sich vor ihren Knien türmten, eher zu schämen. Mein Bruder und ich kommentierten ihre Funde mit wenigen Worten und gingen dann träge wieder den Hügel hinunter, um den Rest unserer Beute zu holen.

»He!« Mein Bruder stieß einen kurzen unterdrückten Schrei aus. »Schau mal, dort drüben!«

Plötzlich ging ein Ruck durch meine entspannten Muskeln, Blut schoß mir in den Kopf. Vor den Sachen, die wir zurückgelassen hatten, stand ein koreanischer Junge, der uns den Weg versperrte und zudem in einem Arm einen Sack mit Reis hatte, und starrte uns entgegen. Eingehüllt in die Stille des Tals, plötzliche träge Rufe der anderen Jungen und die Strahlen der späten Nachmittagssonne, spürte ich, wie mir heiß am ganzen Körper wurde, und ich ging langsam auf den Gegner zu, ohne ihn aus den Augen zu lassen.

Der Reissack in seinem Arm fiel zu Boden, und als er den Kopf senkte und sich zum Kampf bereitstellte, sprang ich ihn an.

Die ersten wilden Schläge, die wir austeilten, ohne zu atmen, die Nägel, die sich in der Haut des anderen verkrallten, zusammenprallende Körper und ineinander verschlungene Beine: Wir stürzten aufs Pflaster, wälzten uns lautlos über den Boden, traten wahllos um uns und stießen uns gegenseitig die Knie in die Kehlen. Wir kämpften schweigend, mit all unserer Kraft. Der koreanische Junge hatte einen starken Körpergeruch, und er war unendlich schwer. Ich wurde von ihm niedergedrückt, mein rechter Arm durch sein Knie blockiert, und konnte mich nicht mehr bewegen. Dicke Finger bohrten sich in meine Nasenlöcher, und Blut begann mir übers Kinn zu laufen, aber ich bekam meinen Kopf einfach nicht unter der Brust meines Gegners heraus. Er selbst konnte sich in dieser Position ebenfalls nicht bewegen und atmete schwer. Ich streckte meinen linken Arm aus, öffnete die Faust und kratzte auf dem Boden herum. Dann die Schritte meines Bruders, der auf uns zugerannt kam, und das bedrohliche Stöhnen des koreanischen Jungen, als mir mein Bruder plötzlich einen harten Steinbrocken in die Hand stieß. Ich umklammerte ihn und ließ meine groß und schwer gewordene Faust in den Nacken des Jungen sausen.

Der Junge erschlaffte, stöhnend, und rutschte von mir hinunter. Ich drückte die Hand an die Nase und stand auf. Mein Gegner mit seinem runden, fetten Kindergesicht, den dicken, fleischigen Lippen und den schmalen, sanften Augen lag noch immer auf dem Rücken und sah zu mir auf. Ich hatte ihm mit aller Kraft einen Tritt in die ungeschützte

Magengrube versetzen wollen, doch nun ließ ich den Fuß sinken und drehte mich nach meinem Bruder um. Der hatte sich unter die Bäume am Straßenrand zurückgezogen und starrte, die Arme in die Hüften gestemmt, uns aus weit aufgerissen Augen an, die in Tränen schwammen.

Ich zog das Kinn hoch und bedeutete ihm, herüberzukommen, dann sammelte ich unsere Sachen ein. Als mein Bruder zum Schluß den Reissack aufheben wollte, den der koreanische Junge uns fast geraubt hätte, stoppte ich ihn. Ich hatte nicht mehr die Absicht, den Sack mitzunehmen. Dann stiegen wir wieder den Hügel hinauf, den Gegner, der unsere Bewegungen beobachtete, ließ ich liegen, wo er gestürzt war.

»Du bist wirklich stark, Bruder!« sagte mein kleiner Bruder mit schriller Stimme, das Gesicht tränenverschmiert.

»Der andere war auch stark!« sagte ich und drehte mich um, während aus meiner Nase Blut auf die Sachen tropfte, die ich im Arm hielt. Der koreanische Junge humpelte gerade mit dem Reissack über die kurze, schmale Brücke, die sich hier übers Tal spannte. Vermutlich kehrte er in die Koreanersiedlung am gegenüberliegenden Berghang zurück. Wir sind also nicht die einzigen, die im Tal zurückgeblieben sind, dachte ich und spürte, wie sich ein merkwürdiges Gefühl in mir zu regen begann. Aus meiner Nase floß jedoch hartnäckig weiter Blut, so daß ich meine Brust, meine Hände und die Lebensmittel besudeln würde, wenn ich nicht den Kopf zurücklegte. Mein Bruder, der die Geduld mit mir verlor, ließ mich allein, und während ich gemächlich weitertrottete, rannte er die Pflasterstraße hinauf, um den anderen von meinem Kampf mit dem koreanischen Jungen zu erzählen, der aus dem Nichts aufgetaucht war.

Daß sich außer uns noch jemand im Dorf aufhielt, beunruhigte meine Kameraden. Doch später, es dämmerte schon fast, entdeckten wir einen weiteren zurückgelassenen ›Nachbarn‹.

Wir waren gerade damit beschäftigt, unsere Unterkünfte auszuwählen und das Abendessen zu kochen. Jeder von uns nahm nach Lust und Laune eines der Häuser im Dorf in Beschlag. Mein Bruder und ich entschieden uns für ein lagerhausähnliches, in der Erntezeit vermutlich als Getreidespeicher genutztes Gebäude, auf dem Hügel oberhalb des Platzes vor der Zweigschule, in dem es eine *doma* gab, wo auf dem Lehmboden Stroh, leere Säcke und Maiskörner verstreut herumlagen, sowie einen Raum mit einem etwas erhöhten gedielten Fußboden, und schleppten die erbeuteten Lebensmittel und eine altmodische Decke mit einem Blumenmuster, die wir als Bettzeug verwenden wollten, ins Innere. Während ich Brennholz in die *doma* trug und es aufschichtete, brachte mein Bruder Gemüse vom schmalen Feld hinter dem Lagerhaus und einen Topf, den er in der angrenzenden Bauernhütte gefunden hatte. Wir gaben das Gemüse, das wir in kleine Stücke zerrissen, getrockneten Fisch und einige Handvoll Reis in den Topf und gingen dann zur Pumpe vor der Zweigschule hinunter, um Wasser zu holen.

Unsere Kameraden standen vor dem Vorratshaus und spähten durch die offene Tür ins Innere. Die Abendsonne warf weinfarbene Schatten auf ihre kleinen, jedoch kräftigen Körper, die, eng aneinander gedrückt, halb übereinanderlagen. Alle waren starr vor Erstaunen. Wir rannten zu ihnen und sahen im Inneren des finsteren Vorratshauses eine Leiche, die mit einem Tuch bedeckt war, und ein Mädchen, das ebenso bestürzt wie feindselig wirkte. Atemlos starrte ich sie an, zusammen mit meinen Kameraden. Es war mir unmöglich, ein überraschtes Seufzen zu unterdrücken.

»Mitten in den Vorbereitungen für die Beerdigung ist das ganze Dorf geflohen«, sagte Minami aufgeregt mit leiser, fiebriger Stimme, als er sich einen Weg durch die anderen bahnte und auf mich zukam. »Das Mädchen haben sie zurückgelassen. Die sind wirklich zu jeder Gemeinheit fähig.«

»Hm«, sagte ich und starrte auf den kleinen Kopf des reglosen Mädchens, mit seinen furchtsamen, auf mich gerichteten Augen, und starrte auf ihre Hände, in die sie leicht ihren Kopf stützte, diese Hände, unter denen die Leiche lag, ihre Stirn weißlich leuchtend, lebendig wie frisches Gras. Abendluft, vom goldenen Schimmer der Dämmerung durchzogen, schlich leise in den Raum.

»Riech mal, wie's hier stinkt!« sagte Minami und schnaubte. »Das stinkt wie ein toter Hund.«

»Wer hat sie gefunden?«

»Ein Junge, der hier schlafen wollte.« Minami kicherte aufgeregt. »Eine tote Frau und ein verrücktes Mädchen, und jemand wollte doch tatsächlich mit ihnen schlafen!«

»Schluß jetzt mit der Gafferei!« sagte ich, abgestoßen vom Anblick der vor Furcht halb geöffneten Lippen des Mädchens, dem pfirsichfarbenen Zahnfleisch und ihren krampfartig zuckenden Wangen, die allesamt häßlich und leicht schmutzig waren. Außerdem wollte ich auf keinen Fall die Tote mehr sehen.

»Derjenige, der die Tür geöffnet hat, macht sie jetzt gefälligst auch wieder zu!« sagte Minami.

Als sich einer der Jungen furchtsam der Tür näherte, verzerrte sich das Gesicht des Mädchens, wie ein Vorzeichen für heraufziehendes Schluchzen. Und kaum wurde die Tür geschlossen, wurde dahinter bitteres Weinen hörbar. Das Mädchen verwandelte sich augenblicklich in ein geheimnisvolles Rätsel und schwoll an und wurde größer und größer. Die Tür hatte sich verklemmt und ließ sich nicht richtig schließen, der Junge jedoch, der die Aufgabe hatte, sie zuzumachen, hielt plötzlich inne, offensichtlich von Furcht ergriffen, und sein Rücken zitterte. Wir standen eine Weile reglos da. Aber es war unheimlich. Und so kehrten wir in unsere Behausungen zurück, ein jeder mit einem beklemmenden Gefühl in der Brust, und machten uns wieder an die Vorbereitungen für das Abendessen.

Ich zündete das aufgestapelte Brennholz in der *doma* an, hängte den Topf über die kleinen Flammen, und während wir warteten und unseren Hunger ertrugen, der kaum noch auszuhalten war, waren wir in Gedanken bei unserer lästigen neuen Nachbarin.

»Dieses Mädchen«, sagte mein Bruder in einem Ton, als ginge sie ihm nicht mehr aus dem Kopf, »ist bestimmt verrückt geworden, weil seine Mutter gestorben ist.«

»Und woher weißt du, daß sie verrückt ist?«

»Dies schmutzige Mädchen«, sagte mein Bruder vage, »ist sie's etwa nicht?«

»Ja«, sagte ich stöhnend, »sie war tatsächlich etwas schmutzig.«

Der Eintopf wurde so schnell fertig, daß wir es selbst nicht glauben konnten, und er schmeckte auch nicht schlecht. Wir holten das Eßgeschirr aus unseren Säcken und genehmigten uns eine große Portion, die wir schweigend und gierig aßen. Die Flammen, die aus dem Holzstapel in der Mitte der *doma* stiegen, erwärmten die Luft im Lagerhaus, und ein rätselhafter, feuchter Geruch begann den Raum zu füllen. Mit vollen Bäuchen, unsere Körper so schlaff in der Wärme wie Mollusken, legten wir uns ins Stroh auf dem Bretterboden und wickelten uns in die Decke. Es war Nacht, und wir waren im Dorf, in Freiheit. Und deshalb mußten wir auch aus freiem Willen schlafen. Mein Bruder schloß die Augen, zog die steife Decke, die nach Schweiß und Fett roch, bis zum Kinn hoch und begann ruhig zu atmen. Eigentlich wollte ich dem Mädchen im Vorratshaus den Rest des Eintopfs bringen. Aber ich war viel zu faul dazu, außerdem hatte ich Angst vor der riesigen Frauenleiche, die neben dem Mädchen lag. Das Bild der Toten, die ich im dämmrigen Abendlicht gesehen hatte, zeichnete sich bedrohlich vor mir im Dunkeln ab. Und dann der tote Junge, der im jetzt menschenverlassenen Tempel auf dem Rücken lag. Ich dachte an den Tod und wurde von Gefühlen – einem plötzlichen Schieben und Drängen in meinen Eingeweiden – befallen, die mir die Kehle zuschnürten und meinen Hals trocken werden ließen. Das war bei mir eine Art chronischer Krankheit. Wenn ich erst einmal von diesen Gefühlen, diesen Erregungszuständen am ganzen Körper, befallen wurde, konnte ich ihnen bis zum Einschlafen nicht mehr entrinnen. Tagsüber dann war es mir niemals möglich, mich glaubhaft an sie zu erinnern. Mein Rücken und meine Schenkel waren naß von kaltem Schweiß, in den ich eintauchte und bis zum Kopf darin versank. Der ›Tod‹ war für mich gleichbedeutend mit meiner Nicht-Existenz in hundert Jahren und, einige Jahrhunderte später, mit meiner Nicht-Existenz in einer fernen, endlosen Zukunft. Und auch in diesen weit entfernten Zeiten würde es Kriege ge-

ben, würde man Kinder in Besserungsanstalten unterbrin-
gen, Menschen würden existieren, die sich für Homo-
sexuelle prostituierten, während andere ein äußerst gesun-
des Sexualleben führen würden. Mich aber gab es dann
nicht mehr. Ich biß mir auf die Lippen, und, halb wahnsinnig vor Wut, gepeinigt von einer Angst, die mir die Luft
abschnürte, dachte ich nach. Mittlerweile quollen vielleicht
schon Myriaden von Krankheitserregern aus den zwei
Toten im Dorf und bedeckten die Luft im schmalen Tal
mit einem schmierigen Film. Und wir waren vollkommen
machtlos. Ich zitterte am ganzen Körper.

»Ist etwas?« fragte mein Bruder.

»Nichts, überhaupt nichts!« sagte ich heiser. »Schlaf, und
zwar schnell!«

»Ist dir nicht kalt?« sagte mein Bruder zögernd, nach
einem kurzen Schweigen. »Es zieht hier.«

Ich stand abrupt auf, riß eine Strohmatte aus dem Fußbo-
denbelag und ging zum Eingang, um mit ihr die Ritzen in
der Holztür abzudichten. Durch einen Spalt sah ich am gegenüberliegenden Berghang, irgendwo in der Nähe der Koreanersiedlung, Flammen, die sanft aus einem Holzstoß
züngelten und wie ein Signal flackerten. Er macht ein Lagerfeuer, dachte ich, während ich fühlte, daß sich tief in meinem Körper ein Gefühl regte, wie eine Knospe, freund-
schaftlich, und voller Wärme. Ich spürte wieder die leichten
Prellungen, die ich am ganzen Körper hatte, und die
schmerzenden Nasenlöcher, und zugleich eine gewisse
Freude. Der Kerl ist wirklich stark, dachte ich, und da es
unter Koreanern richtig starke Kerle gibt, zieht sich jede
Rauferei in die Länge.

»Zeig mir deinen Kamel-Büchsenöffner!« sagte mein

Bruder in schmeichelndem Ton. »Bitte, nur für einen kurzen Moment.«

Ich holte aus meinem Sack den Büchsenöffner, der wie
der Kopf eines Kamels geformt war, und legte ihn in seine
ausgestreckte Hand. Der Öffner war momentan zu nichts
nutze, aber meinem Bruder und mir gefiel er sehr, und mein
Bruder wollte ihn schon lange von mir. Ich kroch wieder
unter die Decke, während er seinen Rücken, seinen heißen,
vertrauten Rücken, gegen mich preßte.

»Du«, sagte ich sanft. »Fürchtest du dich nicht?«

»Was?« sagte er, nachdem er kraftlos gegähnt hatte. »Den
Kamel-Dosenöffner leihst du mir doch eine Weile, oder? Ist
es dir recht, wenn ich ihn in meinen eigenen Sack stecke?«

»Du kannst ihn mir später zurückgeben«, sagte ich groß-
zügig.

Das Feuer in der *doma* war fast heruntergebrannt, und in
der Stille waren die Schreie von Tieren in den Wäldern zu
hören, die das Tal umschlossen, der plötzliche Flügelschlag
von Vögeln und das Bersten von Rinde, die in der Kälte
aufriß. Überwältigt von den Wut entfachenden, hoffnungs-
losen und niederdrückenden Bildern des Todes, bemühte
ich mich verzweifelt, endlich Schlaf zu finden, und wurde
so eifersüchtig auf meinen Bruder, der friedlich atmend wie
ein Engel schlief, daß meine zärtlichen Gefühle für ihn
schlagartig verschwanden. Innerhalb des Dorfs schliefen –
oder litten an Schlaflosigkeit – die unbeerdigten Toten und
diejenigen, die man verstoßen hatte, während außerhalb
des Dorfs unzählige bösartige Menschen in tiefem Schlum-
mer lagen.

5
Zusammenarbeit der Verstoßenen

Am nächsten Morgen kochten mein Bruder und ich, fast wortlos, wieder Eintopf und aßen ihn am Feuer in der *doma*. Wir hatten beide keinen Appetit. Über dem Dorf lag Totenstille.

Draußen überschwemmte die Wintersonne alles mit ihrem schwachen, weichen Licht. Der Rauhreif beiderseits der Pflasterstraße fiel in sich zusammen. Die Kragen unserer Jacken fest über dem Hals zusammengezogen, gingen mein Bruder und ich den Hang hinunter. Auf dem Platz vor der Zweigschule hockten bereits unsere Kameraden oder wanderten ziellos darauf herum. Die Atmosphäre von Trägheit und Apathie, von der sie befallen waren, begann auch mich wie ein Gift zu bedrohen.

Mein Bruder und ich setzten uns auf einen Stein in einer Ecke des Platzes und umschlangen unsere Knie. Ein Teil der Gruppe, in ihrer Mitte Minami, begann sich die Zeit mit Bockspringen zu vertreiben, aber sie waren nur lustlos bei der Sache, so daß ihre Zuschauer schließlich fast ärgerlich wurden. Obwohl das Spiel eigentlich kräftige Bewegungen erforderte, machte es letzten Endes keinen großen Unterschied, wenn man nur irgendwo saß, die Arme um die Knie geschlungen. Angeödet vom Bockspringen, stellten sich Minami und die anderen im Kreis auf, ließen die Hosen zu

Boden rutschen und streckten dem Wind ihren Unterleib entgegen. Obszönes Kichern war zu hören und lautstarker Spott. Übergossen von hellem Sonnenschein erigierten ihre Penisse langsam und schrumpften wieder, ebenso langsam, und wurden dann abermals steif. Die autonomen Bewegungen ihrer Penisse, denen sowohl die ungezügelte Leidenschaft sexueller Begierde als auch die Sanftheit fehlte, die der Befriedigung folgt, wiederholten sich unter den Blicken aller einige Zeit. Und dann verlor auch das seinen Reiz.

Auch während des Spiels, bei dem keiner wirklich bei der Sache war, warfen wir immer wieder einen Blick auf eine altmodische Wanduhr, die einer der Jungen ins Freie getragen hatte, oder sahen zum Himmel auf, um nach dem Stand der Sonne die Zeit zu schätzen. Aber die Zeit bewegte sich wirklich träge dahin. Die Zeit bewegt sich überhaupt nicht, dachte ich gereizt. Gleich Haustieren bewegt sich die Zeit nicht, wenn sie nicht strenger menschlicher Kontrolle untersteht. Gleich Pferden oder Schafen bewegt sich die Zeit keinen Schritt vorwärts ohne die Befehle von Erwachsenen. Wir waren an einem toten Punkt angelangt, gefangen in der Stagnation der Zeit. Es gab nichts zu tun. Aber nichts ist schwerer zu ertragen, nichts macht einen gereizter und nichts vergiftet die Tiefen des Körpers mit größerer Erschöpfung als der Zustand des Eingesperrtseins, wenn man gleichzeitig zur Untätigkeit verurteilt ist. Zitternd stand ich auf.

»Was ist los?« sagte mein Bruder und sah zu mir auf, mit einem geistesabwesenden Blick, der ins Leere ging.

»Ich bringe dem Mädchen im Vorratshaus den Rest vom Eintopf«, sagte ich, dankbar für diesen plötzlichen Einfall.

»Gut«, sagte mein Bruder matt und senkte den Kopf, wobei sein Genick zum Vorschein kam, das zwar schmal und

schmutzig war und dennoch von herzzerreißender Schönheit. »Dann suche ich leckeres Gemüse.«

»Wär schön, wenn du Chinakohl finden würdest«, sagte
ich, ließ meinen Bruder stehen und rannte den Hügel hinauf zum Getreidespeicher.

Der Eintopf auf dem Boden des Topfes war hart und kalt.
Ich zögerte einen Moment, als ich das sah, hatte aber nicht
die Absicht, meinen Plan aufzugeben. Es gab sonst nichts zu
tun. Und für uns, eingesperrt im Dorf, war alles hart und
kalt und weigerte sich, sanft miteinander zu verschmelzen.
Während ich zurückrannte, dachte ich, wie unendlich weit
entfernt von Weichheit und Wärme die Pflasterstraße war,
ebenso wie die entlaubten Bäume, das Gebäude der Zweigschule und meine Kameraden, die erschöpft wie Tiere auf
dem Platz davor kauerten.

Die massive Tür des Vorratshauses war bis auf einen
schmalen Spalt geschlossen. Ich spähte hinein und entdeckte bestürzt, daß sich das Gesicht des Mädchens unmittelbar dahinter befand, im unnatürlichen Schein eines
pulvrigen, weißen Lichts. Sie blickte mich direkt und unverwandt an, aus Augen, die vor Schlafmangel verschwollen
waren. Hinter ihren schmalen Schultern lag noch immer die
Tote, mit dem Gesicht nach oben. Die Tote stinkt, und
deshalb hat sich das Mädchen in einiger Entfernung von ihr
vor die Tür gesetzt, um durch den Spalt frische Luft zu
atmen, dachte ich und spürte, wie hilfloser Abscheu in mir
ausbrach, der sich gegen nichts und alles richtete. Rasch
schob ich den Topf durch die Tür.

Das Mädchen erhob sich halb, von plötzlicher Furcht ergriffen. Aufgeregt, wie ich war, klang meine Stimme seltsam
heiser und ängstlich.

»Na, komm schon! Iß das! Mach doch!«

Schweigend ließ das Mädchen den Kopf sinken, zitternd wie ein Hühnchen. Wütend über den tölpelhaften, schwerfälligen Tonfall meiner Stimme, versuchte ich es noch einmal:

»Deine Mutter ist tot, oder?! Komm schon, iß das jetzt!«

Das Mädchen preßte seine Hände auf die Ohren und schwieg hartnäckig. Ich drehte ihr wild den Rücken zu und rannte wieder die Pflasterstraße hinauf, während ich mir vor Wut auf die Lippen biß. Diese blöde Kuh! Diese blöde Kuh! Murmelnd überschüttete ich sie mit Verwünschungen, hatte aber seltsamerweise das Gefühl, daß ich in Tränen ausbrechen würde, wenn ich meine einsame Schimpftirade unterbrach. Irgend etwas stimmte nicht mit mir.

Als ich auf den Platz zurückkam, standen die anderen in einer Gruppe beieinander, in ihrer Mitte mein Bruder, mit einem fiebrigen Ausdruck im Gesicht über einen kümmerlichen, kränklich aussehenden Hund mittlerer Größe gebeugt, der sich anstelle von Chinakohl zwischen seinen Knien befand. Der Hund rieb seine Schnauze zutraulich an der Brust meines Bruders und heulte, es klang, als hätte er Hunger.

»He, wo hast du das Vieh her?« fragte ich, atemlos vor Überraschung. »Wo war denn dieser Hund?«

Unbezähmbarer Stolz, Freude und gleichzeitig Verwirrung sprach aus dem kupferfarbenen Gesicht meines Bruders, der als Antwort nur ein Stammeln zuwege brachte.

»Er freut sich so sehr, daß er den Hund gefunden hat, daß er nicht einmal mehr sprechen kann!« sagte Minami mißgelaunt, in seiner Stimme mischten sich Neid und Spott. »Wir schlagen ihn tot, und dann wird er gegessen!«

Mein Bruder nahm den Hund in die Arme, seine Schultern zitterten vor Schreck. Er schielte nach oben und starrte Minami, zum Bersten angespannt, mit gewalttätiger Miene an.

»So schaut doch nur! So schaut doch nur!« sagte Minami demonstrativ verächtlich, den die unfreundliche Haltung meines Bruders ärgerte. »Wie er sich nur an den Hund klammert und ihn gar nicht mehr loslassen will! Während sein winziges Ding immer härter wird, lang wie ein Fingerchen, das gerade groß genug ist, um es mit einem Hund zu treiben!«

Mein Bruder ertrug das allgemeine dröhnende Gelächter, während er sich auf die Lippen biß und vor Wut zitterte.

»Nimm ihn mit und gib ihm was von dem getrockneten Fisch!« sagte ich mit Nachdruck, um Minami und die anderen zurückzuhalten. »Kümmere dich nicht um sie!«

Die kleineren Jungen folgten meinem Bruder, der seine gute Laune wiedergefunden hatte und nun zusammen mit dem Hund zum Getreidespeicher zurückkehrte, wobei er ihm ab und zu kurz pfiff. Minami starrte mich an, in seinen Augen ein verschlagenes Lächeln, dann kickte er einen Stein mit der Schuhspitze zur Seite. Wir langweilten uns beide zu Tode, und es wäre schön gewesen, wenn irgend etwas passiert wäre, brachten aber nicht die Energie auf, um miteinander zu kämpfen.

Wir waren gereizt wegen der hartnäckig langsam verrinnenden Zeit und der Stille, die über dem Tal lag, und begannen müde zu werden. Erwartungen regten sich in uns. Es war gleichgültig, was passierte, wenn es uns nur befriedigte und die Schlaffheit aus unseren Körpern vertrieb. Sogar die Rückkehr der Dorfbewohner wäre uns willkommen gewesen. Wir waren zwar in ihre Häuser eingedrungen, wir hatten gestohlen und ihre Wohnungen mit Beschlag belegt, und dennoch wußten wir mittlerweile nicht einmal mehr, ob wir diese Menschen, die Dorfbewohner, die uns im Stich gelassen hatten, haßten oder nicht.

Am frühen Nachmittag kehrte ich zum Vorratshaus zurück, um den Topf zu holen und das Mittagessen zu kochen (wieder Gemüseeintopf, der den Appetit auch nicht sonderlich anregte). Der Topf, vollkommen leer, war vor die Tür geschoben worden. Ich spähte ins Innere des Hauses und wechselte einen flüchtigen Blick mit dem Mädchen, deren kraftlose Augen nun weniger wachsam wirkten. Aber wir sprachen kein Wort miteinander. Nach dem Essen teilte ich die Reste in zwei Teile und gab eine Hälfte dem Hund, der seinen Kopf an die Knie meines Bruders schmiegte und keinen Versuch machte wegzulaufen, die andere brachte ich dem Mädchen im Vorratshaus. Sie starrte aus der Dunkelheit hinter der Tür auf den Topf, den ich ihr hinhielt. Sie machte jedoch keinerlei Anstalten, die Hand nach ihm auszustrecken. Ich stellte den Topf auf den Fußboden, und da ich das Gefühl hatte, das Mädchen könnte etwas zu trinken wollen, ging ich zur Pumpe vor der Zweigschule, um eine alte Feldflasche mit Wasser zu füllen.

Als ich zurückkam, kaute das Mädchen bereits eifrig auf dem Essen aus dem Topf herum. Eigensinnig sah sie mich immer noch mit abweisender Miene an, und ich zeigte auf die Feldflasche, um dann, hoch zufrieden mit mir, zu verschwinden. Was den Hund meines Bruders anbelangt, der schlang nicht nur unseren Eintopf, sondern alles, aber auch alles, was ihm die anderen Jungen gaben, mit halbverrückter Gier hinunter.

Spät am Nachmittag, nachdem zäh stockende Zeit ver-
ronnen war, sahen wir auf dem schmalen Weg, der quer
über den gegenüberliegenden Berghang verlief und von der
Koreanersiedlung auf den Talgrund hinunterführte, langsam einen Jungen heruntersteigen, auf seinem Rücken eine
sperrige Last, die in ein weißes Tuch gewickelt war. Uns war
sofort klar, daß es der Gegner war, mit dem ich gekämpft
hatte, und es sich bei der verhüllten Last, die er auf seinem
kräftigen Rücken trug, ohne Zweifel um die Leiche eines
Erwachsenen handelte. Wir starrten wie gebannt.

Eifrig beobachteten wir, wie der koreanische Junge seine
muskulösen Gliedmaßen anspannte, um nicht unter dem
schweren Gewicht zusammenzubrechen. Als sein Kopf und
das weiße Bündel hinter dem Gebäude der Zweigschule
verschwanden, liefen wir hinunter durch die Gassen, voll
von feuchter Luft und Uringeruch, die den Strohdächern
zu beiden Seiten entströmten, und kamen bei dem gras-
überwucherten Hang heraus, der ins Tal hinunterführte.
Dann gingen wir langsam den Hang auf unserer Seite hinab
und paßten unsere Geschwindigkeit der des koreanischen
Jungen an, der seinerseits weiter nach unten stieg. Es war
offensichtlich, daß uns der Junge bemerkte, aber er blickte
halsstarrig zu Boden und ignorierte uns, bis er, getrennt von
uns durch den schmalen Bach, die ebene Wiese auf dem
Talgrund erreicht hatte, wo die Früchte unserer ersten Arbeit im Dorf vergraben lagen.

Dann ließ er sein Bündel ins Gras gleiten und lief, nach
einem raschen, verschlagenen Blick auf unsere Gruppe, mit
erstaunlicher Geschwindigkeit wieder den Pfad hinauf, um
alsbald wieder zu erscheinen, mit einer Hacke, die er wie ein
Gewehr geschultert hatte. Noch ehe er den Grasboden

gleich neben dem Platz, wo er das weiße Bündel abgelegt hatte, aufzugraben begann, fühlten wir uns wie elektrisiert von der Eingebung, die uns seine Absicht vermittelte. So wie er seinen Toten begrub, würden auch wir unseren Toten begraben. Wir sahen einander an, fragend, mit fiebrigen Blicken.

»Herhören!« rief Minami. »Wir legen auch ein Grab an!«

»Das machen wir!« sagte ich und spürte neue Kraft in mir.

»Wir holen ihn«, unterbrach mich Minami hastig. »Grab du ein Loch, du und noch zwei, drei andere!«

Ich nickte und rannte zu dem scheunenähnlichen Haus hinauf, wo die Hacken aufbewahrt wurden. Mein Bruder stand gebückt auf dem Hügel im Gras und strich über den Rücken des verängstigten Hundes, der seit dem Auftauchen des koreanischen Jungen mit eingekniffenem Schwanz durchdringend jaulte.

Wir begannen mit unserer Arbeit. Mir war klar, daß mein Bruder darauf brannte, uns beim Graben zu helfen; aber da der Hund ein lautes Geheul ausstieß, während er sich wand, als würde er erdrosselt, und seinen Kopf zwischen die Schenkel meines Bruders steckte, als unsere Arbeit schon ziemlich weit fortgeschritten war und Minami und einige andere unseren früheren Kameraden, eingewickelt in ein Tuch, den Hügel heruntertrugen, konnte ich ihn nicht zu uns rufen.

Nach unseren Erfahrungen beim Vergraben der Kadaver der Hunde, Katzen, Mäuse und der anderen Tiere wußten wir, daß es nötig war, ein Loch von beträchtlicher Breite und Tiefe zu graben. Und so kamen Minami und die restlichen Jungen zu uns herüber, nachdem sie den fest in eine

Decke gewickelten Toten auf den Grashügel gelegt hatten, jenseits des Erdhügels, unter dem die Tiere begraben lagen, und halfen uns beim Ausheben der Grube. Auf der anderen Seite des Tals grub der koreanische Junge ein Loch für seinen eigenen Toten, die Hacke so hoch erhoben, daß sein Rücken und seine ausgestreckten Arme fast eine vertikale Linie bildeten.

Nachdem wir unter unserer dicken Unterwäsche zu schwitzen begannen und von unserer schmutzigen Haut ein muffiger Geruch aufstieg, holten wir den in eine Decke gewickelten Toten und legten ihn das Loch, das allerdings noch immer nicht tief genug war. Wir zogen das Bündel wieder heraus, verschmutzt von frischer Erde, stiegen abermals in die Grube und schwangen unsere Hacken.

Auch auf der anderen Seite der Wiese schien die Arbeit nicht recht voranzugehen. Aus dem Boden unseres Lochs, das mittlerweile eine ziemliche Tiefe erreicht hatte, begann Grundwasser zu sickern. Wir ließen den starren Toten, gehüllt in die Decke, in die erdbraune Wasserlache hinunter, die schnell die Grube zu füllen begann. Ich verließ Minami und die anderen, die eifrig damit beschäftigt waren, den Toten so sorgfältig zurechtzurücken, als pflanzten sie Blumenzwiebeln, um ihn dann mit weicher Erde zu bedecken, und ging zu meinem Bruder hinüber, der im Gras hockte, den Hund gegen die Knie gepreßt, und setzte mich neben ihn. Von unserem Hügel aus, wo ich Seite an Seite mit meinem Bruder saß, wirkten das Loch, in dem wir unseren Toten vergraben hatten, und das Loch, in das wir die Unmengen von Tierleichen geworfen hatten, auf mich wie der Beginn einer regelmäßigen Reihe, als ob sie ein Paar von Ausgangspunkten wären. Ich dachte über die schlichten

Gräber nach, die man, angefangen von den Ausgangspunkten, in gleichmäßigen Abständen in die Unendlichkeit hinein errichtete, und über die Myriaden von Toten, die man in ihnen verschwinden ließ. Die Schlachtfelder miteingerechnet, wie viele Menschen starben auf dieser Welt?! Und eine noch größere Zahl von Menschen würde Gruben ausheben, um sie zu begraben. Ich hatte das Gefühl, daß sich unser Grab über die ganze Welt hin ausdehnen würde, in endloser Reihe, Grab an Grab.

Unser Kamerad lag jetzt in der Erde, seine Haut, die Haare, die Schleimhaut seines geöffneten Afters von Grundwasser durchtränkt. Und dieses Wasser strömte unter der Erde dahin, nachdem es die unzähligen Leichen von Tieren überflutet hatte, um dann von den zähen Wurzeln der Pflanzen aufgesogen zu werden.

Ich fühlte mich durch und durch elend, ich wollte nicht an diese Dinge denken. Ich stand auf und blickte auf die andere Seite des Baches hinüber. Der koreanische Junge hatte seine Arbeit ebenfalls beendet. Er mühte sich vergeblich, einen Stein in seiner Nähe hochzuheben, den seine Arme kaum umfassen konnten. Ich verstand seine bewunderungswürdige Absicht. Entweder wollte er den Stein zur Erinnerung an seinen Toten auf das Grab stellen oder er wollte ihn, wie einen schweren Deckel, auf das Grab legen, aus Angst, der Tote könnte mitten in der Nacht der Grube entsteigen. Wie auch immer, die Tat war heroisch und beeindruckte mich, niedergeschlagen, wie ich mich fühlte. Ich rannte den Hang hinunter und klopfte Minami auf die Schulter, der gerade Erde über dem Grab aufhäufte.

»Was ist?« sagte er und hob sein gerötetes Gesicht.

»Schau!« sagte ich und deutete auf das andere Ufer, aber

das hohe Gras und die Hebungen und Senkungen des Bodens verdeckten die Gestalt des Koreaners, der sich über den Stein beugte.

»Der Junge hat Probleme, helfen wir ihm!«

Minami starrte mich verwirrt an. Als ich jedoch losrannte, ohne mich darum zu kümmern, folgte er mir. Wir überquerten mit einem Satz den Bach und liefen durch die Wiese auf der anderen Seite. Der koreanische Junge richtete seinen großen Körper behende auf und beobachtete, angriffsbereit, wie wir näherkamen.

»Wir helfen dir!« rief ich und schwenkte die Arme. »Der Stein ist sicher schwer, wir helfen dir!«

»Du glaubst doch selbst nicht, daß du den alleine von der Stelle bekommst!« sagte auch Minami.

Der koreanische Junge starrte uns mißtrauisch an, und der ratlose Ausdruck, der auf seinen dicken Lippen lag, verbreitete sich auf seinem ganzen Gesicht. Um ihm zu zeigen, daß wir keinen heimtückischen Angriff im Sinn hatten, gingen Minami und ich mit hängenden Armen auf ihn zu. Tiefe Röte überzog sein Gesicht, vielleicht aus Scham und vor Erregung. Wir halfen ihm, den Stein zum Grab zu tragen. Nachdem er sicher auf dem Erdhügel stand, richteten wir uns mit einem tiefen Seufzer auf und standen einander dann gegenüber. Nun, da wir plötzlich nichts mehr zu tun hatten, waren wir verlegen und fühlten uns gehemmt.

»War das dein Haus, wo die rote Fahne stand?« fragte Minami verlegen, mit einer Stimme, die in seiner Kehle steckenzubleiben schien. »Ist deine Mutter gestorben?«

»Mein Vater«, stellte der koreanische Junge fest, wobei sich seine Lippen langsam bewegten. »Mein Vater ist gestorben. Mutter ist mit den anderen aus dem Dorf geflüchtet.«

»Und warum bist du nicht abgehauen?« sagte Minami.

»Mein Vater ist gestorben und war noch nicht beerdigt, und deshalb bin ich dageblieben«, sagte der koreanische Junge.

»Ach, dein Vater«, meinte Minami vage und schloß, endlich befriedigt, den Mund. Der Junge wandte den Blick ab und schaute mich an, als würde er geblendet, und musterte dann aufmerksam meine geröteten, angeschwollenen Nasenlöcher. Und ich sah mir die blauschwarzen Flecken auf seinem breiten, flachen Gesicht an. Ein Lächeln trat auf die Lippen meines Kampfgefährten.

»Wie heißt du?« fragte ich hastig. »Sag schon!«

»Li«, sagte der Junge und neigte den Kopf, um das ununterdrückbare Lächeln zu verbergen, das sich schon wieder auf seinen Wangen ausbreitete, dann schrieb er mit der Spitze der Strohsandalen, in denen seine bloßen Füße steckten, das Schriftzeichen für seinen Namen in die weiche Erde an der Seite des Grabhügels.

»Ach«, sagte ich vage, tief in meiner Kehle, tatsächlich aber bewunderte ich die Schönheit des Schriftzeichens, das aus den Linien bestand, die der Junge auf der Erde gezogen hatte. »Li heißt du also.«

»Ich bin dir nicht böse wegen gestern morgen«, sagte der Junge, den Kopf noch immer gesenkt.

»Ich dir auch nicht!« sagte ich.

Wir blickten einander in die Augen und lächelten grundlos. Ich bemerkte, daß mir Li außerordentlich gefiel.

»Habt ihr auch jemanden begraben?« fragte Li Minami in dem arglosen Ton, der unter Menschen üblich ist, die einander vertraut sind. »Irgendwer ist gestorben, oder?«

»Einer unserer Kameraden.«

»Es ist noch jemand gestorben, eine Frau, sie liegt tot im Vorratshaus«, fügte ich hinzu, als ich mich plötzlich wieder erinnerte. »Im Dorf sind also drei Menschen gestorben.«

»Habt ihr«, fragte Li mit offensichtlichem Interesse, »die Evakuierte aus dem Vorratshaus schon begraben?«

»Noch nicht«, sagte ich.

»Wenn man Leute, die an der Seuche gestorben sind, nicht beerdigt, stecken sie auch noch die Lebenden an!« sagte Minami voller Autorität. »Ich hab das in der Anstalt vom Erzieher gehört.«

»Das Mädchen ist noch bei ihr«, sagte ich. »Glaubst du vielleicht, wir würden die Tote aus dem Haus schaffen und beerdigen können?!«

»Ich kenne das Mädchen!« rief Li und entblößte seine großen, weißen Zähne, während seine Augen stolz leuchteten. »Ich rede mit ihr.«

»Und dann begraben wir sie!« stimmte Minami in lautem Ton zu. »Wir werden überhaupt alles begraben!«

Mit Li in unserer Mitte sprangen wir über den Bach und kehrten zu unseren Kameraden zurück, die etwas verblüfft waren.

Ich übernahm die Aufgabe, ein Loch für die Leiche der Evakuierten zu graben, die Li und die anderen herunterbringen würden – ein Loch, das um einiges größer war als das für unseren Kameraden. Li und Minami rannten in Begleitung unserer halben Gruppe, brüllend wie Angehörige eines wilden Eingeborenenstamms, den steilen Hang hinauf, wobei sie mehrfach auf dem immer noch grünen Gras ausglitten, das mit gelben verwelkten Blättern und Halmen bedeckt war.

Da wir inzwischen an das Graben von Löchern gewöhnt waren, kamen wir schnell voran. Wir arbeiteten in zwei Gruppen: Die einen schwangen Hacken, die anderen kratzten die Erde heraus. Wenn unter der Erde lebende Insekten zum Vorschein kamen, traten wir sie umgehend tot. Da Li und die anderen eine ganze Weile nicht zurückkamen, sprachen sie wahrscheinlich mit dem Mädchen, im Angesicht der Toten, die im Vorratshaus lag. Lange Zeit verging, und dann waren von der Pflasterstraße her Rufe zu hören. Ich überließ es meinen Kameraden, das Loch fertigzugraben. Der Rauhreif in der Wiese war geschmolzen und hatte den Weg in Schlamm verwandelt, der gerade zu trocknen begann, als ich hinaufging.

Minami und die anderen marschierten tatsächlich auf der Pflasterstraße heran, auf ihren Schultern trugen sie die Tote, in Decken und weiße Tücher gewickelt, wie ein Kalb mit gebrochenen Beinen. Der Rest der Gruppe stützte die Tote mit ausgestreckten Armen. Dann kam das Mädchen, zwar in einem gewissen Abstand, jedoch ohne den Zug aus den Augen zu lassen, und der großgewachsene Li, der, über sie gebeugt, mit ihr sprach. Ich stand an der Straßenseite, und die Tote und ihre Träger zogen an mir vorbei, gefolgt von meinen Blicken. Und dann ging das Mädchen vorüber, bleich im Gesicht, die Lippen aufgesprungen und die Augen voller Tränen. Sie beachtete mich nicht, sondern sah starr nach vorn, und ihre Schultern bebten, geschüttelt von unterdrücktem Schluchzen.

»Schau, es läßt sich nicht ändern, sie ist tot«, tröstete Li das Mädchen voller Wärme. »Deine Mutter ist tot, verstehst du?! Sie stinkt, wie müssen sie einfach begraben.«

Ich ging unmittelbar hinter ihnen den Hügel hinunter.

Unsere Kameraden hoben schweigend und eifrig Erde aus, und daneben – vielleicht aus einer gewissen Befangenheit dem Mädchen gegenüber und weil sie sonst nichts zu tun hatten – standen Minami und die anderen, in ihren Armen noch immer die Tote. Das Mädchen machte auf dem Hügel in der Wiese halt, kauerte sich, Lis Rufe ignorierend, nieder, fest entschlossen, sich dem Loch nicht weiter zu nähern. Dann verfolgte sie den Fortgang der Arbeit, weinend und mit vor Schluchzen bebenden Schultern.

Unsere Kameraden legten, wie erfahrene Leichenbestatter, die Tote auf den Boden des Lochs und bedeckten sie mit Erde. Das Mädchen hatte das Gesicht zwischen den Knien vergraben und weinte. Li und ich hielten es nicht länger bei ihr aus. Wir ließen deshalb das weinende Mädchen allein und gingen hinunter, wo unsere Kameraden an der Arbeit waren.

»Sollen wir einen Stein draufstellen?« fragte Minami Li, als wir näherkamen. »Ich hab keine Ahnung, was man macht, wenn man jemand beerdigt hat. Ich meine, was man anschließend macht.«

»Befestigen wir die Erde!« sagte Li. »Stampfen wir sie fest!«

Wir zögerten. Doch dann stiegen wir, ein wenig zaghaft, auf den weichen Erdhügel, unter dem die Tote mit angezogenen Beinen und verschränkten Armen lag. Wir teilten uns in drei Gruppen auf, jede für einen der drei Erdhügel. Mein Bruder, der nicht länger abseits stehen wollte, schloß sich den Jungen an, die die Erde über dem Loch festtraten, in dem wir die Tiere vergraben hatten.

Als wir, Lis Beispiel folgend, langsam auf die Erde stampften, versanken die Bergketten rings ums Tal in dunkelroten

Schatten, über das totenstille Dorf legte sich die Dämmerung, und nur den Himmel erhellte noch ein Rest von weißlichem Licht. Der plötzliche Einbruch der Abenddämmerung verlieh unserer Arbeit eine feierliche und klare Bedeutung. Es war genauso wie mit den unerträglichen Bildern des ›Todes‹, die mir den Atem nahmen, mich in Schweiß ausbrechen ließen und nur nach Anbruch der Nacht über mich kamen. Wir machten mit unserer Arbeit weiter, beflügelt von zunehmendem Eifer.

Aus übergroßer Angst, die Toten könnten wieder zum Leben erwachen, hatten die Japaner der Urzeit Verstorbenen die Beine abgebogen und ihre Särge mit extrem schweren Steinplatten bedeckt. Auch wir fürchteten, unser einstiger Kamerad könnte sich aus dem Grab erheben und das von der Außenwelt abgeschnittene Dorf verwüsten, in dem man nur Kinder zurückgelassen hatte, und so stampften wir mit aller Kraft die Erde fest.

Und inmitten der dunkelnden neuen Luft der Nacht, dem Nebel, der sich anfühlte wie grobkörniges Pulver, und dem kalten, trostlosen Wind bildeten wir plötzlich, ohne es selbst zu merken, einen schweigenden, engen Kreis, die Körper aneinandergepreßt, mit untergehakten Armen, und stampften auf die Erde. Ratlos, wie wir waren, begann sich zwischen uns eine feste Gemeinschaft zu entwickeln. Und unter der dünnen Erdschicht, in der mehr von der geringen Wärme des Tages gespeichert war als im Nebel oder in unseren von Gänsehaut überzogenen Körpern, lagen sie mit abgewinkelten Beinen und Armen, ihre dunklen und kalten Augen bedeckt von toten Lidern, während aus ihnen bereits Maden quollen, die kraftvoll in den verborgenen Stellen zwischen ihren Schenkeln herumwimmelten.

Sie jagten uns Angst ein, wie Vögel, die plötzlich vor einem auffliegen, und standen uns dennoch näher als die Erwachsenen hinter der Barrikade jenseits des Tals, die uns ablehnten, mit Gewehren unter dem Arm, sie standen uns näher als diese niederträchtigen Erwachsenen von ›draußen‹. Da auch nach Anbruch der Nacht niemand aus den ausgestorbenen Häuserreihen stürzte, um uns mit freundlicher Stimme zu rufen, stampften wir wirklich lange Zeit schweigend auf der Erde herum, einander die Arme um die Schultern gelegt.

Als ich am nächsten Morgen die Reste des Frühstücks zum Vorratshaus trug, saß das Mädchen auf den niedrigen Steinstufen davor und sonnte sich. Zum ersten Mal nahm sie mir den Topf ab, den ich ihr hinhielt. Mir wurde heiß am ganzen Körper. Ich wollte an ihrer Seite stehenbleiben und ihr zusehen, bis sie mit dem Essen fertig war. Das Mädchen machte jedoch keinerlei Anstalten zu essen.

»Mittags kommst du zu uns zum Essen!« sagte ich grob und rannte zurück, ohne auf eine Antwort zu warten.

Es wurde Mittag, und das Mädchen hatte noch immer nicht auf meine Einladung reagiert. Ich brachte ihr, zusammen mit meinem Bruder und dem Hund, abermals das Essen. Solange wir bei ihr waren, blickte sie zu Boden, während sie mit ihren kurzen, schmalen Fingern den Hund meines Bruders am Rücken streichelte. Ich ging nach Hause, äußerst zufrieden, daß das Mädchen sich an mich zu gewöhnen begann.

Es war ziemlich kalt an diesem Mittag, und so entzündete ich in der *doma* des Getreidespeichers ein Feuer, legte mich daneben und schlief ein wenig.

Mein Bruder kam, um mich zu wecken. Gedrängt von seiner fast hysterisch klingenden Stimme, rannte ich auf die Pflasterstraße hinaus, über der die Sonne noch immer hoch am Himmel stand.

»Li ruft uns!« schrie mein Bruder, aus dessen Mundwinkeln Speichel sprühte. »Li hat gesagt, daß er allen den Soldaten zeigt!«

»Den Soldaten?« schrie ich zurück, angesteckt von seiner Erregung. »Den Soldaten, den entflohenen Soldaten!«

Ich rannte den Hügel hinunter und stieß dabei meinen Bruder immer wieder kräftig gegen die Schulter. Auf dem Platz vor der Zweigschule stand Li mit rotem Gesicht, das wie eine reife Kaki-Frucht zum Platzen gespannt war und vor Aufregung ständig röter wurde. Minami und die anderen waren noch aufgeregter als Li.

»Stimmt das mit dem Soldaten?« sagte ich keuchend zu Li.

»Versprecht, daß ihr nichts den Leuten aus dem Dorf sagt!« verlangte Li vorsichtig, von Argwohn erfüllt. »Lügt mich nicht an und verratet mich nicht!«

»Stimmt das mit dem Soldaten?« wiederholte ich wütend.

»Erst versprichst du, daß jeder die Klappe hält!« sagte Li.

»Ich verpfeife niemanden, und jeden, der das versucht, werden wir in Grund und Boden schlagen!« sagte ich, wandte mich um und brüllte die anderen an. »Habt ihr kapiert?! Keiner von euch wird irgendwas sagen!«

Einer nach dem anderen schwor, daß er sein Versprechen halten würde. Minami, dessen Stimme vor Nervosität und Erwartung schrill klang, sagte fast drohend zu Li, der trotz unseres Schwurs immer noch zögerte:

»Denkst du vielleicht, wir sind Hunde?! Laß diesen Blöd-
sinn, oder du kannst was erleben!«

Endlich gab sich Li einen Ruck und nickte, und wir umringten ihn und rannten die Pflasterstraße hinunter. Li
wirkte verkrampft und ging auf unsere Fragen nicht ein –
geradeso, als bereute er schon, uns sein Geheimnis verraten
zu haben. Aber wir bedrängten ihn hartnäckig mit weiteren
Fragen, während wir die kurze Brücke überquerten und den
steilen Weg zur Koreanersiedlung hinaufgingen. Ich dachte
an die Kadetten, die auf der Suche nach dem Deserteur
waren und neben dem Laster gestanden hatten, und an die
Gruppe von Dorfbewohnern, die ihn, bewaffnet mit Bambusspeeren, in den Bergen gejagt hatten, gierig nach seinem
Blut. Es war vermutlich schwierig gewesen, ihrer Umzinge-
lung zu entkommen und ins Tal zu flüchten.

»Wo hast du den Soldaten denn gefunden?« Den Arm
um Lis Schultern gelegt, wiederholte ich mit Nachdruck
noch einmal die Frage, die unsere Kameraden schon mehrfach gestellt hatten. »Los, sag schon!«

»Ich weiß es selbst nicht genau«, sagte Li nach anfäng-
lichem Stammeln. »Wir verstecken ihn schon seit einiger
Zeit in unserer Siedlung. Tagsüber schlief er in der aufgelas-
senen Grube, und nachts kam er zu uns zum Essen.«

»Ist er immer noch in der Grube?« fragte Minami.

»Er hält sich jetzt auch tagsüber in unserem Haus auf, da
die Leute aus dem Dorf und der Siedlung geflüchtet sind.«

»Und was macht er?« fragte mein Bruder mit schriller
Stimme. »Sag, was macht er denn?«

»Ich zeig ihn euch gleich«, erwiderte Li ungehalten und
sagte nichts mehr.

Die Koreanersiedlung bestand aus scheunenähnlichen

Häusern, die armseliger waren als die Hütten im Dorf, und ihre Vordächer waren noch niedriger als unten im Tal. Von der ausgetrockneten Straße, die keine Steine bedeckten, stieg Staub auf. Und da die Rückseiten der Häuser in den Wald hineinragten, hingen dichte Tannenzweige, die sich über die Dächer reckten, über der Straße. Mit Kehlen, die vor Erwartung trocken waren, folgten wir gehorsam Li und wirbelten beim Gehen Staub auf.

Am Ende der Häuserreihe, bei der Hütte, wo wir die rote Fahne gesehen hatten, blieb Li vor einer niedrigen wurmstichigen Doppeltür stehen, die sich verzogen hatte, und auch wir machten halt. Li gab uns ein kurzes, unauffälliges Signal, betrat dann allein eine enge Gasse und ging zur Rückseite des Hauses. Wir warteten. Plötzlich wurde die Tür geöffnet, und Li streckte den Kopf heraus und forderte uns mit mürrischer und ernster Stimme auf, das Haus zu betreten.

»Kommt rein!«

Wir traten durch die Tür, und nachdem sich unsere Augen ans Dunkel zu gewöhnen begannen, sahen wir einen Mann, der sich schwerfällig auf der Strohmatte aufrichtete, die in der *doma* lag. Ein Teil von uns spähte, einer auf den anderen gestützt, von draußen herein, da wir nicht alle Platz in der *doma* hatten, aber wir starrten alle mit angehaltenem Atem auf den Mann. Dieser wandte sich nach Li um, der hinter ihm stand. Wir alle sahen fassungslos auf die von Stoppeln bedeckte, stumpfe Haut über seiner Kehle, die sich im Dunkeln krampfhaft senkte und hob.

»Ja, doch«, sagte Li, wie um dem Mann Mut zu machen. »Das sind Freunde von mir. Alles in Ordnung. Sie haben mir geschworen, daß dich keiner von ihnen verpfeifen wird.«

Ein Klumpen, heiß vor Erwartung, schmolz in meiner Brust, und bittere Enttäuschung überflutete meinen Körper. Dem Mann fehlten das Funkeln und jeglicher Glanz, der von Armeekadetten ausging. Ihm fehlte der straffe, kleine, Begierde erweckende Hintern, über den sich die Uniformhose spannt, ihm fehlten der muskulöse Hals und das frisch rasierte bläulich schimmernde Kinn.

Statt dessen schwieg er mürrisch, einen düsteren, erschöpften Ausdruck auf seinem verwelkten, kümmerlichen Gesicht unbestimmten Alters. Zudem trug er eine Arbeiterjacke anstelle der extrem obszönen und sexuelle Lust ausstrahlenden Uniform des Krieges.

»Jetzt werft einen kurzen Blick auf ihn und macht dann Platz für die anderen!« sagte Li in einem Ton, als würde er Freunden ein Kaninchen zeigen, das er sich hielt, und keinen größeren Wunsch verspüren, als dieses ›Kaninchen‹ möglichst schnell wieder in den Stall zu bringen. »Er ist erschöpft und will nicht, daß ihr ihn so lange anschaut.«

Der Soldat legte sich vor unseren Augen schweigend auf die Matte zurück. Und auch wir schwiegen, als wir ins Freie traten, um den Kameraden Platz zu machen, die von hinten schubsten und drängten. Die Luft draußen war anders als drinnen, nicht vermischt mit Haustiergerüchen. Die Luft war frisch. Durch und durch enttäuscht atmete ich den Wind ein, der nach Baumrinde roch.

Unsere jüngeren Kameraden jedoch erregte und befriedigte der Anblick des Deserteurs, und sie tauchten mit geröteten Wangen wieder auf. Und um noch einmal einen Blick auf den Soldaten werfen zu können, stellten sie sich hinter ihren Kameraden auf, die ungeduldig warteten, bis sie an der Reihe waren. Ich verachtete die Jungen, die tief ausatmeten, um ihre Anspannung zu mindern, und sich über seine Flucht unterhielten. Fade, unangenehme Ernüchterung machte sich in mir breit.

Ich gab meinem Bruder ein Zeichen, um mit ihm ins Dorf hinunterzugehen, aber der sprach mit leuchtenden Augen mit den anderen Jungen über den Soldaten. Alle waren von ihm hingerissen.

»Die Koreaner haben ihn versteckt«, sagte einer, stammelnd vor Erregung. »Und da sie Koreanisch miteinander sprachen, hat niemand von der Polizei sie verstanden.«

»Das war ziemlich geschickt, wie er ihnen während der Jagd in den Bergen entwischt ist!« sagte ein zweiter. »Und dabei sind das Jäger, die durchaus imstande sind, auch Wildschweine zu fangen!«

»Er ist desertiert«, sagte mein Bruder schrill. »Desertiert…«

Minami kam mit verdrossener Miene aus dem Haus und rieb seine Fäuste kräftig am Hosenboden. Wir beide gingen voraus und kehrten allein zum Dorf zurück. Während wir den Hügel hinunterstiegen, verzog Minami verärgert die Lippen und sagte:

»Zum Kotzen! Was für ein kümmerlicher Schmutzfink! Das war vielleicht eine Enttäuschung!«

»Und obwohl er bei den Kadetten ist«, sagte auch ich, »sieht er verdammt feige aus.«

»Hm«, sagte Minami. »Ich hab noch nie einen derartigen Kadetten gesehen.«

»Würdest du mit so einem auch schlafen?«

»Der würde so schnell schlappmachen wie ein Huhn.«

Er starrte mich an, mit einer Mischung aus unverhohlener Verachtung und blankem Ekel, und lachte dann freudlos. Auf der kleinen Brücke warteten wir auf meinen Bruder und die anderen. Die aber kamen nicht.

»Ich laufe zurück, ich will sehen, was los ist«, sagte Minami plötzlich. »Ich mache mir Sorgen.«

Ich blickte ihm nach, wie er den Hügel hinaufrannte, und meine Wut wurde immer größer. Dann ging ich mit hochgezogenen Schultern den Weg zum Platz vor der Schule hinauf.

Beim Vorratshaus saß das Mädchen, die Arme um ihre Beine geschlungen. Ich ging zu ihr hin, um meine eigene kleine Einsamkeit zu vertreiben. Sie blickte zu mir auf mit ihren vagen Augen, über denen graubraune Schatten lagen. Ich lehnte mich an die Wand des Vorratshauses, und dann starrten wir einander eine Weile an.

»He, hör mal!« sagte ich, nachdem ich meinen Speichel hinuntergeschluckt hatte. »Du weißt wohl nichts über den Deserteur?«

Das Mädchen reagierte nicht und schwieg.

»So ist das also«, sagte ich und zuckte die Schultern. »Bist du vielleicht stumm und taub?«

Sie schlug die Augen nieder. Auf ihre Lider fiel der dunkle Schatten ihrer Wimpern, grünlich wie Blätter oder Gras.

»Komm zum Essen zu uns!« knurrte ich. »Hörst du, du sollst zu uns kommen!«

Das Mädchen hob vage den Kopf. Ich beugte mich vor, packte sie am Arm und versuchte, sie auf die Beine zu ziehen, wurde aber umgehend brutal von ihr gekratzt. Wütend ließ ich sie sitzen und machte mich aus dem Staub.

Als ich mich umdrehte und zum Platz vor der Zweigschule schaute, sah ich, daß das Mädchen mir folgte, mit einem Blick, so verschlagen wie ein Wiesel. Ich war sprachlos vor Verblüffung, und vor Ärger wurde mir fast schlecht. Aber es war gut, daß sie kam. Ich tat, als bemerkte ich sie nicht und ging zurück zum Getreidespeicher, wo ich auf sie wartete.

Als ich es beinahe schon satt hatte, noch länger zu warten, kam das Mädchen hinter meinem aufgeregten Bruder leise herein. Wie im Delirium erzählte mein Bruder ein ums andere Mal die Geschichte, wie der Deserteur schließlich aus dem Haus gekommen war und sich kurz mit ihm und den anderen unterhielt. Das Mädchen saß mit hängendem Kopf am Feuer in der *doma* und machte keinerlei Anstalten, bei der Zubereitung des Abendessens zu helfen. Am liebsten hätte ich sie und meinen Bruder angebrüllt.

Doch sobald wir zu essen begannen, kamen wir drei ohne Probleme miteinander aus. Das Mädchen kaute, während sie anmutig ihren verschmutzten, schwärzlichen Nacken bewegte. Und sie beobachtete neugierig meinen Bruder, der den Hund von Mund zu Mund fütterte.

»Weißt du«, sagte er zu mir, als käme ihm plötzlich eine Idee. »Gib dem Hund doch einen Namen!«

»Er heißt Bär«, sagte das Mädchen.

Ich starrte sie verblüfft an. Auch das Mädchen wirkte ziemlich bestürzt. Als mein Bruder den Hund bei diesem Namen rief, wedelte dieser heftig mit dem Schwanz. Mein Bruder und ich brachen in fröhliches Lachen aus, und auch das Mädchen lachte ein wenig, durch und durch verlegen. Plötzlich kehrte meine gute Laune zurück, und ich lachte lange weiter.

»Der Hund, gehört er dir?« fragte mein Bruder besorgt.

Das Mädchen schüttelte den Kopf.

»Er ist süß, oder?!« sagte mein Bruder, wieder beruhigt.

Ich wollte auch etwas zu dem Mädchen sagen, aber mir fiel kein einziges interessantes Thema ein. Außerdem hatte ich ein Kribbeln im Hals, begleitet von dem Gefühl, daß meine Wörter in der Kehle steckenblieben. So verzichtete ich darauf, mit dem Mädchen zu sprechen, und gab mich damit zufrieden, einige neue Holzscheite vor ihr ins Feuer zu stecken. Da wir satt waren und das Feuer so warm, daß es unsere Stirn zum Glühen brachte, ging es uns dreien und dem Hund wirklich gut – sah man einmal davon ab, daß mein Bruder immer noch über den Deserteur redete.

Auch zum Frühstück am nächsten Morgen holten wir das Mädchen aus dem Vorratshaus. Anschließend gingen wir gemeinsam zum Platz vor der Zweigschule. Das Mädchen setzte sich still und allein, abseits von allen anderen, in den Schatten eines Baums, machte aber niemals wieder einen Versuch, zum Vorratshaus zurückzukehren.

6
Liebe

Nachmittags kam plötzlich Wind auf, am Himmel stand keine einzige Wolke, aber es war kalt. Die Sträucher an den Bergwänden rings um das Tal, die neue Knospen trieben, und das Gras unter den entlaubten Bäumen der Mischwälder wiegten sich im Wind und leuchteten grell. Wir machten ein Feuer auf dem Platz vor der Zweigschule, und einige von uns setzten sich um das Feuer, die Arme um die Knie geschlungen, andere wanderten mit gekrümmten Rücken über den Platz. Vom Wind verweht, stieg der bläuliche Rauch des Feuers nicht in die Höhe, und da uns der Anblick des Dorfes mit dem niedrigen Podest der Feuerglocke im Zentrum bis zum Überdruß vertraut war – so vertraut, daß wir das Dorf fast mit geschlossenen Augen vor uns sahen –, fanden wir es sogar zu langweilig, geistesabwesend auf unsere Umgebung zu blicken. So schauten wir also auf nichts und hatten keine andere Wahl, als uns ruhig zu verhalten oder herumzugehen. Und dann erkannten wir plötzlich, wie geschwächt wir waren und wie ungeduldig uns das Leben machte, das wir, eingeschlossen im Dorf, führen mußten. Die allgemeine Erschöpfung und der geschwächte Durchhaltewillen bedrückten unsere Stimmung, die wie eine schwere Decke über uns lag.

Als jedoch der Soldat zusammen mit Li den Platz betrat,

machte sich Aufregung unter meinen Kameraden breit, und unsere Lethargie verschwand. Auch der Soldat wirkte frischer als gestern, als wir ihn in der dunklen *doma* gesehen hatten. Nachdem er sich ans Feuer gesetzt hatte, ließ er seine müden Augen, die blutunterlaufen wie bei einem Kaninchen waren, über unsere fragenden Gesichter gleiten.

»Wir haben uns das Lorengleis angesehen«, erklärte Li. »Wir wollten sicher sein, daß niemand von draußen ins Dorf hereinkommt, um ihn zu fangen.«

Uns wurde erneut bewußt, daß es für den Soldaten von Vorteil war, im Dorf eingeschlossen zu sein. Unter unseren starren Blicken senkte der Mann die Augen.

»Wenn sie dich fangen…«, sagte mein Bruder ängstlich zu ihm, aber der Soldat schwieg.

»…werden sie ihn vor Gericht stellen«, antwortete Li an seiner Stelle.

»Sie erschießen ihn!« sagte Minami in beißendem Ton. »Sie werden ihn wie nichts erschießen!«

Der Soldat blickte mit reglosen Augen zu Minami auf. Minami war fürchterlich wütend. Ich erwartete, daß sich der Soldat aufraffen und Minami zusammenschlagen würde, aber er starrte ihn nur an, furchtsam wie ein Kind.

»Puh!« sagte Minami achselzuckend.

»Er ist wirklich gut im Flüchten. Sie werden ihn niemals kriegen«, meinte Li.

»Sie werden ihn nicht kriegen!« sagte mein Bruder. »Sie werden dich nicht kriegen, oder?!«

Der Soldat sah zu meinem Bruder auf. Ich spürte, daß er sich getröstet fühlte, aber mir wird stets übel, wenn ich einen Erwachsenen sehe, dem diese Art von Trost gespendet wird. So ließ ich, ebenso wie Minami, meinem Zorn freien Lauf.

»Als du geflüchtet bist«, fragte ein anderer von uns, »hast du da jemanden getötet?«

»Er hat niemanden getötet! Er hat nicht einmal geschossen!« antwortetete Li anstelle des Soldaten. »Das stimmt doch?!«

»Ja«, sagte der Soldat und gab damit erstmals einen Laut von sich.

»Er hat mir erzählt, daß er Ausgang hatte und einfach nicht in die Kaserne zurückgekehrt ist!« sagte Li.

»Du wolltest nicht in die Kaserne zurück, oder?!« fragte einer unserer Kameraden und errötete vor Scham über die Dummheit seiner Frage.

Der Soldat schwieg.

»Ich wollte immer zu den Kadetten!« fuhr der Junge fort, und für kurze Zeit herrschte Schweigen. Ein sehnlicher Wunsch nach einer Kadettenuniform ergriff von uns allen Besitz.

»Ich wollte nicht in den Krieg!« sagte der Soldat plötzlich in einem Ton, als würde ihn dieser Gedanke verfolgen. »Ich wollte niemanden töten!«

Dieses Mal herrschte längeres Schweigen. Das unerträglich peinliche Gefühl von Disharmonie breitete sich in uns aus. Wir mußten uns ein zweideutiges Grinsen verbeißen, das uns auf dem Bauch und am Hintern ein Kribbeln verursachte.

»Ich will in den Krieg, und ich will Menschen töten!« sagte Minami.

»In deinem Alter verstehst du das nicht«, erwiderte der Soldat. »Aber später, ganz plötzlich, wirst du verstehen.«

Wir schwiegen, nur halb überzeugt. Das Thema war nicht interessant. Der Hund, der zwischen den Beinen meines Bruders lag, stand abrupt auf und ging zum Soldaten hinüber, um an dessen schmalen Knien zu schnüffeln. Zögernd strich der Soldat über den Kopf des Hundes.

»Ist er nicht süß?!« rief mein Bruder voller Freude. »Er heißt Bär.«

»Leo wäre ein schönerer Name«, meinte der Soldat.

»Leo«, sagte mein Bruder nach kurzem Zögern. Und wich dann meinem vorwurfsvollen Blick aus. »Ich nenne ihn Leo, das ist nämlich mein Hund.«

Ich wollte sehen, ob das Mädchen, das an dem Maulbeerbaum in einer Ecke des Platzes lehnte, den kurzen Wortwechsel über den Namen des Hundes gehört hatte, aber ihr Gesichtsausdruck ließ keinen Schluß zu. Mich selbst zumindest ärgerte es, daß mein Bruder ohne Umschweife den Namen des Hundes preisgab, den das Mädchen im Gedächtnis behalten hatte.

»Leo«, wiederholte mein Bruder träumerisch.

»Du warst doch sicher Student, oder?!« sagte Minami.

»Ja«, erwiderte der Soldat. »An der philosophischen Fakultät.«

»Das hab ich mir gedacht!« sagte Minami mit unverhohlener Verachtung. »Ein Student, der in der Nähe unseres Hauses wohnte, hatte einer Katze auch diesen Namen gegeben.«

Der Soldat war offensichtlich verärgert, und es schien, daß er Minami, der ihm hartnäckig zusetzte, zu ignorieren versuchte. Ich verließ sie und ging zu dem Mädchen, das nun am Fuß des Maulbeerbaums saß.

»Der Kerl ist aus Angst vorm Krieg abgehauen«, sagte ich

zu ihr. Das Mädchen schwieg. »Ich hasse Feiglinge. Wenn du neben einem stehst, merkst du, wie widerlich die stinken! Du haßt sie doch bestimmt auch?«

Sie blickte verwirrt zu mir auf und lächelte dann schwach. Mir reichte es. Pfeifend ging ich zum Getreidespeicher zurück.

In dieser Nacht schien der Mond hell. Da mein Bruder, begleitet von seinem Hund, zusammen mit Li zur Koreanersiedlung hinaufgestiegen war, um gemeinsam mit dem Soldaten zu Abend zu essen, waren das Mädchen und ich allein, als wir den Eintopf aßen. Anschließend hielten wir schweigend lange Zeit unsere Hände über das Feuer in der *doma* und ließen unsere Mägen in Ruhe arbeiten. In den Wäldern waren von Zeit zu Zeit schrille Vogelschreie zu hören. Es ärgerte mich ein wenig, daß mein Bruder so hingerissen von dem Deserteur war. Ich gähnte, und einige Tränen liefen über meine Wangen. Davon angesteckt, ballte das Mädchen die Fäuste, streckte die Arme von sich und gähnte ebenfalls ein wenig. Sie sah entsetzlich müde aus.

»Du bist müde, oder?« fragte ich.

»Ja«, sagte sie matt.

»Ich nicht!« sagte ich.

Das Haar des Mädchens, das die Farbe von dunklem Wein hatte, wand sich um ihren schmalen Hals. Ihr Körper verströmte den muffigen Geruch von Stroh. Ihre Haut ist genauso schmutzig wie meine, dachte ich in aller Ruhe. Lange Zeit schwiegen wir wieder. Ich begann mich zu sorgen, weil mein Bruder nicht zurückgekehrt war.

»Weißt du«, sagte das Mädchen und wandte mir ihr dunkles kleines Gesicht zu.

»Was ist?« fragte ich überrascht.

»Ich habe Angst«, sagte das Mädchen.

»Klar hast du Angst! Das überrascht mich nicht!«

»Ich habe Angst«, wiederholte sie mit verzerrten Lippen
– so, als würde sie gleich zu weinen beginnen.

»Was macht dir denn Angst? Daß du hier im Dorf bist?
Daß du in einem Dorf bist, in dem es nur Kinder gibt?«

»Ich habe Angst!«

»Jeder hier hat Angst!« sagte ich ärgerlich. »Natürlich haben wir Angst, aber ich wüßte nicht, was wir dagegen tun
könnten! Schließlich sind wir von der Außenwelt abgeschnitten!«

»Bring die Leute aus dem Dorf zurück«, sagte das
Mädchen flehentlich.

Ich schwieg verwirrt.

»Bitte, sag den Leuten aus dem Dorf, daß sie zurückkommen sollen«, wiederholte das Mädchen.

»Das kann ich nicht!« sagte ich kalt. »Wir sind eingeschlossen.«

»Ich habe Angst!« sagte das Mädchen abermals und
begann zu schluchzen, ihr Gesicht zwischen den Knien vergraben.

Ich kümmerte mich nicht um ihr Weinen und schwieg,
aber da sie endlos mit gedämpfter Stimme weiterschluchzte,
fühlte ich mich immer hilfloser, und meine Gereiztheit
nahm zu.

»Selbst wenn ich die Schweine aus dem Dorf bitte, sie
kommen doch nicht zurück!« sagte ich. »Außerdem, wenn
sie zurückkommen sollten, dann fangen sie den Soldaten
und töten ihn!«

Das Mädchen schluchzte hartnäckig weiter. Irgendwo,
tief in mir, breitete sich ein Gefühl aus, das eine Ähnlichkeit

mit Wahnsinn hatte. Ich biß mir auf die Lippen, stand auf und nahm aus meinem Sack die Karte heraus, die mir der Arzt gegeben hatte. Sie bestand aus einer groben Skizze, auf der das Lorengleis eingezeichnet war, das das Tal überquerte, und der Weg zum Haus des Doktors.

»Ich werde ihnen sagen, daß sie dich, und nur dich, abholen sollen!« sagte ich rauh zu dem Mädchen, das mit seinem tränenverschmierten Gesicht zu mir aufblickte. »Das werde ich den Leuten auf der anderen Seite des Tals sagen! Hör also mit deiner Heulerei auf!«

Ich trat auf die mondhelle Pflasterstraße hinaus. Nebelschwaden zogen vorbei, heftig und kalt. Das Mädchen folgte mir, aber ich wandte mich nicht um. Ich wußte nicht einmal, ob ich es auf die andere Seite des Tals schaffte. Auf jeden Fall aber wollte ich den Leuten auf der anderen Seite das Mädchen übergeben, dessen Gesicht naß von Tränen war und das am ganzen Körper stank. Ich ertrug es nicht länger.

Als ich aus dem Wald herauskam, leuchtete vor mir das Lorengleis, feucht vom Nebel, im Mondlicht. Dann die schwarze, hochragende Masse der Barrikade. Auf der anderen Seite war das Licht in der Hütte gelöscht, in der sich vermutlich unser Wächter aufhielt. Ich drehte mich um und sagte zu dem Mädchen, das sich auf die vor Kälte verfärbten Lippen biß:

»Du wartest hier! Ich erkläre den Leuten, was du willst.«

Als ich auf die Gleisschwellen hinunterstieg, vorsichtig, um nicht auszurutschen, trieben von unten beißende Kälte und Nebel herauf, die gegen meine Wangen schlugen und mir stechende Schmerzen in der Nase verursachten. Das

Rauschen des Wassers, das tief unter mir im Mondlicht glänzte, und das Toben der Fluten, die an den Felsen nagten, erzeugten ein wirbelndes Tosen. Gebückt wie ein Tier ging ich langsam über die Schwellen. Meine Erregung klang schnell ab. Was ich tat, kam mir außerordentlich sinnlos vor. Aber ich hatte nicht die Absicht umzukehren. Die Lider fast geschlossen, um meine Augen vor dem harten, stechenden Wind zu schützen, war ich mit aller Konzentration darauf bedacht, mich in der Mitte der Schwellen zu halten.

Das Gleis war sehr lang, und der Wind brüllte. Als ich vor der aufragenden Barrikade stand, errichtet aus Baumstümpfen, gebündelten Holzteilen, Brettern und Felsbrocken, war meine Kehle ausgedörrt und ich so müde, daß ich mich am liebsten hinlegen und schlafen wollte. Ich überzeugte mich davon, daß die Barrikade einerseits zu schwer und ihr Aufbau zu kompliziert waren, als daß ich sie mit meinen Händen hätte beiseite räumen können, daß sie aber andererseits umgehend zusammenstürzen würde, sollte ich über sie hinwegklettern. Ich spähte unter die Schwellen. Es gab keine andere Möglichkeit. Ich richtete mich kurz auf, schob meine klammen Hände unter dem Ledergürtel hindurch in meine Hose und wärmte sie an den Schenkeln. Allmählich kam wieder Leben in meine Finger, und ich begann mir der Existenz meines runzeligen, in der Kälte eingeschrumpften Penisses bewußt zu werden.

Ich stützte die Ellbogen auf eine Schwelle, krümmte den Rücken und schlüpfte mit den Beinen durch den schmalen Zwischenraum. Im nächsten Augenblick hing ich mit beiden Händen an der Schwelle, mein Körper schutzlos der eisigen Tiefe ausgesetzt. Heftiger Wind, Kälte und entsetzliche Einsamkeit fielen über mich her. Ich mußte damit fertig werden. Ich krümmte meinen Körper wie ein Hummer, der in heißem Wasser gesotten wird, und schwang mich blindlings von Schwelle zu Schwelle.

Fast am Ende meiner Kraft, klammerte ich mich an die letzte Schwelle, stieß ein Keuchen aus, das wie ein Schrei klang, machte gleichzeitig einem Klimmzug, stützte die Ellbogen auf die mit Rauhreifkristallen überzogene Schwelle und zog mich ganz nach oben. Ich streckte mich der Länge nach aus und rang nach Atem. Aber ich konnte mich hier, dem Mondlicht ausgesetzt, nicht ausruhen. Schon der erste gezielte Schuß aus der Wachhütte würde meinen Kopf zerschmettern. Schwer atmend legte ich die letzten Meter zurück, und sobald ich festen Boden unter den Füßen hatte, rannte ich einen Weg entlang eines dunklen Gestrüpps hinauf, das mich vom Mondlicht abschirmte. Ohne einen Blick auf die Karte in meiner Brusttasche zu werfen, durchquerte ich ein lichtes Wäldchen, in dem man ohne erkennbare Ordnung Eichen und Kastanienbäume angepflanzt hatte, und dann lag vor mir im Schein des Mondes eine winzige Siedlung, in der Totenstille herrschte. Die Siedlung tauchte ganz plötzlich auf, so plötzlich wie alle anderen bisherigen Bauerndörfer auch.

Gebückt ging ich den Weg hinab, der mit abgerundeten Steinen übersät war, und betrat die Siedlung. Sie bestand aus Häusern, Straßenbäumen und verschlungenen Gassen, die fast genauso aussahen wie jene in dem Dorf, in dem wir eingesperrt waren. Dennoch, die Atmosphäre in der Siedlung unterschied sich auf äußerst subtile Weise von der unseres Dorfes, und dieser Unterschied machte mir Angst. Hier lebten Menschen. Mir völlig unbekannte Fremde lebten hier. Im Dorf war es totenstill, und aus dem Inneren der Häuser – aus dem dunklen, kalten Inneren der Häuser – waren Geräusche von Haustieren zu hören, die sich bewegten. Ich ging zwischen den Häusern mit ihren niedrigen Vordächern hindurch, und mein Körper warf im Mondlicht einen kleinen Schatten auf den Weg. In diesen Häusern schliefen die Fremden, die uns von der Außenwelt abgeschnitten hatten und uns bewachen ließen. Furcht und eine wilde Erregung, die mich plötzlich erfaßte, jagten Wellen des Schauderns über meine vor Kälte steif gewordene Haut. Ich biß mir auf die Lippen und konzentrierte mich auf die Suche nach dem Haus des Arztes, um meinen Drang zu unterdrücken, so schnell wie möglich von hier zu verschwinden.

Ich klopfte an die europäisch aussehende Tür des Arztes, in die eine Milchglasscheibe eingelassen war. Dann trat ich einen Schritt zurück, direkt ins Mondlicht, und starrte wachsam auf die Tür mit der in Dörfern so seltenen Glasscheibe. Drinnen ging ein Licht an, und eine Gestalt kam zum Eingang, die tief in der Kehle mürrisch vor sich hin brummte; dann lugte durch die nur einen Spalt weit geöffnete Tür der kleine tierähnliche Kopf des Arztes, den ich im Vorratshaus gesehen hatte. Äußerst angespannt starrten wir einander an. Völlig kopflos dachte ich, daß ich etwas sagen mußte, bekam aber fast keine Luft, und mir war, als würde ich gleich in Tränen ausbrechen.

»He!« sagte der Arzt in einem Ton, der meine weichen Gefühle sofort erstarren ließ. »Was willst du hier?«

Mit aufgerissenen Augen starrte ich ihn schweigend an. Seine runden, feisten Wangen und seine kleine Nase strahlten etwas wie Angst aus, wodurch meine Haltung noch einmal härter wurde.

»He! Was willst du hier?! Wenn du gewalttätig wirst, rufe ich die Leute zusammen!«

»Ich werde nicht gewalttätig!« sagte ich mit fiebriger, beleidigter Stimme und unterdrückte meinen Zorn. »Deswegen bin ich nicht gekommen!«

»Und was willst du dann hier?« wiederholte der Arzt.

»Ein Mädchen aus dem Dorf ist immer noch im Vorratshaus. Sie möchte raus. Bringt sie raus, bitte!«

Der Arzt starrte mich forschend an. Ich sah sein entblößtes Zahnfleisch schimmern, das feucht von Speichel war, und daß sich, von dort ausgehend, rasch ein verschlagener Ausdruck über sein Gesicht legte.

»Macht das, bitte!«

»Bei wie vielen von euch ist die Krankheit ausgebrochen? Wie viele haben überlebt?« fragte der Arzt.

»Was?« fragte ich bestürzt. »Keiner von uns ist krank. Auch das Mädchen ist gesund. Bei uns gibt's keine Seuche.«

Der Arzt sah mich nun aufmerksamer an.

»Wenn du glaubst, daß ich lüge, dann schau mich doch an! Ich ziehe mich aus, und du untersuchst mich!«

»Sprich nicht so laut!« sagte der Arzt. »Wer sagt, daß ich dich untersuche?«

Ich nahm die Hände von den Knöpfen meiner Jacke, die ich bereits zu öffnen begonnen hatte, um im Mondlicht meinen Oberkörper zu entkleiden. Ich stieß auf völlig taube Ohren.

»Du bist Arzt, oder? Und es ist dein Beruf, festzustellen, ob jemand krank ist, oder etwa nicht!«

»Spar dir die Frechheiten!« sagte der Arzt und zeigte

plötzlich seine Wut. »Geh zurück und komm nie wieder auf unsere Seite!«

»Ich hab gedacht, du würdest allen sagen, daß unter uns keine Krankheit herrscht. Du bist Arzt!« schrie ich und spürte, wie mein ganzer Körper vor Enttäuschung heiß wurde. »Und du, du schickst mich zurück?«

»Verschwinde!« sagte der Arzt. »Wenn die Leute aus dem Dorf erfahren, daß du hier bist, wird dich das teuer zu stehen kommen. Du bringst mich noch in Schwierigkeiten. Verschwinde!«

Rebellisch zog ich die Schultern hoch. Der Arzt, der ein Baumwollgewand trug, steif wie das Fell eines Tieres, trat aus der Tür und baute sich vor mir auf.

»Verschwinde und komm bloß nicht wieder!« sagte er zornerfüllt und drehte mir flink den Arm um.

Ich stöhnte leise vor Schmerzen und versuchte mich aus seinem harten Griff zu befreien, aber er stand da, unerschütterlich wie ein Fels.

»Wenn die Leute aus dem Dorf entdecken, daß du dich hier herumtreibst, wirst du nicht mehr lange leben!« fuhr der Arzt fort. »Ich werde dafür sorgen, daß du zurückgehst – wenn es sein muß, auch mit Gewalt!«

Er packte mich am Genick. Ich hatte loszugehen, von ihm entlanggezerrt, noch nicht einmal fähig, mich in seinem Griff zu winden. Ich brannte vor Wut. Auf diese Art zu gehen war demütigend, aber es war schwierig, mich zu befreien. Der Arzt trieb mich mit brutaler Kraft an und schüttelte mich fast.

»Du kotzt mich an! Du versuchst nicht einmal, uns zu helfen, obwohl du doch Arzt bist«, preßte ich mit dünner, schriller Stimme aus meiner zugeschnürten Kehle heraus.

Der Arzt drückte noch fester zu, und ich stöhnte vor Schmerz. Und so wurde ich weiter und weiter geschleppt. Schließlich kamen wir beim Lorengleis an, er stieß mich von sich, und ich stürzte zu Boden. Auf der kalten Erde liegend sah ich zum kräftigen Körper des Arztes hoch, dessen dunkle Gestalt sich vom nächtlichen Wald abhob. Er strahlte auf bedrückende Weise Kraft und Autorität aus.

»Ihr laßt uns sterben, ohne einen Finger zu rühren«, sagte ich. Ich schämte mich entsetzlich, weil meine Stimme so schwach und ängstlich klang, aber es wäre noch beschämender gewesen, auf dem Boden zu liegen, ohne etwas zu sagen.

»Du und die anderen, ihr seid wirklich widerlich!«

Der Arzt beugte sich nach vorne, und ich wurde im Rükken mit fürchterlicher Wucht getroffen – so, als hätte er mit einem schweren Stein auf mich eingeschlagen. Laut stöhnend wand ich mich und rollte über den Boden, in der Absicht, dem Fuß des Arztes auszuweichen, der gerade weit genug ausgeholt hatte, um mich ein weiteres Mal zu treten. Rachsüchtig folgte er mir. Schreiend vor Angst kroch ich auf das Lorengleis hinunter und weiter auf die Barrikade zu.

Ich war zu Tode erschöpft. Als ich jedoch sah, daß der Arzt sich nach Steinen bückte, um damit nach mir zu werfen, konnte ich nicht länger liegenbleiben. Blindlings krallte ich meine Finger in die Schwellen und kroch weiter, erreichte die Barrikade und schlüpfte in einer äußerst erniedrigenden Haltung mit meinen vor Wut zitternden Beinen zwischen die Schwellen.

Ich zog mich nach diesem schwierigen Unternehmen mit einem letzten Klimmzug, der mich fast meine gesamte restliche Kraft kostete, abermals auf das Lorengleis hinauf und war dann zu nichts mehr fähig. Keuchend schnappte ich nach Luft, meine Brust hob und senkte sich wie bei einem Tier mit zerschmetterten Knochen. Eine verzweifelte, wahnsinnige Wut ergriff mich. Meine Fingerspitzen waren verletzt und bluteten. Ich glaubte, hinter mir sich entfernende Schritte zu hören, aber ich drehte mich nicht um, sondern starrte statt dessen auf das andere Ende des langen Gleises, das vom Mondlicht beschienen wurde. Das Mädchen streckte hinter dem Flaschenzug, der im Dunkel lag, den kleinen Kopf hervor und schaute zu mir herüber.

Ich stand auf und balancierte auf den Schwellen weiter, wobei ich meine wackligen Beine zum Gehen zwingen mußte. Als ich den Boden auf der anderen Seite betrat – jener Seite, auf der wir definitv eingeschlossen waren –, kam das Mädchen auf mich zugestürzt und schaute mich aus weit aufgerissenen Augen an, die wie bei einem fiebernden Kind glänzten. Wir standen da und starrten einander lange Zeit an. Wut tobte durch meinen Körper. Schwer atmend entzog ich mich ihrem obsessiven, drängenden Blick und ging los. Sie folgte mir eilig, aber ich lief einfach weiter, ohne meinen Schritt zu verlangsamen.

Diese Schweine! Diese verdammten Schweine! brüllte ich im Gehen hinter meinen geschlossenen Lippen. Im Genick – dort, wo mich der Arzt gepackt hatte – spürte ich stechende Schmerzen. Die Gemeinheit des Arztes, seine bestialische Stärke – und meine Hilflosigkeit. Ich war machtlos gegen diese Schweine. Um zu verhindern, daß sich hilfloser Groll und Trauer in meine Wut mischten, ging ich immer schneller. Das Mädchen lief jetzt keuchend mit kleinen Schritten hinter mir her. Und während sie keuchte, murmelte sie immer wieder einige Worte, aber ich versuchte nicht einmal, sie zu verstehen.

Wir traten aus dem Wald, gingen die mondhelle Pflasterstraße hinunter, liefen zwischen den Häusern hindurch, in denen sich unsere schlafenden Kameraden verbargen, und kamen beim Vorratshaus des Mädchens heraus. Das Mädchen blieb stehen, und ich auch. Dann starrten wir einander wieder an. Ihre blutunterlaufenen, verschwollenen Augen standen voller Tränen, die glitzernd das Mondlicht reflektierten. Ihre dünnen Lippen bewegten sich, fast ohne einen Laut hervorzubringen. Doch plötzlich verstand ich die Bedeutung der Wörter, die sie unablässig wiederholt hatten.

Ich hatte gedacht, du kommst nicht zurück! wiederholten sie ein ums andere Mal. Ich hatte gedacht, du kommst nicht zurück! schrie sie, während sie von einem sinnlosen, krampfartigen Zucken erfaßt wurde. Ich wandte meine Augen von ihren Lippen ab und blickte auf meine schmerzenden Finger hinunter. Blut tropfte auf das Pflaster. Plötzlich streckte sie die Hand aus, bückte sich und umschloß meine Fingerspitzen mit den Lippen, berührte die verletzten Stellen wieder und wieder mit ihrer harten Zunge, die sich in kleinen Stößen bewegte, und befeuchtete die Wunden mit ihrem klebrigen Speichel. Unterhalb meines gesenkten Kopfs wanderte der Nacken des Mädchens, glatt und gerundet wie der Rücken einer Taube, langsam von einer Seite zur anderen.

In mir wuchs ein Gefühl, es ballte sich zusammen, schwoll plötzlich an und ließ mich die Beherrschung verlieren. Ich packte das Mädchen grob an den Schultern und zog es hoch. Den Ausdruck in ihrem kleinen, zu mir aufgerichteten Gesicht sah ich bereits nicht mehr. Ich hielt ihren Körper eng an mich gepreßt, wie ein panisches, in die Enge getriebenes Hühnchen, und rannte mit ihr in das dunkle Vorratshaus.

Ohne die Schuhe auszuziehen traten wir in den völlig finsteren Raum. Ich riß mir die Hose herunter, hob ihr Kleid in die Höhe und ließ mich auf das Mädchen fallen. Ich stöhnte, weil sich mein erigierter Penis, steif wie eine Spargelstange, in meiner Unterhose verfangen hatte und ich fast das Gefühl bekam, er würde abbrechen. Dann der hastige Kontakt mit der kalten, papiertrockenen Oberfläche des Geschlechts des Mädchens, das außer sich war, und der Rückzug, begleitet von einem schwachen Zittern. Ich stieß einen tiefen Seufzer aus.

Das war alles. Ich stand auf, tastete nach meiner Hose und zog sie an; ich ließ das Mädchen allein, das gehetzt atmend dalag, und ging hinaus. Die Kälte nahm von Minute zu Minute zu, auf die Bäume und das Pflaster fiel mit mineralischer Härte Mondlicht. Wut raste noch immer durch meinen Körper, meine Mundhöhle war gefüllt mit tobsüchtigem Gemurmel, aber unter der Wut erhob langsam ein überquellendes Gefühl von Süße sein Haupt. Ich rannte den Hügel hinauf, die Augen voller Tränen, und verzerrte die Gesichtsmuskeln, um die Tränen daran zu hindern, über meine Wangen zu fließen.

7
Jagd und Fest im Schnee

Ich erwachte in der Morgendämmerung, vor Kälte schlotternd, hielt aber meine Augen fest geschlossen. Freudige Erregung, die mein Herz aufwühlte, und brennende Leidenschaft erfüllten mein Inneres und schlossen mich von der Außenwelt ab. Was ist mit mir, dachte ich, woher kommt diese ungewöhnliche Anspannung? Aber die Müdigkeit, die rastlos die Tiefen meines Kopfes und jeden Winkel meines Körpers überschwemmte, hinderte mich am Denken. Ich öffnete die Augen einen Spalt weit und starrte auf meine Finger in der kalten Luft, in der ein kraftvolleres, gleißenderes Licht lag, als es sonst so früh am Morgen der Fall war. Die Wunden an den Fingerspitzen hatten sich geöffnet, weich und rosig. Die sensible, zitternde Zunge des Mädchens, das mich an eine Taube erinnerte, hatte sie wieder und wieder berührt und mit klebrigem Speichel benetzt. Gleich kochendem Wasser strömte Liebe in jede Zelle meines Körpers, bis hin zu den Fingerspitzen. Ich zitterte kurz, befriedigt, rollte mich wieder zusammen und versuchte, in die Reste des Schlafs einzutauchen. Aber die Erregung, die von mir Besitz ergriffen hatte, ebbte nicht ab. Von draußen brandete, wie ein Sturm, das Gezwitscher von unzähligen Vögeln herein, wie ich es noch nie gehört hatte. Und es schien, daß auf dem Grund des Gezwitschers ein schweres und gigantisches Schweigen lastete. Ich stand auf, schob die Strohmatte beiseite, die ich als Schutz gegen den Wind vor die Tür gehängt hatte, und spähte durch den Spalt ins Freie.

Vor mir lag eine völlig neue Morgendämmerung, rein und voller Unschuld. Schnee war gefallen und türmte sich über der Erde, die Bäume trugen Hauben, die gerundeten Schultern von Tieren glichen, und das Tal glänzte in grenzenlos hellem Licht. Schnee! dachte ich und seufzte tief. Schnee – seit meiner Geburt hatte ich niemals eine derart verschwenderische Fülle von Schnee gesehen. Vögel zwitscherten frenetisch, aber alle anderen Geräusche wurden von der dicken Schneeschicht verschluckt. Die Stimmen der Vögel und die endlose Stille. Ich befand mich allein auf der weiten Welt, und die Liebe war gerade geboren worden. Ich stöhnte vor Freude und schaukelte meinen Körper vor und zurück. Dann kniete ich mich auf ein Bein, einem kraftstrotzenden Riesen gleich, biß mir auf die Lippen und starrte mit feuchten Augen auf den Schnee. Ich ertrug es nicht mehr, ich mußte etwas sagen.

Ich wandte mich um und rief atemlos nach meinem Bruder, der noch tief schlief.

»He, wach auf! So wach doch auf!«

Er krümmte die Schultern und schlug mit einem leisen Stöhnen, tief in der Kehle, langsam die Augen auf. Von seinen kastanienbraunen Pupillen ging ein scharfer Glanz aus, der still und sanft erlosch. Er muß schlecht geträumt haben, dachte ich. Und er muß sich erleichtert gefühlt haben, als er beim Erwachen sah, daß ich ihm ins Gesicht schaute.

»Raus aus dem Bett!« sagte ich.

»Hm«, erwiderte mein Bruder und richtete sich auf seinen Knien auf, die, leicht schmutzig, durch zwei Risse in seiner Hose lugten.

»Schau dir das an!« rief ich und riß schwungvoll die Strohmatte weg. »Schau dir den Schnee an!«

Die Außenwelt mit ihrer Weite, ihren gewaltigen Dimensionen, stürzte auf uns ein. Während mir die Jubelschreie meines Bruders in den Ohren klangen, schob ich die Glastür auf und streckte den Kopf hinaus. Dicke Schneeflocken fielen herunter, die heiß auf meiner Haut brannten. Ich krümmte die Schultern und sah zum Himmel auf, aus dem aschbrauner Schnee quoll, unablässig, mit immer größerer Geschwindigkeit.

»Ah«, sagte mein Bruder mit schriller Stimme und preßte die Schulter gegen meine Hüfte. »Es hat die ganze Zeit geschneit, während ich geschlafen habe.«

»Genau das ist passiert, während du geschlafen hast!« sagte ich und klopfte ihm auf den Rücken. »Ich hab auch ziemlich lange geschlafen.«

»Hundert Jahre lang?« sagte er und lachte atemlos. »Ich werde jetzt pissen, eine Portion, die für hundert Jahre reicht!«

»Ich auch«, erwiderte ich und setzte eilig meine Finger in Bewegung.

Fast direkt vor der Glastür häufte sich zusammengewehter Schnee. Unsere kleinen, in der Kälte zusammengeschrumpften Penisse Seite an Seite, urinierten wir auf das unberührte Weiß, und die honigfarbenen Flecken schmolzen langsam und bohrten Löcher in den Haufen. Ich schaute auf meinen Penis hinunter und versuchte, in ihm wieder das Gefühl wach werden zu lassen, das ich verspürte, als er die Oberfläche des kalten, trockenen Geschlechts des Mädchens berührte, das außer sich war. Unter der Haut breitete sich, begleitet von einem heftigen Kribbeln, das Gefühl gesunder Freude aus. Ich und mein erigierender kleiner Penis strotzten vor jugendlicher Vitalität.

Durch das endlose Weiß schoß, Schneefahnen aufwirbelnd, ein flinker Schatten und kam immer näher auf uns zu. »Leo!« schrie mein Bruder mit schriller Stimme, und fast gleichzeitig sprang der Hund ihn an und warf ihn auf den Rücken.

Leo, der sich heftig schüttelte, so daß Wellen über sein rauhes, schneeverkrustetes Fell liefen, leckte die Wangen und das Genick meines Bruders und biß ihn leicht in die Schultern und Arme. Mein Bruder lachte, aufgeregt, gellend, und schrie, während er mit seinem Hund kämpfte, den er schließlich zu Boden drückte. Der Hund winselte schwächlich, um Mitleid heischend, und mein Bruder sah zu mir auf, mit feuchten Augen, in denen ein Lächeln lag. Mein Bruder, dessen Brust sich beim Atmen heftig hob und senkte, und ich blickten einander lange Zeit lächelnd an, während wir jeweils in den Pupillen des anderen unser eigenes Abbild sahen.

Ich wickelte einige Stoffetzen um den kurzen Hals meines Bruders, der mit Leo im Arm wieder ins Stroh unter die Decke gekrochen war, entzündete das Brennholz, das ich in der *doma* aufgestapelt hatte, und briet getrockneten Fisch. Wir hatten noch einen reichlichen Lebensmittelvorrat, und wenn wir den Schnee wegräumten, konnten wir uns mit jeder Menge dicker Strünke von wäßrigem Chinakohl versorgen, die still darunter begraben lagen. Ich stellte den Topf mit dem kalten und hart gewordenen Eintopf auf das

Holzfeuer und warf eine Handvoll Schnee hinein, den ich mir von draußen geholt hatte. Nach einer Weile zerfiel der Schneeklumpen, auf dem noch der Abdruck meiner Finger zu sehen war, und versank im Dampf, der in kräftigen Schwaden nach oben stieg. Als ich mich umdrehte, um noch etwas Brennholz nachzulegen, starrte mein Bruder (ich hatte gedacht, er wäre eingeschlafen) schweigend auf meinen Rücken.

»Was ist los?« fragte ich, ein wenig aus der Fassung gebracht. »Seid ihr wach, du und der Hund?«

»Der Hund hat sich nach draußen geschlichen«, sagte mein Bruder lächelnd. »Hast du nicht bemerkt, oder?«

»Nein«, sagte ich.

»Das hab ich ihm beigebracht«, sagte mein Bruder.

»Steh auf und iß was!«

»Ich wasch mir im Schnee das Gesicht«, sagte mein Bruder und band sich die Schnur um seine Hose zu.

»Das kannst du später machen.«

Während er das Eßgeschirr aus seinem Sack zog, meinte er leise, in kindlichem Ton: »Laß uns hierbleiben, für immer! Ich möchte, daß es so bleibt, für lange, lange Zeit!«

»Aus dir und mir würden nur zwei idiotische Erwachsene werden, die von nichts eine Ahnung haben!« sagte ich.

Sagte ich, aber wie mein Bruder begann auch ich mir sehnlich zu wünschen, möglichst lange, umgeben von Schnee, in diesem Haus zu leben. Zudem waren uns sämtliche Wege nach draußen versperrt. Was also konnten wir uns noch mehr wünschen? Ich lehnte es entschieden ab, die Demütigung von gestern nacht noch einmal zum Leben erwachen zu lassen.

Nach dem Frühstück verließen mein Bruder und ich das Haus, unsere Gesichter umschwebt vom Geruch der gebratenen Dörrfische: Es hatte aufgehört zu schneien, Windstille herrschte, und der Himmel strahlte in einem pathetischen Blau. Der Schnee, der den Boden bedeckte und die Bäume und Häuser, leuchtete funkelnd. Vogelstimmen fielen über uns her, wie frischer Wind, wie neuer Schnee. Schulter an Schulter gingen wir durch den Schnee, in den wir bis über die Fersen einsanken.

Auf dem Platz vor der Zweigschule hatten sich unsere Kameraden versammelt. Dann, in einiger Entfernung von ihnen, entdeckte ich das Mädchen, das fast am schwarzen, feuchten Stamm einer alten Kastanie lehnte, der eine gewölbte Mütze aus Schnee trug. Mein Bruder und ich rannten schreiend den Hügel hinunter und wirbelten mit unseren Füßen den Schnee auf. Unsere Kameraden begrüßten uns und schrien zur Antwort zurück. Sobald wir an ihrer Seite zum Halten kamen, war es – behindert von dem heißen Gefühl, das plötzlich in mir aufstieg – für mich schwierig, mein Gesicht zu dem alten Kastanienbaum zu drehen.

»Ihr zwei und der Soldat seid die einzigen, die so lange geschlafen haben!« rief Minami mit strahlenden Augen. »Wir haben mit unserer Arbeit hier schon vor der Morgendämmerung begonnen!«

»Arbeit?« entgegnete ich – brüllend, um das Gefühl physischer Befangenheit abzuschütteln, das der Kastanienbaum in mir auslöste.

»Wir wollen eine Rutschpartie machen, und darum legen wir hier eine Eisbahn an!«

Erregt von dem Wort *Eisbahn*, das uns sehnsüchtig an andere Zeiten denken ließ und sich wie Feuer in unsere

Herzen fraß, begannen wir alle wie verrückt zu lachen. Der Schnee war den Hügel hinauf von Minami und den anderen festgetreten worden, die Mitte der Bahn war gefroren, in einer Farbe, die wie hartes Zelluloid glänzte. Einige rutschten in unsicherer Haltung den Hang herunter, andere klopften mit stoffumwickelten Brettern den Schnee fest, um die schmale Bahn zu verbreitern und länger zu machen. Alle hatten gerötete Wangen, ihr dampfender Atem hing weiß in der Luft. Ich nahm einen kurzen Anlauf und rutschte den vereisten Hang hinab, der im Sonnenlicht glänzte, und landete bald in hohem Bogen im Schnee. Nicht weit von mir lag mein Bruder, wie ein ungeschickter kleiner Bär, und strampelte mit den Beinen. Umringt von den lachenden Gesichtern meiner Kameraden, die mir ironisch applaudierten, stand ich auf, schüttelte den Schnee vom Rücken und Hosenboden und ging schnurstracks auf den alten Kastanienbaum zu, wobei ich mir auf die Lippen biß.

Das Mädchen lächelte, und Röte stieg ihm ins Gesicht, als sie beobachtete, wie ich näherkam. Unter ihrer dünnen Haut, über der der Glanz von hellen Eierschalen lag, trieben feine Blutpartikel nach oben und sanken wieder in tiefere Schichten, sie folgten dem Kampf, der sich zwischen ihrem Lächeln und der Kälte abspielte.

»Da staunst du, daß soviel Schnee gefallen ist, was?!« sagte ich, nachdem ich mir schnell mit der Zunge die Lippen befeuchtet hatte.

»Wenn's nicht mehr ist! Daran bin ich gewöhnt«, sagte sie ernst und zog die Schultern hoch.

»Ach«, sagte ich vage, und dann brachen wir beide in Lachen aus.

Plötzlich war ich wieder ganz ruhig und fühlte mich zufrieden, überzeugt davon, abermals in meiner ersten Liebe zu versinken. Ich hatte neben dem Mädchen meinen Rücken an den Baumstamm gepreßt, wandte mich um und sah, daß uns die anderen anstarrten, maßlos verblüfft. Ich schenkte ihnen ein gelassenes Lächeln. Ich spürte, wie sich ihr rechtes Handgelenk scheu am Rücken meiner linken Hand rieb, und vor Freude lief es mir heiß über den Rücken.

Minami pfiff, um uns zu ärgern. Ich reagierte mit dem freundschaftlichsten Lächeln, das man sich vorstellen kann, und dieses Lächeln steckte alle an, Minami eingeschlossen. Sobald ihnen klar war, daß zwischen mir und dem Mädchen eine enge Beziehung bestand, machten sie sich wieder eifrig an die Arbeit, ohne noch Interesse an uns zu zeigen. Lachend und schreiend ließen sie sich in den Schnee fallen. Mein Bruder – er war vom gemeinsamen Spiel ausgeschlossen worden, da man befürchtete, daß Leo, der ihm nicht von den Fersen wich, mit seinen Klauen den festgetretenen Schnee der Rutschbahn aufkratzen könnte – hockte sich neben uns, die Arme um den Rücken des Hundes geschlungen, und schaute glücklich zu den anderen hinüber, die den Hang herunterrutschten.

»Tun deine Finger weh?« flüsterte das Mädchen, das sich flink auf die Zehenspitzen gestellt hatte, in mein Ohr.

»Aber nicht die Spur!« antwortete ich würdevoll.

»Du bist mutig!« sagte das Mädchen. »Für dein Alter bist du wirklich mutig!«

»Für mein Alter?« fragte ich, unfähig, mir das Lachen zu verbeißen, und sorgte mich gleichzeitig, daß mein Lachen sie verärgern könnte. »Von wem weißt du denn, wie alt ich bin?«

»Ich meine, wenn man die Leute in wirklich große Gruppen einteilt«, sagte das Mädchen schlicht. »Dann gibt es Kinder und Erwachsene und Babys. – Wenn man die Leute so einteilt.«

Ich verachtete sie ein wenig, ließ absichtlich ein lautes Lachen hören und bückte mich dann, um dem Hund über den Kopf zu streichen. Mein Bruder beobachtete, die Arme um die Hinterbeine des Hundes gelegt, völlig hingerissen die Rutschpartie unserer Kameraden.

»Das verstehst du doch, oder?« fragte mich meine Geliebte etwas verschämt. Dann zog sie aus ihrer Jacke ein Päckchen und riß das fest in Papier eingewickelte Essen – einen steinhart gebackenen Klumpen Weizenmehl – in zwei Teile. Die etwas größere Hälfte überreichte sie mir, schweigend, und drückte dann angestrengt mit ihren Daumen auf den verbliebenen Rest, um ihn abermals zu teilen. Ich wollte gerade meine rechte Hand auf mein Knie zurückziehen, um meinen Anteil zu halbieren und die Hälfte meinem Bruder zu geben.

Im selben Moment sprang der Hund hoch und biß das Mädchen ins Handgelenk, das direkt über seinem Kopf hing. Das Mädchen schrie auf, und Leo sauste mit der Beute im Maul, die in den Schnee gefallen war, den Hügel hinauf. Das Mädchen preßte seine verletzte Hand gegen die Lippen. Ich dachte an die flinke Zunge des Mädchens, das nun ihre eigene sanfte Wunde befeuchtete, und rief mir meine brennende Liebe in Erinnerung und das Gefühl, das seine Zunge in mir ausgelöst hatte, als sie meine verletzten Fingerspitzen berührte. In meinem Kopf pochte kochendes Blut.

»Das tut doch bestimmt weh! Im Vergleich zu meinen lächerlichen Abschürfungen muß das doch höllisch weh tun«, sagte ich und legte ihr eine Hand auf die Schulter. »Zeig mal her!«

Aber sie preßte nur weiterhin das Gelenk gegen ihre Lippen und reagierte nicht auf meine Worte. Plötzlich wich alles Blut aus ihren Wangen, die sich, starr vor Furcht, mit schwarzroten Flecken bedeckt hatten, was das Mädchen eher häßlich aussehen ließ. Unsere Kameraden rannten herbei und umringten uns. Wilde Wut packte mich. Mein Bruder, blaß im Gesicht, zögerte kurz, dann rannte er hinter Leo her den Hügel hinauf.

»He, du hast doch sicher Schmerzen?!« sagte ich. »Also, wie geht's dir?«

»Mir ist kalt. Ich möchte heim«, sagte das Mädchen mit kindlicher Stimme. »Ich möchte nach Hause.«

Ich ließ unsere Kameraden stehen und brachte sie schweigend zurück, den Arm um ihre Schultern gelegt. Vor dem Vorratshaus schüttelte sie plötzlich meinen Arm ab und lief in den dunklen Eingang. Ich kehrte auf der Stelle um. Ich war wütend und verzweifelt. Ich hatte zu nichts mehr Lust. Und beteiligte mich trotzdem, schreiend, an der Rutschpartie.

In Wirklichkeit machte es mir großen Spaß, den Hang hinunterzurutschen. So großen Spaß, daß kurz vor Mittag, als meine Haut unter dem Hemd schweißnaß war, das Mädchen, meine Wut und Verzweiflung vollständig aus meiner Erinnerung verschwunden waren.

Bald verspürte ich einen mörderischen Hunger und stieg den Hügel hinauf, um etwas zu essen. In der düsteren *doma*, in die kein Sonnenstrahl drang, saß niedergeschlagen mein Bruder, den Hund gegen seine Knie gepreßt. Sein Anblick versetzte mir einen Schlag.

»Ich hab den Hund geschimpft!« sagte mein Bruder, ohne vom Boden aufzuschauen. »Ich hab ziemlich böse mit ihm geschimpft.«

Er quält sich, dachte ich und sagte großmütig: »Es ist überhaupt nichts passiert! Das Mädchen übertreibt bloß.«

Und nachdem ich das gesagt hatte, bekam ich selbst das Gefühl, daß tatsächlich nichts passiert war. Wer konnte einem kleinen Jungen und seinem Hund schuld an dem Vorfall geben, eine Schuld, die so schwer wog, daß die beiden an einem verschneiten Nachmittag mit hängenden Köpfen in der düsteren *doma* sitzen mußten? Wir aßen, auf dem bloßen Boden stehend, die Überreste vom Frühstück – auch Leo bekam seinen Anteil. Und während wir aßen, konnten wir es kaum noch erwarten, wieder draußen zu sein, um weitere Rutschpartien zu unternehmen.

Aber keiner von uns verbrachte den Nachmittag damit, über Hänge hinunterzurutschen. Li kam nämlich aus dem Wald herunter, in seinen kräftigen, muskulösen Armen zwei Tauben, einen Würger, zwei kleine Vögel, deren schwarzbraunes Gefieder an ihren schönen Rücken von kastanienbraunen Wellen durchzogen war, und eine kleine Falle. Die Vögel in Lis starken Armen waren prachtvoll und elegant, die Augen hatten sie fest geschlossen.

Wir waren fast wahnsinnig in unserem Eifer, mit dem wir, Lis Beispiel folgend, Fallen bauten, und spät am Nachmittag dann sammelten wir uns wie eine Invasionsarmee und zogen in den Wald. Li gab zwischen den Bäumen des Mischwalds mit lauter Stimme Anweisungen, worauf wir uns trennten und jeder seiner eigenen Wege ging, hingerissen von den schwindelerregenden Stimmen der Vögel.

Mein Bruder und ich trugen kleine Fallen, die wir geduldig aus Palmfasern geflochten hatten und dort ins Gras legen wollten, wo nur wenig Schnee lag, um darauf zu warten, daß sich die harten, dünnen Beine von Vögeln in den Schlingen verfangen würden, nachdem wir Körner ausgestreut hatten – trugen also ein Bündel außerordentlich kleiner, wenngleich heimtückischer Fallen und einen großen Bambuskorb. Als erstes legten wir eine unserer Palmfaserfallen in einer niedrigen Mulde aus, wo gefrorene Grasspitzen durch den Schnee lugten, dann zogen wir uns rückwärtsgehend zurück, wobei wir unsere Spuren verwischten. Beim Anblick der Falle, die ihre Maschen über den halb gefrorenen, grobkörnigen Schnee breitete, spürte ich bereits am ganzen Körper, wie sich Vögel mit ihren scharfen Krallen darin verfingen, sich unter durchdringendem Kreischen hin und her warfen, spürte, wie Federn hochwirbelten und ein Hauch von Blutgeruch durch die Luft zog, und glühende Röte bedeckte meine Kehle. Ich schlug meinem Bruder kräftig auf die Schulter, und mein Bruder lachte, während zwischen seinen trockenen Lippen hellrotes Zahnfleisch zum Vorschein kam.

Den Platz für den Bambuskorb mußten wir sorgfältig auswählen. Vor allem durften wir uns nicht zu weit von der Falle entfernen, damit wir das Flattern der Vögel hören konnten, die in ihr zappelten. Wenn wir einen gefangenen Vogel auch nur für kurze Zeit sich selbst überließen, hatte uns Li gesagt, würden andere Vögel gewarnt werden, und hungrige Tiere würden uns unsere Beute vor der Nase wegschnappen. Und dies, hatte Li mit Nachdruck gesagt, würde künftige Jagden beeinträchtigen.

Ah, künftige Jagden! Mein Bruder und ich waren mit

Eifer an der Arbeit: Wir stellten den Bambuskorb zwischen Eichen auf, deren abgefallenes Laub sich, bedeckt von Schnee, weich unter unseren Füßen anfühlte, und stützten ihn mit einem dürren Ast ab, dann banden wir eine lange Schnur an den Ast, die wir hinter uns her in ein Weißdorngestrüpp zogen. Wir würden eine Taube sehen, die sich die Körner unter dem Korb holte, und sobald ihr graublauer Kopf unter dem Korb verschwunden war, würden wir mit aller Kraft an der Schnur ziehen. Wir würden uns durch den Schnee wühlen und unter dem Korb die Taube herausziehen, aus deren Schnabel etwas Blut tropfen würde, nachdem sie sich in unseren Armen gewunden und wir sie erwürgt hatten.

Mein Bruder und ich kauerten in einem mit kurzen Härchen und Dornen bewehrten Gebüsch, das mir im Stehen nur bis zur Brust reichte, und bewachten unsere Falle. Hoch oben in den Baumwipfeln sangen Vögel, und als ich aufsah, wölbte sich, jenseits einander umklammernder Zweige, in schwindelerregender Höhe über uns der fahlblaue Winterhimmel. Ich spitzte die Ohren, aber außer dem Atmen meines Bruders, den Stimmen der Vögel und einem gelegentlichen dumpfen Dröhnen, wenn Schneemassen zu Boden fielen, war in der grausamen Stille nichts zu hören. Auch nicht die Stimmen unserer Kameraden. Jedesmal, wenn ich bemerkte, daß ich dabei war, in dunklen, düsteren Gedanken zu versinken, schüttelte ich mich, um sie zu vertreiben. Ich hatte nicht die Absicht, irgend jemandem, und sei es meinem Bruder, von der Demütigung der gestrigen Nacht zu erzählen. Weit und breit keine Vögel in Sicht.

»Ich habe einen nassen Hintern«, sagte mein Bruder. »Mein Hosenboden ist ganz feucht vom Schnee.«

Wir hatten trockenes Laub über dem Schnee verstreut, auf dem wir nun saßen und auf die Vögel warteten. Ich erhob mich, um unter den Bäumen trockenes Laub zu sammeln. Als ich mich tiefer durch das Laub wühlte, quoll zu meiner Verblüffung kristallklares Wasser hervor, und frische weißlich-blaue sprossende Keime kamen zum Vorschein. Zudem Insektenpuppen, eingehüllt in ihren Kokon.

Nachdem mein Bruder sich auf das neu aufgeschüttete Laub gesetzt hatte, beobachtete er eifrig die Falle. Ich und Leo, der sich an die Knie meines Bruders schmiegte, starrten auf die Finger seiner in der Kälte rot angeschwollenen Hände, zwischen denen er die Schnur hielt, wie eine tödliche Waffe.

Lange Zeit kam kein Vogel. Ich, mein Bruder und Leo wurden in die langsame, tiefwurzelnde Rotation der Zeit hineingezogen, deren Achse die Falle war; ich gähnte, und mein Bruder gähnte ebenfalls, unsere Augen füllten sich mit Tränen, während der Hund unablässig mit den Ohren zuckte. Ich spürte, wie mein Körper nach und nach in Angst und Schläfrigkeit abzutauchen begann, die mich mittlerweile ständig begleiteten.

Mein Bruder seufzte.

»Was ist los?« fragte ich und ballte die Fäuste.

»Ich hab gedacht, ein großer Vogel wäre von einem Ast heruntergeflogen!« sagte er mit einem sanften Lächeln auf seinem schläfrigen Kindergesicht. »Direkt vor meinen Augen ist nämlich ein Blatt heruntergefallen, das aussah wie ein kleiner Keil.«

Ich stand auf und sagte schnell zu meinem Bruder: »Ich geh mal kurz ins Dorf hinunter.«

»Wegen des Mädchens, das wie eine Taube aussieht?«

fragte er, während sich um seine Augen Fältchen kräuselten, die ihm einen listigen Ausdruck gaben.

»Ja. Ich werde mich wegen der Sache mit Leo entschuldigen.«

Schnee aufwirbelnd rannte ich den Hang hinab. Dürre Zweige eines Busches – irgendeine Wildrosenart – schlugen gegen meine Hüfte und brachen knackend ab, und Leo, der mir eine Weile gefolgt war, schnappte sich einen davon und lief zu meinem Bruder zurück.

Im Inneren des Vorratshauses war es kalt, es roch stickig nach nackter Erde, nach Moos und Baumrinde. Ich drückte die Holztür auf und blieb eine Zeitlang stehen, um meine Augen an das Dunkel zu gewöhnen. Ich hatte das Gefühl, daß ich dafür eine beträchtliche Zeit benötigen würde, da es draußen infolge des Schnees und der widerspiegelnden Sonnenstrahlen unerträglich hell gewesen war. Doch dann tauchte im Dunkeln das kleine, fiebrig gerötete Gesicht des Mädchens auf, das auf dem Holzboden saß, das dünne Bettzeug bis zum Hals hochgezogen. Der dichte Flaum, der sich von ihren Ohren bis zu den Wangen zog, leuchtete golden. Ich schaute ihr in die Augen, die mich an die Augen eines jungen Tiers erinnerten, und schloß langsam die Tür.

»Dir ist bestimmt kalt«, sagte ich heiser.

»Ja«, sagte sie und runzelte die Brauen.

Ich selbst war schweißbedeckt unter meinem Hemd, da ich den ganzen Weg gerannt war. Und jetzt konnte ich mich nicht mehr erinnern, was ich mir unterwegs gewünscht hatte, was im Vorratshaus geschehen würde. Ich war gereizt.

»Bist du krank?« erkundigte ich mich hastig, enttäuscht

von der Banalität meiner eigenen Frage. Ich fragte mich, ob mich das Mädchen nicht für einen Idioten hielt.

»Ich weiß nicht!« sagte sie kühl, und ich fühlte mich noch beschämter.

»Kann ich etwas für dich tun?«

»Mach bitte Feuer.«

Mein Mut kehrte zurück. Ich bewegte mich flink durch den Raum, warf Brennholz in den im Boden versenkten Herd in der *doma* und machte Feuer. Ich mußte wegen des Rauchs husten. Im orangefarbenen Schein der Flammen wirkte das Gesicht des Mädchens erschöpft und leblos, wie das eines ziemlich dummen Kindes. Mehrere weißliche Linien zogen sich durch die ausgetrocknete Haut um ihren Mund herum.

Ich setzte mich auf den Bretterboden und beobachtete, über die Flammen hinweg, das Mädchen. Die Tatsache, daß ich Feuer gemacht hatte, erleichterte mir etwas den Aufenthalt im Haus, aber ich hatte das Gefühl, daß ich kopflos davonrennen würde, wenn jemand die Tür öffnete und hereinkäme. Und dann dachte ich, daß ich etwas Wichtiges zu dem Mädchen sagen sollte, aber meine Kehle war ausgedörrt, und kein Wort kam über meine Lippen.

»Ich möchte aufs Klo!« sagte das Mädchen plötzlich voller Würde. »Aber ich kann nicht richtig aufstehen, obwohl ich muß.«

»Ich helfe dir«, sagte ich, und Blut schoß mir ins Gesicht. »Komm, ich stütze dich an den Schultern.«

Sie schälte sich aus der Decke. Ihr Körper steckte in einem roten Flanellnachthemd, das ich noch nie gesehen hatte. Ich sah auf ihre kleine zitternde Brust, nahm sie dann an ihren erstaunlich heißen Schultern und half ihr auf.

Schweigend marschierten wir hinter die Trennwand, wo ich mich umdrehte und mit angehaltenem Atem wartete.

»Ich bin fertig!« sagte sie mit noch größerer Würde als zuvor, und ich brachte sie zurück.

Nachdem sie sich hingelegt und die Decke zur Brust hochgezogen hatte, schnitt sie ärgerlich eine Grimasse und schloß die Augen, was mich verängstigte. Aber ich hielt es für besser, nichts zu ihr zu sagen.

»Meine Füße sind kalt, sie tun mir weh«, sagte sie, ohne die Augen zu öffnen. »Sie tun mir wirklich sehr weh.«

Schüchtern schob ich meine Hände unter den Saum der Decke und rieb ihre Waden und Knöchel, die hart waren und sich anfühlten wie die Astknoten eines jungen Baums.

»Du kannst ruhig die Bettdecke wegziehen. Wärm dir die Hände am Feuer und reib mir dann die Füße«, befahl sie.

Das rote Nachthemd war kurz und ein wenig schmutzig; ihre entblößten, glatten, schön gerundeten Kniescheiben wiesen nicht den geringsten Kratzer auf. Ich massierte sie, eifrig und kraftvoll. Langsam kehrte warmes Blut in ihre Waden zurück und begann zu fließen, vielleicht sogar begleitet von feinen Geräuschen. Ich dachte an meine eigenen Kniescheiben, die von einer dicken, rauhen Haut, übersät mit zahllosen Schrammen, bedeckt waren, und bewunderte die Kniescheiben des Mädchens, die sich so weich anfühlten wie die Haut an der Innenseite ihrer Schenkel. Das Mädchen überließ mir schweigend ihre Beine und lag völlig reglos da; lange Zeit sagte sie mir nicht, daß ich aufhören sollte. Ihre Waden wurden heiß zwischen meinen Händen, was mich an den Körper der immer noch warmen Vögel denken ließ, die Li in seinen Armen gehalten hatte. Und dann spürte ich, wie mein Penis hart wurde, während mich ein Schmerz, der wie Feuer in meiner Brust brannte, die Fassung verlieren ließ.

»Wenn du willst«, sagte das Mädchen schrill, mit schwankender, kindlicher Stimme, die in ihrer Kehle steckenzubleiben schien, »dann darfst du dir meinen Bauch ansehen.«

Ich wickelte ihre Beine grob in das Bettzeug und stand auf. Ich war völlig durcheinander.

»Ich gehe«, rief ich, wütend auf mich selbst und das Mädchen, und rannte aus dem Vorratshaus.

Als ich aber durch den Wald lief, wo mein Bruder in seinem Versteck hinter Wildrosenbüschen Wache hielt, stiegen Freude und Stolz in mir auf, die mich fast wahnsinnig werden ließen. Ohne daß es jemand wußte, hatte ich, ich ganz allein, eine süße und großartige Geliebte. Atemlos rannte ich den Hang hinauf, wobei ich wieder und wieder in den Schnee stürzte, rannte hindurch zwischen schneebedeckten Bäumen, während ich hörte, wie hinter mir Schneemassen dumpf auf dem Boden aufschlugen, auf mein Ziel zu – die männliche Jagd.

Ich steckte den Kopf zwischen nassen Zweigen hindurch und starrte auf die Falle, mein keuchender Atem weiß in der Luft. Aber in den Maschen der Palmfasern hatte sich nicht einmal eine einzige Feder verfangen, und die von uns ausgestreuten Körner lagen unberührt im Schnee. Ich schnalzte mit der Zunge und versuchte, quer durch das Gewirr von Büschen, zu der Stelle zu gelangen, wo die Falle meines Bruders stand. Und dann hörte ich in weiter Entfernung, rechts oben im Zedernwald, gehetzten, mächtigen Flügelschlag und das Bellen eines Hundes. Kopflos hastete ich den Hang hinauf.

Im Zedernwald war es dunkel, und feuchte, schwere Luft hinderte mich am Weitergehen. Hinter den Zedernbäumen, an einer etwas helleren Stelle, nahmen das Hundebellen und das Flattern an Lautstärke zu. Ich lief in diese Richtung, wobei ich mir die Beine an den scharfen Rändern von Farnwedeln verletzte. In einer Ecke des Waldes, wo man die Zedern gefällt hatte und der Schnee sich häufte, war es hell, und ich sah, daß sich mein Bruder und der Hund auf dem Boden wanden. Das Flattern wurde noch lauter, und mein Bruder warf sich herum.

Ich rannte zu ihm und bemerkte, daß er einen prachtvollen, wunderbaren Fasan an sich drückte.

»He, mach ihn fertig!« schrie ich.

Der Hund bellte, mit einem erstaunlich sanft klingenden Knacken gingen die Halswirbel des Vogels entzwei, und der Fasan brach auf der Brust meines Bruders zusammen.

»Mensch!« schrie ich, meine Stimme heiß vor Überraschung. »Mensch, du hast ihn erledigt!«

Mein Bruder sprang auf, den Fasan gegen die Brust gepreßt, er zog seine bleichen, bebenden Lippen zurück, starrte mich mit wilder Kraft an – so, als ob ein spastischer Anfall von seinen Augen Besitz ergriffen hätte – und drückte schließlich seinen Körper heftig an mich. Ich nahm ihn in die Arme und klopfte ihm auf den Rücken. Er zitterte am ganzen Körper, aus seiner Kehle drang ein Stöhnen, das sich nicht zu Worten formen wollte.

»Mensch, du hast's wirklich geschafft!« schrie ich, fast überwältigt von dem Drang, vor Freude zu schluchzen.

»Ja, ja«, sagte mein Bruder, leise und heiser, und preßte sein Gesicht gegen meine Brust.

Für eine kleine Weile verharrten wir in unserer gegenseitigen Umarmung. Leo lief bellend um uns herum und sprang dann plötzlich hoch. Mein Bruder löste sich von mir, warf den Fasan zur Seite und packte Leo. Der Hund und mein Bruder rollten im Schnee herum. Und dann stürzte auch ich mich ins Kampfgetümmel. Durch all unsere Adern strömte der Wahnsinn wie Gift.

Plötzlich setzte sich mein Bruder, am Ende seiner Kraft, auf den Boden, und auch ich hockte mich in den Schnee, einen Arm um seine Schultern gelegt. Leo sprang den Fasan an und brachte ihn zu uns, wo er ihn auf die Knie meines Bruders legte. Wir starrten ihn lange an, ohne etwas zu sagen. Mein Bruder fuhr mit kleinen, ruckartigen Bewegungen mit dem Finger über die grünen, von einem rötlichen Glanz umspielten Federn auf dem Kopf des Vogels. Dann strich er über das dunkle, violette Genick, das naß war vom Speichel des Hundes, und das überquellende Gemisch glänzender Farben auf seinem Rücken. Der Fasan war wundervoll, ein fester, kompakter Körper mit kraftvollen Muskeln.

Ich sah, daß Tränen die Wangen meines Bruders hinunterliefen und sein Genick von Kratzern übersät war.

»Dich hat's ganz schön erwischt, wirklich ganz schön erwischt, was!« sagte ich, während ich den Schnee von seinen Kleidern schüttelte.

Mein Bruder blickte mit tränenfeuchten Augen zu mir auf und begann, stoßweise mit schriller Stimme zu lachen. Dann standen wir auf, durchquerten schwankend den Zedernwald und gingen durch den Mischwald hinunter. Dabei erzählte er die ganze Zeit über von seiner tapferen Jagd – immer wieder geschüttelt von Krämpfen, im abgehackten Gelächter eines Menschen, dessen Gefühle einen Zustand erreicht haben, daß sie jeden Moment zu explodieren drohen – und drückte den Fasan an sich, seine Fingernägel in dessen Gefieder vergraben.

Während mein Bruder aus seinem Versteck hinter dem Gestrüpp die Falle beobachtet hatte, hatte Leo den Fasan aus einem Gebüsch herausgejagt, um das sich hoher Schnee türmte. Zudem hatte er sich in seinen Flügel verbissen. Mein Bruder verfolgte den Fasan, um Leo zu helfen, verlor ihn aber vor dem Zedernwald aus den Augen. Ich hab mich so geärgert, daß ich fast geweint hätte, wiederholte mein Bruder ein ums andere Mal. Als er gerade zu seiner Falle zurückgehen wollte, schoß Leo wieder los und trieb den Fasan, der kaum noch Kraft zum Fliegen hatte, aus Farnsträuchern heraus, wo er sich verborgen hatte. Mein Bruder stürzte sich auf den Fasan, der mit seinen riesigen, starken Flügeln auf ihn einschlug, und trug schließlich den Sieg davon.

»Schau mal!« sagte mein Bruder und schüttelte den Kopf. »Mein rechtes Auge hat's böse erwischt. Ich kann immer noch nicht richtig sehen!«

Das Auge war tatsächlich blutunterlaufen und sah wie eine überreife Aprikose aus.

Ich packte meinen Bruder am Kopf und schüttelte ihn, während ich sein schrilles Lachen nachmachte.

Auf dem Platz vor der Zweigschule standen unsere Kameraden um Li herum und zeigten einander stolz ihren Fang, und mein Bruder und ich stürmten schreiend zu ihnen hinunter. Die Beute meines Bruders wurde augenblicklich zum Mittelpunkt der Bewunderung und des Neids aller jungen Jäger. Umringt von unseren Kameraden, die immer wieder bewundernde Kommentare abgaben, wurde der Fasan größer und größer und begrub mit seinem goldenen Funkeln das gesamte Dorf im Tal unter sich. Sich windend vor erregtem, kurzem Lachen, berichtete mein Bruder abermals begeistert von seinem Jagdabenteuer, wobei kaum mehr als schwer zu verstehendes Stöhnen aus seiner Kehle drang.

»Du bist ein toller Kerl!« sagte Li und sah meinen Bruder voller Freundschaft an.

Mein Bruder freute sich so sehr über Lis Anerkennung, daß er den Fasan in den Schnee knallte. Als Minami zurückkam, mit einem einzigen kleinen Brillenvogel in der Hand, begrüßten wir ihn mit höhnischem Gelächter. Er war wirklich gekränkt, aber angesichts des Fasans, der im Gold und Orange des Abendlichts, von glänzendem Schein überzogen, still dalag, wirkte sein lächerlich kleiner grüner Vogel wie ein Klumpen Schlamm, der jeden Augenblick auseinanderbrechen konnte, und auch Minami selbst gab das zu.

Mit einem Zungenschnalzen warf Minami den Vogel in den Schnee, und die anderen folgten seinem Beispiel. Eine Welle der Erregung erfaßte uns, erfüllt von der Vitalität des Hügels, der mit graublauen, gelben, schwarzen, grünen und hellbraunen flauschigen Federn bedeckt war, in ihrer Mitte der Fasan in seinem glänzenden Schein.

»In unserem Dorf haben wir immer ein Fest gefeiert an dem Tag, an dem der erste Fasan gefangen wurde«, sagte Li. »Wir machen das, um Glück auf allen weiteren Jagdzügen zu haben. Nun ist aber keiner der Dorfbewohner hier, also gibt es kein Fest. Wenn wir kein Fest feiern, wird auch die Jagd nichts mehr bringen, und das wäre das Ende des Dorfes.«

»Wir feiern!« sagte ich. »Wir werden das Jagdglück sichern. Wir tun's für das Dorf.«

»Ist das vielleicht unser Dorf?« fragte Minami und verzog den Mund. »Ist es das tatsächlich? Die haben uns schließlich im Stich gelassen!«

»Und ob das unser Dorf ist!« sagte ich und starrte Minami an. »Mich hat niemand im Stich gelassen!«

»Reg dich nicht auf!« sagte Minami mit einem schlauen Grinsen. »Ich liebe Feste!«

»Weißt du, wie man's macht?« fragte ich Li. »Was man tun muß, um das Fest zu feiern?«

»Wir braten hier die Vögel und essen sie zusammen«, sagte Li. »Und dann tanzen wir und singen. Das reicht für ein richtiges Fest. Wir haben es immer so gemacht.«

»Dann machen wir es!« sagte ich, und die anderen jubelten. »Wir feiern unser eigenes Fest!«

»Bringt alle Brennholz und Essen!« sagte Li. »Und ich besorge einen großen Topf!«

Unsere Kameraden rannten schreiend zu ihren Häusern zurück, und ich packte meinen Bruder an der Schulter und lief mit ihm den Hügel hinauf, um Brennholz zu holen.

»Ich werde euch das Festlied beibringen!« rief Li und schwang seine Arme. »Wir werden singen, bis morgen früh!«

8
Plötzlicher Ausbruch der Krankheit und Panik

Wir sammelten Holz, dessen Kerben, die von scharfen Axtschlägen herrührten, ein Duft entströmte, voll von sinnlicher Süße, trugen es in die geräumige *doma* der Zweigschule und hängten einen Kesselhaken auf, an dem wir den großen Topf befestigten – damit war die Achse des Festes errichtet. Wir warfen das Holz auf den Boden, steckten trockene Zweige dazwischen und entzündeten sie. Bald begannen im fettigen Wasser, in dem dicke Brocken von getrockneten Fischen schwammen, Blasen aufzusteigen. Der Soldat, der auf Lis hartnäckiges Drängen hin ebenfalls gekommen war, krempelte die Ärmel über seinen dünnen Armen hoch und rührte die Brühe um.

Wir rupften die Vögel und legten sie in ihrer obszönen Nacktheit, die Bäuche aufgeschwollen, nebeneinander in den Schnee. Li sengte einen Vogel nach dem anderen über dem Feuer, und wenn ihr weicher Flaum verbrannte, schwebte ein Hauch von Fleischgeruch um unsere Nasen. Einige der Vögel erwachten plötzlich wieder zum Leben und wanden sich heftig in unseren Armen, als wir ihnen den Hals umdrehten, was uns zu Lachanfällen reizte. Wir rissen ihnen die Köpfe ab, steckten in ihren Anus einen Finger, an dem wir sie kreisen ließen, und alberten schreiend herum.

Li öffnete mit einem scharfen Messer den Muskelmagen

einer Drossel und holte den erbärmlichen Inhalt heraus, der mit Steinchen vermischt war, um ihn uns zu zeigen. Wir starrten auf schwarzbraune Insektenköpfe, harte Samen, Graswurzeln und sogar auf ein Stückchen Rinde.

»Was die für ein scheußliches Zeug fressen!« rief Minami beeindruckt.

»Sie hungern«, sagte Li.

»Außerhalb des Dorfs hungern alle. Vögel, Tiere, alle sind am Verhungern!« schrie Minami. »Die Menschen außerhalb des Dorfs können sich vor Hunger kaum mehr auf den Beinen halten. Nur unsere Bäuche sind voll!«

Während wir brüllend loslachten, rannte Minami stolzgeschwellt auf dem Platz umher und schwang über seinem Kopf die nackte, aufgeschlitzte Drossel. Außerhalb des Dorfs, während unserer langen Reise, auf der wir in vielerlei Tempeln, Schulen und Nebengebäuden von Bauernhöfen haltgemacht hatten, haben wir ständig Hunger gehabt. Wir mußten das Jagdglück schützen, damit wir unsere Kameraden aufnehmen konnten, jene Kameraden, die, um sich uns, dem Vortrupp, anzuschließen, mit ihrem Führer, dem Erzieher, unerschütterlich dahineilten, während sie, anämisch vor Hunger, die Hände auf ihre kaputten Mägen preßten, über dunkle nächtliche Straßen marschierten, auf denen auch wir gekommen waren, bis sie schließlich das Tal in der Lore mit dem quietschenden Flaschenzug überqueren würden.

Als wir alle Vögel mit ihrer harten, körnigen Haut, die sich dunkelblau verfärbte, in den Schnee gelegt hatten, in den aus den durchschnittenen Hälsen durch Fett verdünntes Blut tropfte, wirkten sie erstaunlich dünn und knochig. Aber der Fasan meines Bruders mit seinen gespreizten kräftigen, fleischigen Schenkeln und den gelben Rippen, die deutlich unter der Brust zu sehen waren, war einfach wunderbar. Li durchstach die Beine der kleineren Vögel mit einem dicken Draht; dann bog er ihn zusammen und schuf so einen Ring aus Fleisch, den er über das Feuer hängte. Dann schob er durch den Fasan, vom Hals bis zum Anus, einen angespitzten Eichenzweig, und andere Kameraden hielten die Enden des Zweigs und rösteten den Fasan über dem Feuer, indem sie ihn langsam drehten.

Die Jüngeren von uns halfen unter fröhlichem Lärm dem Soldaten, der Gemüse in den Topf schnitzelte und Reis und Wasser dazuschüttete, um eine gewaltige Menge Eintopf zu kochen. Die Fasanenfedern, die wie Feuer funkelten, hatte mein Bruder um den Hals geschlungen; er reichte dem Soldaten frischgewaschenes Gemüse, von Zeit zu Zeit aber kam er herausgestürzt und betrachtete mit zufriedenem Seufzen seine Beute, aus deren Körper gelbbraunes Fett tropfte, während sie gebraten wurde.

Als sich die Abenddämmerung über den Schnee senkte, in der ungewissen, drückenden Zeit vor dem Aufgang des Mondes, begann unser fürstliches Mahl. Wir hockten um das Feuer herum, zerbissen Vogelfleisch und dünne Knochen, dazu aßen wir den heißen Eintopf. Wir alle verströmten eine Energie, die einem den Atem nahm, während wir geräuschvoll das Essen hinunterschluckten. Li brachte eine Flasche mit illegal gebrautem Sake. Die milchig trübe Flüssigkeit war unglaublich sauer, und kaum hatten wir einen Schluck im Mund, spuckten wir ihn schreiend wieder aus. Keiner von uns brachte den Sake hinunter, aber das war auch nicht nötig. Unser Blut kochte vor Trunkenheit.

Li begann in der Sprache seiner Mutter ein Lied zu sin-

gen, und bald konnten wir die monotone, einschmei-
chelnde Melodie auswendig und sangen mit ihm im Chor.

»Ist das ein Festlied?« fragte ich brüllend, um mir Gehör
zu verschaffen.

»Nein! Das Lied wird bei Leichenfeiern gesungen!«
brüllte Li lachend zurück, seine zitternde Zunge entblößt.
»Ich hab's gelernt, als mein Vater gestorben ist.«

»Es ist ein Festlied!« sagte ich befriedigt. »Jedes Lied ist
ein Festlied!«

Lange Zeit sangen wir. Dann ging plötzlich der Mond
auf, und weiches Licht bedeckte den Schnee. Wir zitterten
und stürzten uns dann in den Schnee, wo wir wie Verrückte
tanzten. Bald bekamen wir wieder Hunger und kehrten
zum Topf zurück. Dort wachte der Soldat mit hängendem
Kopf über das Feuer, die Arme um die langen Beine geschlungen. Er sang nicht, er tanzte nicht – wir alle hielten
ihn für einen Idioten. Als wir satt waren, breitete sich, auch
weil wir erschöpft waren, Schläfrigkeit in uns aus. Ich sah
meinem Bruder und den anderen hinterher, die zusammen
mit Leo wieder in den Schnee hinausrannten, und blieb am
Feuer sitzen, die Arme ebenso wie der Soldat um die Knie
gelegt. Auch Li und Minami machten keine Anstalten,
ihren Platz zu verlassen. Was bedeutete, daß wir drei eigentlich keine Kinder mehr waren.

»Selbst jetzt geht überall der Krieg weiter, nur im Dorf
nicht«, sagte Minami mit verträumter Stimme. »Wenn wir
keinen Krieg hätten, wäre ich weit drunten im Süden, bestimmt irgendwo am Meer.«

»Der Krieg ist mit Sicherheit bald vorbei«, sagte der Soldat. »Und siegen werden die Truppen des Feindes.«

Wir schwiegen. Sollte der Krieg doch ausgehen, wie er

wollte. Der Soldat aber, gereizt von unserer Teilnahmslosig-
keit, blieb hartnäckig bei seinem Thema.

»Ich muß mich nur noch ein paar Wochen verstecken, bis
der Krieg zu Ende ist!« Die Stimme des Deserteurs klang so
inbrünstig, als bete er. »Sobald das Land kapituliert hat, bin
ich frei.«

»Mensch, bist du jetzt vielleicht nicht frei? Hier im Dorf
kannst du tun, was du willst, und du kannst schlafen, wo du
willst, ohne daß dich irgend jemand festnimmt. Du bist frei,
absolut frei, oder etwa nicht?!«

»Ich bin nicht frei, und ihr seid es auch nicht«, sagte der
Soldat. »Wir sind von der Außenwelt abgeschnitten.«

»Denk nicht ständig an das, was außerhalb des Dorfs passiert! Halt den Mund!« sagte ich wütend. »Hier im Dorf
können wir alles tun! Red also gefälligst nicht über die
Leute draußen!«

Der Soldat versank in Schweigen, und auch wir sagten
nichts mehr.

Nur das sanfte Prasseln des Feuers war noch zu hören.
Und die Stimmen meines Bruders und der anderen, die im
Schnee herumrannten. Und Hundegebell.

»Wir werden den Krieg mit Sicherheit verlieren«, wiederholte der Soldat nach einer Weile, hob dann plötzlich den
Kopf, musterte uns und fragte:

»Na?! Ihr schweigt, aber findet ihr's denn nicht traurig,
daß wir besiegt werden?«

»Der Krieg«, sagte ich kalt, »ist etwas, das mit den Kerlen
draußen zu tun hat, den Kerlen mit dem Jagdgewehr, die
uns hier eingeschlossen haben. Was geht uns der Krieg an?«

»Es ist ganz schön feige, angesichts der Niederlage so
gleichgültig zu bleiben!« beharrte der Soldat.

»Du bist doch derjenige, der vor lauter Angst, sterben zu müssen, geflohen ist!« sagte ich. »Und wir sollen also diejenigen sein, die feige sind?«

»Wir sind auf jeden Fall nicht desertiert!« gab Minami ihm den Rest, er verzerrte seine Lippen zu einem boshaften Lächeln. »Faß dich an deiner eigenen Nase!«

Der Soldat starrte uns wutentbrannt an, dann vergrub er kraftlos seine Stirn zwischen den Knien.

Ich spürte, daß er am Boden zerstört war, besudelt von oben bis unten mit Schande, aber ich hatte kein Mitgefühl mit ihm. Zwischen uns und dem Soldaten stand eine hohe Mauer, die keiner von uns überwinden konnte. Trotz seiner Ängstlichkeit hatte er die Außenwelt mit ins Dorf gebracht, an der er selbst jetzt noch verbissen festhielt. Kerlen, die schon fast oder ganz erwachsen sind, ist nicht zu helfen, dachte ich in aller Gemütsruhe.

»Seiner Meinung nach sind wir feige!« sagte Minami, zutiefst befriedigt, und sah Li und mich an. Wir brachen in Lachen aus, während der Soldat reglos dasaß, mit hängendem Kopf.

Als mein Bruder und die anderen hereingerannt kamen und sich den Schnee von den Kleidern schüttelten, lagen wir um das heruntergebrannte Feuer und waren schon fast am Einschlafen. Die Augen meines Bruders und seiner Freunde, die in einer Reihe vor uns standen, glänzten vor Erregung. Mein vom Schlaf benommener Kopf begriff die Worte nicht, die über ihre Lippen sprudelten.

»Was? Drückt euch deutlicher aus!« sagte der Soldat und richtete sich auf. »Krank? Wer soll krank sein?«

»Doch!« sagte mein Bruder eifrig. »Sie sieht furchtbar

krank aus. Sie ist ganz rot im Gesicht und stöhnt in ihrem Bett. Sie gibt keine Antwort.«

Ich sprang auf. Reue darüber, daß ich das Mädchen im Vorratshaus vollständig vergessen hatte, schnürte mir die Kehle dazu.

»Bist du dort gewesen? Hast du sie gesehen?« schrie ich und schüttelte meinen Bruder an den Schultern, wodurch die Fasanenfedern zu funkeln begannen.

»Ich bin bei ihr gewesen, ich wollte mich wegen Leo entschuldigen«, antwortete mein Bruder ängstlich. »Aber sie hat nur gestöhnt und gar nichts gesagt.«

Wir rannten auf die verschneite Straße hinaus, die im Mondlicht leuchtete.

Das Feuer in der *doma* des Vorratshauses war fast erloschen. Wir schlichen auf Zehenspitzen zum Bett des Mädchens und umringten ihren ausgestreckten Körper. Ihr im Dunkeln weißlich schimmerndes Gesicht schien wegen des Fiebers noch weiter eingeschrumpft zu sein. Sie zitterte ununterbrochen, über ihre geöffneten Lippen drang ein unglaublich lautes Stöhnen. Ich kniete in der *doma* nieder und berührte ihren Nacken, bei dem die Sehnen hervortraten. Die Lippen verzerrt und das Zahnfleisch entblößt, warf das Mädchen heftig den Kopf hin und her und entwand sich meinen Fingern. Ich war so benommen wie eine Ziege, die ein gewaltiger Schlag im Rücken trifft. Das Mädchen stöhnte leise und murmelte wieder und wieder ein vielsilbiges Wort. Ich keuchte.

»Mach Feuer!« sagte der Soldat und gab Minami einen harten Stoß gegen die Schultern.

Seine Stimme strahlte plötzlich die Bestimmtheit und Ruhe aus, die älteren Menschen eigen ist. Das war nicht länger die kraftlose, bedeutungslos klingende Stimme des Mannes, der von dem Thema ›Krieg‹ nicht lassen konnte. Und Minami, der stets den Soldaten verspottet hatte, verließ geräuschlos und gehorsam das Vorratshaus, um trockenes Holz zu holen.

»Und du«, sagte der Soldat und starrte mich unverwandt an, »du suchst dir einen Eisbeutel und füllst ihn mit Schnee und Wasser!«

»Einen Eisbeutel«, wiederholte ich verzweifelt. Wo um alles in der Welt sollte ich einen Eisbeutel finden?

»Einen Eisbeutel«, sagte Li atemlos, »gibt es im Haus des Schulzen.«

»Hol ihn!« sagte der Soldat scharf, während er sich über den Kopf des Mädchens beugte. »Und ihr anderen wartet bei dem Feuer in der Zweigschule! Wenn ihr Radau macht, stirbt das Mädchen. Und ihr werdet euch an ihrer Krankheit anstecken.«

Der koreanische Junge und ich rannten hinaus in das Leuchten des Schnees und weiter, den Hügel hinauf.

»Der Deserteur«, keuchte Li, während wir bergan liefen, »hat ein wenig studiert, um Arzt zu werden. Hat er selbst gesagt, obwohl ich ihm nicht recht geglaubt habe.«

Ich betete inbrünstig, daß das die Wahrheit war. Und bemühte mich nach Kräften, daran zu glauben.

Hinter den Mauern mit dem Schachbrettmuster lag das Haus des Schulzen und versperrte mit seinem Schatten dem Mondlicht den Weg. Li und ich blieben zögernd vor dem niedrigen Tor stehen und sahen einander in die Augen. Das Gebäude, das einzig vernünftig gebaute Haus im Dorf, stand vor uns, ein Symbol für Moral und Recht und Ordnung. Nachdem die Dorfbewohner abgezogen waren, hatten wir bei unseren Plünderungen einzig bei diesem Haus eine Ausnahme gemacht. Und nun verstanden wir zum ersten Mal richtig, warum wir diese Ausnahme gemacht hatten.

»Wenn ich in dieses Haus einbreche, wird das meine Mutter ein Leben lang zu spüren bekommen. Und mich werden sie aus dem Dorf jagen«, sagte Li. »Vielleicht töten sie mich sogar.«

Einen kurzen Moment lang packte mich Wut, und meine Kehle rötete sich, dann aber trat leise ein sanfter, ermutigender und feuchter Schimmer in Lis Augen und sprach zu mir.

»Machst du's?« sagte ich.

»Ich mach's, und wenn sie mich umbringen.«

Wir stiegen über das Tor, rannten flink durch den Hof und brachen die verschlossene Holztür mit großen Steinklumpen auf. Drinnen, in der weiträumigen *doma*, war es kälter als draußen, und es roch so durchdringend nach Schimmel, daß wir Mühe hatten zu atmen. Li entzündete ein Streichholz, und als er die kleine Flamme mit den Händen beschirmte, stach uns schweflig riechender Rauch in die Nase. Dann zündete er die Fackel an, die am schwarz lackierten Pfosten am Eingang zum Wohnzimmer hing. Das Zimmer war vollgestopft mit Möbeln, in denen sich feierlich riesige Zeiträume abgelagert hatten. Ich ließ meinen Blick durch die *doma* schweifen, die einem das Gefühl von Größe vermittelte, und sah dann hinauf zu dem buddhistischen Hausaltar, der jenseits der Tatami auf dem erhöhten Fußboden des Wohnzimmers stand.

Ohne die Schuhe auszuziehen, rannte Li darauf zu. Er öffnete einen rot lackierten Schrank unter dem Altar, entblößte grinsend die Zähne, als er eine voluminöse Papiertüte herauszog, und sprang dann wieder herunter in die *doma*. Wir stiegen abermals über das Tor.

»Meine Mutter und ich sitzen jeden Monat stundenlang in der *doma* des Schulzen und flechten Strohsandalen. Die reinste Sklavenarbeit ist das!« sagte Li im Laufen. »Und wenn wir dabei faulenzen, dann bespuckt uns der alte Herr von der Veranda.«

Sagte Li und spuckte selbst ungestüm auf den Boden. Er war richtig aufgeregt, weil er das Haus des Schulzen mit Schuhen betreten hatte, und seine Stimme zitterte.

»Wir wissen ganz genau, wo sich was in diesem Haus befindet. Seit mein Vater ein Kind war, muß meine Familie für diese Leute alles tun. Damals, als ihre Jauchegrube neu gestrichen werden sollte, bin ich den ganzen Tag in ihr herumgekrochen, von oben bis unten mit Scheiße beschmiert.«

»Du bist wirklich mutig!« sagte ich von freundschaftlichen Gefühlen bewegt, und dann erinnerte ich mich an die Worte des Mädchens, und eine derart grenzenlose Trauer ergriff von mir Besitz, daß ich fast in den Schnee kippte und am liebsten in Tränen ausbrechen wollte. Ich biß mir auf die Lippen und kratzte Schnee zusammen, und Li füllte ihn in den altmodischen Eisbeutel, den er aus der Papiertüte gezogen hatte; dann schöpfte ich mit frierenden Händen Schmelzwasser aus einer Pfütze, auf der sich bereits wieder eine Eisschicht zu bilden begann.

»Du bist auch mutig!« sagte Li, während er den Eisbeutel zuband.

Am Eingang des Vorratshauses nahm uns der Soldat den Eisbeutel ab. Dann zog er das Kinn hoch und bedeutete uns, zu verschwinden.

»Sie stirbt doch nicht, oder? Sie kommt doch bestimmt mit dem Leben davon?« sagte ich flehentlich.

»Keine Ahnung«, sagte der Soldat gleichgültig. »Ich bin machtlos. Wir haben keine Medizin, nichts.«

Während er uns die Tür vor der Nase schloß, sah er uns kalt und distanziert an – so, als würde eine dicke Schicht unter seiner Haut erstarren.

Die Schultern aneinandergepreßt, kehrten Li und ich schweigend zum Platz vor der Zweigschule zurück. Erschöpfung schwoll in meinem Körper an, wie ein Schwamm, der sich mit Wasser vollsaugt.

Unsere Kameraden saßen mit hängenden Köpfen um das Feuer herum. Ich sah meinen Bruder, der mit Leo im Arm abseits vom Kreis der anderen dasaß, allen rebellisch den Rücken zugekehrt, und Angst befiel mich. Minami stand auf, kam uns einen Schritt entgegen und sah mir und Li in die Augen. Seine Lippen zuckten krampfhaft. Als er seinen Speichel hinunterschluckte und zu sprechen beginnen wollte, überkam mich der Drang, ihn daran zu hindern. Aber es war zu spät.

»Nach der Diagnose des Soldaten«, sagte er hastig, »scheint die Krankheit des Mädchens etwas mit der Seuche zu tun zu haben.«

Seuche – dieses Wort –, das augenblicklich seine riesigen Blätter entfaltete, mit wuchernden Wurzeln in die Tiefe drang und das Dorf unter sich begrub, dieses Wort, das gleich einem Sturm wütete und die Menschen zu Boden schmetterte, war in diesem Dorf, in dem man nur Kinder zurückgelassen hatte, herausgeschrien worden und schien erstmals reale Gestalt anzunehmen. Ich spürte, daß das Wort unsere um das Feuer herumsitzenden Kameraden in

Unruhe versetzte und eine plötzliche Panik heraufbe-
schwor.

»Das ist eine Lüge!« brüllte ich. »Eine verdammte
Lüge!«

»Ich habe vor eurer Rückkehr kein Wort gesagt!« schrie
Minami. »Von mir aus schwöre ich, daß mir das der Soldat
klar und deutlich gesagt hat! Der Hintern des Mädchens
ist mit Scheiße verschmiert, klebrig wie Blut. Ich hab's gesehen! Sie hat die Seuche!«

Ich sah, daß unter unseren jüngeren Kameraden plötzliche Panik ausbrach, und versetzte Minami einen harten
Schlag gegen den Kehlkopf, der sich erregt hob und
senkte. Minami stürzte rücklings in den Schnee, der wegen
der Hitze des Feuers geschmolzen war, und umklammerte
stöhnend seinen Hals. Li hielt mich zurück, als ich Minami, der keuchend nach Atem rang, in den Magen treten
wollte. Lis Arme waren kräftig und heiß. Ich starrte die Kameraden an, die panisch zitternd um das Feuer herumstanden.

»Es ist nicht die Seuche!« erklärte ich ihnen. Aber Panik
hatte sich ihrer bemächtigt, und sie glaubten mir nicht.

»Laß uns abhauen! Wir werden alle sterben!« sagte eine
furchtsame Stimme zu mir. »Nicht wahr, du nimmst uns
mit, wir hauen alle ab.«

»Ich hab gesagt, es ist nicht die Seuche! Jammert nur
weiter, wenn ihr von mir Prügel wollt!« brüllte ich wild,
um die Panik zu überspielen, die auch mich zu befallen
begann. »Unter uns herrscht keine Seuche!«

»Ich weiß es!« rief schrill eine andere Stimme voller Verzweiflung. »Sie hat sich die Seuche bei dem Hund geholt.«

Bestürzt blickte ich zu meinem Bruder und Leo. Mein

Bruder drehte uns nun vollends den Rücken zu, in dem Bemühen, die Rufe zu ignorieren, und preßte seine Brust gegen Leos Kopf.

»Das weiß ich auch!« sagten andere Kinder wie aus einem Mund.

»Du machst bloß ein Geheimnis daraus, weil der Hund deines Bruders an allem schuld ist!«

Ich wußte nicht weiter, zum ersten Mal konfrontiert mit Kameraden, die gegen mich rebellierten.

»Was hat der Hund denn getan?« fragte Li scharf mit fester Stimme. »He, ich frag, was er getan hat!«

»Der Hund«, sagte eine tränenerstickte, schwächliche Stimme, »der Hund hat Kadaver ausgegraben. Dein Bruder hat sie dann wieder mit Erde bedeckt. Wir haben gesehen, wie sich dein Bruder die Hände gewaschen hat und den Körper des Hundes! Der Hund ist seit damals krank. Und heute morgen hat er das Mädchen in den Arm gebissen und mit der Krankheit angesteckt. Und darum ist unter uns die Seuche ausgebrochen.«

Der Junge schluchzte und verschluckte halbe Wörter. Ratlos, wie ich war, fiel mir nichts anderes ein, als meinen Bruder zu rufen, der uns weiterhin stur den Rücken zuwandte.

»He, stimmt das, was die über den Hund erzählen? Sag schon, die lügen doch, oder?«

Alle starrten meinen Bruder an. Er drehte sich um und versuchte, die Lippen zu bewegen, dann ließ er stumm den Kopf sinken. Ich stöhnte. Unsere Kameraden drängten sich um ihn und den Hund. Der schmiegte seine Schulter an die Knie meines Bruders, den Schwanz zwischen die Hinterbeine geklemmt, und sah zu uns auf.

»Der Hund hat die Seuche«, sagte Minami heiser. »Auch wenn du uns hinters Licht führen wolltest, er hat bestimmt das Mädchen angesteckt.«

»Alle haben gesehen, daß er sie ins Handgelenk gebissen hat«, sagte ein anderer. »Er hat sie gebissen, wo sie doch überhaupt nichts getan hat. Der Hund ist verrückt!«

»Er ist überhaupt nicht verrückt!« protestierte mein Bruder heftig, verzweifelt bemüht, seinen Hund zu schützen. »Leo ist nicht an der Seuche erkrankt!«

»Bist du dir sicher? Was weißt du denn schon über die Seuche?« Minami ließ nicht locker. »Es ist deine Schuld, daß die Seuche sich ausbreitet!«

Mein Bruder ließ alles über sich ergehen, mit aufgerissenen Augen und zitternden Lippen. Dann schrie er – und es war ihm anzusehen, daß er versuchte, die Angst zu unterdrücken, vor der er selbst zurückschreckte –: »Ich weiß nichts, aber Leo hat die Seuche nicht!«

»Lügner!« sagten einige Stimmen vorwurfsvoll. »Alle werden sterben wegen deines Hundes!«

Minami stürmte davon, weg aus dem Kreis der Anschuldigungen, zog den Eichenast heraus, an dem der Topf hing, und kam mit ihm zurück. Aufregung befiel alle, und der Kreis wurde weiter.

»Hör sofort auf!« schrie mein Bruder angsterfüllt. »Ich lasse es nicht zu, daß du Leo schlägst!«

Minami ging jedoch erbarmungslos weiter und stieß einen scharfen Pfiff aus. Der Hund schlüpfte durch die Hände meines Bruders, der sich hastig über ihn gebeugt hatte, und rannte los, angelockt von dem Pfiff. Ich merkte, daß mir mein Bruder einen flehentlichen Blick zuwarf – aber was konnte ich schon tun? Der Hund stand unbeholfen da, mit heraushängender Zunge, die selbst für mich wie ein Klumpen von Krankheitserregern aussah, die sich explosionsartig vermehrten.

»Li!« schrie mein Bruder, aber Li rührte sich nicht.

Dann sauste der Eichenast herunter, und der Hund brach mit einem dumpfen Laut im Schnee zusammen. Wir alle starrten auf den Hund, schweigend. Und dann kam mein Bruder von Schluchzen geschüttelt schwankend nach vorne, die Zähne zusammengebissen, die Augen voller Tränen. Aber er brachte es nicht fertig, auf den Hund hinunterzusehen, der sich krampfartig wand, während langsam schwarzes Blut in das Fell über seinen Ohren sickerte. Vor Wut und Trauer am Boden zerstört, sagte er aufgewühlt:

»Wer von euch weiß denn wirklich, daß Leo die Seuche hatte? Ach, wer von euch weiß das denn?!«

Mein Bruder schluchzte, den Kopf gesenkt, und lief dann davon. Wir alle sahen ihm schweigend nach, den kleinen Schultern, die von Schluchzern erschüttert wurden. Ich schrie, da ich ihn zurückrufen wollte, aber er machte nicht kehrt. Ich habe ihn verraten, dachte ich. Wie sollte ich meinen Bruder trösten, der weinend im dunklen Getreidespeicher lag, den Kopf im staubigen Stroh vergraben? Vielleicht hätte ich ihm hinterherlaufen sollen, ihn in die Arme nehmen und trösten. Das wäre wahrscheinlich das beste gewesen. Aber ich mußte die Furcht vertreiben, die unsere jüngeren Kameraden ergriffen hatte, eine Furcht, die in Schreien der Verzweiflung enden konnte. Und ich dachte, daß jetzt, da sie geschockt vor dem erschlagenen Hund standen, die beste und vielleicht letzte Gelegenheit dafür war.

»Hört her!« schrie ich. »Ich werde jedem, der herumwinselt und behauptet, hier gäbe es eine Seuche, genau wie dem

Hund den Schädel einschlagen! Verstanden? Ich schwör's euch, hier gibt es keine Seuche!«

Alle verstummten, entmutigt. Sie gehorchten – eher von dem blutverschmierten Eichenprügel in Minamis Armen überwältigt als von meiner Stimme. Ich spürte, daß ich gesiegt hatte, und wiederholte mit Nachdruck:

»Also, ihr habt verstanden! Hier gibt es keine Seuche!«

Dann ging ich zu dem Platz, wo mein Bruder gesessen hatte, hob seinen mit Schnee und Dreck beschmierten Halsschmuck aus Fasanenfedern auf und steckte ihn in meine Jackentasche. Li und Minami warfen die Hundeleiche ins Feuer und stapelten Brennholz über ihr auf. Lange Zeit ragten die Hinterbeine des Hundes zwischen dem Holz hervor, ohne daß aus dem heruntergebrannten Feuer größere Flammen aufgestiegen wären.

»Ihr alle«, sagte ich im Befehlston zu den jüngeren Kameraden, »werdet jetzt nach Hause gehen und schlafen! Ich schlage jeden zusammen, der Krach macht!«

Minami sah mich mit spöttischen Augen an. Das ärgerte mich.

»Und du, Minami, gehst auch heim und schläfst!«

»Mir kannst du nichts befehlen!« sagte Minami mit unverhohlener Feindseligkeit. Er umklammerte den Eichenprügel fester, an dem Hundeblut und Haare klebten.

»Du solltest besser nach Hause gehen«, sagte Li mit einem wachsamen Blick auf Minamis Prügel. »Wenn dir das nicht gefällt, bekommst du's auch mit mir zu tun.«

Minami verzog das Gesicht, stieß den Prügel ins Feuer und brüllte die anderen an: »Jeder, der nicht wie ein Hund und allein krepieren will, schläft bei mir! Bei den beiden dort wimmelt es von Bazillen!«

Li und ich standen neben dem Feuer, dessen Hitze uns die Stirn versengte, und sahen unseren Kameraden nach, die verängstigt hinter Minami herrannten. Anfangs, als das Fell verbrannte, war ein leises, trockenes Prasseln zu hören. Dann schmolz das Fett und begann zu tröpfeln und brutzelnd zu brennen, Funken sprangen, und schließlich umgab uns der intensive Geruch von versengten Fleischklumpen, der die Luft um uns herum erfüllte, gleich einer klebrigen Masse. Das war nicht der Geruch, der, lebendig und voll von Lebenskraft, aufgestiegen war, als wir die Tauben, den Würger und den Fasan gebraten hatten, es war der schwere Geruch des Todes. Zusammengekrümmt erbrach ich Gemüsesprossen, Reiskörner und zähes, sehniges Vogelfleisch. Als ich mir die Lippen mit dem Handrücken abwischte, sah Li mich aus hohlen, müden Augen an. Erschöpfung strömte aus ihnen, wie eine reißende Flut, die meinen Körper überschwemmte und unter meiner Haut nicht mehr zur Ruhe kam. Ich war so müde, daß es mir schwerfiel, mich wieder aufzurichten, Schläfrigkeit überkam mich. Aber ich ertrug es auch nicht länger, inmitten des Geruchs der verbrennenden Hundeleiche zu hocken. Ich biß mir auf die Lippen, richtete mich langsam auf und kehrte mit einem Nicken, das Li galt, dem Feuer den Rücken zu. Ich wollte ins Stroh kriechen und neben meinem Bruder wie ein junges Tier schlafen. Erschöpft, wie ich war, und das Herz voller Tränen, würde mir mein Bruder verzeihen – der Gedanke hatte etwas Verführerisches. Der Mond tauchte die fernen Ränder der Wolkenberge, hinter denen er verborgen war, in perlfarbenes Licht. Der Schnee auf der dunklen Straße war wieder gefroren und knirschte unter meinen Schuhen. Ich stieg den Hügel hinauf, während meine Wangen in der Kälte gefühllos wurden.

Die Tür unseres Getreidespeichers stand einen Spalt weit offen, die Strohmatte, die dahinterhing, schaukelte im Wind. Ich schob die Schulter hinein und rief nach meinem Bruder. Niemand antwortete. Das Feuer in der *doma* war ausgegangen, es roch auch nicht nach Menschen. Ich zog ein Bündel Streichhölzer aus meiner Hosentasche und entzündete eines, den Rücken zum Schutz gegen den Wind gekrümmt. Der Schlafplatz meines Bruders war leer. Und dann sah ich, daß der Sack mit seinen Siebensachen nicht mehr auf der Kornkiste lag, statt dessen aber der Büchsenöffner mit der Form eines Kamelkopfs, den ich meinem Bruder geliehen hatte, auf ihr stand mit dem Griff nach unten. Staub bedeckte die Kiste, der sich während der wenigen Tage angesammelt hatte, in denen wir den Getreidespeicher zu unserem neuen Zuhause gemacht hatten, und die Stelle, wo der Sack meines Bruders gelegen hatte, war schwarz und deutlich zu erkennen. Die Streichholzflamme verbrannte mir die Finger. Ich schrie auf, warf das Hölzchen zu Boden und stürzte ins Freie.

Während ich den Hügel hinunterrannte, rief ich mit lauter Stimme nach meinem Bruder. Aber die Stimme, die aus meiner Kehle drang, schmerzend vor Kälte und der trockenen Luft, hallte kraftlos im Dunkel wider. He! He! Komm zurück! He! Wohin gehst du? He!

So weit über das Feuer gebeugt, daß seine Brauen beinahe versengt wurden, stach Li mit einem kurzen Stock auf den Körper des Hundes ein, der nur schlecht brannte. Der Bauch platzte auf, Eingeweide in leuchtenden Farben quollen heraus und begannen prasselnd zu brennen. Ein Ende des Dünndarms stand senkrecht nach oben, zitternd wie ein Finger, und schwoll langsam an und färbte sich rot.

»Weißt du, wo mein Bruder ist?« fragte ich, während mir meine ausgedörrte Zunge fast den Dienst versagte.

»Was?« erwiderte Li und drehte mir sein gerötetes, fettiges Gesicht zu. Es ärgerte mich, daß er so besessen mit der Einäscherung des Hundes beschäftigt war. »Dein Bruder?«

»Er ist nicht da! War er nicht hier, um nach seinem Hund zu sehen?«

»Was meinst du? Ob er hier war?« sagte Li, während er in den Eingeweiden herumstocherte, die mit obszönen Geräuschen barsten. »Ich hab keine Ahnung.«

Ich seufzte, und heißer Atem strömte über meine Lippen. »Und wo, zum Teufel, ist er?«

»Das stinkt grausam. Und dabei brennt das Blut noch nicht mal«, sagte Li. Stickiger Geruch breitete sich unter seinen Händen aus.

Ich lief die schmale Dorfstraße entlang, weiter in den Wald, der bedrohlich nahe an beide Seiten des gepflasterten Hügelwegs heranreichte, und kam schließlich bei der Steinsäule heraus, dem Ausgangspunkt des verbarrikadierten Lorengleises, von wo aus man ins Tal hinuntersah. Über dem Tal lag Dunkelheit, zu hören war nur das Tosen des Wassers. Ich schrie. He! He! Komm zurück! He! Wohin gehst du? He! He!

Keiner antwortete mir. Auch die Vögel und Tiere im Wald hinter mir schwiegen. Sie verbargen sich zwischen den Bäumen, im dichten Gras, verängstigt vom Vorgefühl des Verhängnisses, das über das Dorf hereinbrach, und lauschten den Schreien eines menschlichen Kindes. Diese Schreie wurden in der Tiefe der Ohren jener Wesen absorbiert, die schweigend lauschten, und erreichten niemals meinen flüchtenden Bruder. He! He! Komm zurück! He! Wohin gehst du? He!

Das kleine Licht einer schaukelnden Laterne, die am Arm eines Mannes hing, erschien vor der Wachthütte auf der anderen Seite des Tals und bewegte sich ein kurzes Stück. Und dann, plötzlich, hallten die Bergwände von einem Warnschuß wider. Blind vor Wut lief ich erneut den Weg durch den Wald entlang und hinunter ins Dorf. Mein Bruder hat mich im Stich gelassen, dachte ich. Selbst damals, als ich im Mittelschulinternat einem älteren Mitschüler ein Messer in den Leib gestoßen hatte und zum ersten Mal in die Besserungsanstalt gebracht wurde, hatte mein Bruder mich nicht im Stich gelassen, und auch dann nicht, als ich nach meiner Flucht aus der Anstalt mit einer Arbeiterin aus einer Spielzeugfabrik aufs kümmerlichste mein Leben fristete, um, entdeckt von der Polizei und meinem Vater, mit verdreckter Uniform und einer bösartigen Krankheit wieder nach Hause zurückzukehren, von wo aus man mich abermals in die Anstalt einlieferte – aber jetzt ließ mich mein Bruder im Stich.

Ich weinte im Gehen, heulte wie ein Tier, und meine Tränen tropften auf den Schnee. Schmutziges Wasser drang durch die zerrissenen Sohlen der Stoffschuhe und weichte meine von Frostbeulen angeschwollenen Zehen auf, die wie wahnsinnig zu jucken begannen, aber ich rammte nur weiter meine Schuhe in den knöcheltiefen Schnee und machte keinerlei Anstalten, mich zu bücken und zu kratzen. Wenn ich mich bückte, würde ich mich nie wieder aufrichten und weitergehen können.

Vor dem Vorratshaus blieb ich stehen und lauschte angestrengt. Von jenseits der verschlossenen dunklen Mauern drang das schmerzgepeinigte Stöhnen des Mädchens. Ich lief zum Haus und schlug gegen die Holztür.

»Wer ist da?« fragte die verdrossene Stimme des Soldaten.

»Das Mädchen — kommt es durch?« fragte ich und konnte vor Tränen kaum atmen. »Sag doch, sie ist nicht an der Seuche erkrankt, oder?«

»Du?« sagte der Soldat, nachdem ich gehört hatte, daß er aufgestanden war. »Ich weiß nicht, ob sie durchkommt. Ich weiß auch nicht, ob es die Seuche ist.«

»Und wenn der Arzt sie untersuchen würde?« fragte ich, aber als ich daran dachte, wie abweisend der Arzt des Nachbardorfes auf meine flehentlichen Bitten reagiert hatte, verließ mich jeglicher Mut. »Ach, wenn doch bloß ein Arzt von irgendwoher käme!«

»Bring Schnee, damit wir den Eisbeutel füllen können!« sagte die erschöpfte, teilnahmslose Stimme im Inneren des Hauses.

Ich kniete mich hin und begann mit kalten, gefühllosen Fingern Schnee zusammenzukratzen. Mein Bruder hatte mich im Stich gelassen, und meine erste Liebe stöhnte, ihr kleiner Hintern mit Exkrementen beschmiert, klebrig wie Blut. Ich spürte, wie die Seuche, gleich einem Wolkenbruch, das Dorf mit fürchterlicher Macht unter sich begrub, mich in ihren Klauen hielt, alles um uns herum überflutete und unsere Bewegungen lähmte. Ich war am Ende einer Sackgasse angelangt, und alles, was ich noch tun konnte, war, schluchzend auf der dunklen nächtlichen Straße zu kauern und schmutzigen Schnee zusammenzukratzen.

9

Rückkehr der Dorfbewohner
und Abschlachtung des Soldaten

Während der Nacht breitete sich die Seuche aus, demonstrierte ihre brutale Macht, demoralisierte uns, die im Stich gelassenen Kinder, und hielt uns in ihrem Bann gefangen. Es war dunkel in der Morgendämmerung, und von den frühen Stunden an bis in den Tag hinein lag düsteres Licht über dem Dorf, das in schmutzigem Nebel eingeschlossen war. Das Licht der Sonne drang durch dicke, halbtransparente Luftschichten und verwandelte den Schnee in dreckigen Matsch, der alles überflutete. Unsere Verzweiflung und Lethargie, die schwärmenden Bakterien, die ungeheure Ansammlung winziger Bakterien, die uns plötzlich in den Zustand der Bewußtlosigkeit treiben würden, begleitet von Irrsinnsanfällen, die unsere Kehlen wie Feuer verbrennen würden – sie brodelten, gleich hellgelber Gelatine, die aus den Knochen und Häuten von Rindern gewonnen wird, und überschwemmten das dahinschmelzende Dorf.

Meine Kameraden verbargen sich tief im Inneren der Häuser, keiner von ihnen zeigte sich. Auch Li hatte sich in seiner engen Behausung verbarrikadiert, wo es nach Schweinen stank. Ich selbst lag mit geschlossenen Augen auf den Dielenbrettern des Getreidespeichers und wischte mir dann und wann den kalten Schweiß ab, der meine Unterwäsche durchnäßte. Zwar waren bislang bei keinem von uns Anzeichen der Krankheit aufgetreten, da aber die Seuche wahrscheinlich so unerwartet über uns kommen würde wie der Schlag eines kräftigen Arms, warteten wir auf sie in der Dunkelheit der Häuser. Nur der Soldat, der uns zu diesem angsterfüllten Warten gezwungen hatte, mit einer Autorität, der sich sogar Minami beugen mußte, kämpfte trotz fehlenden Schlafs mit der Krankheit, die zuerst das Mädchen befallen hatte. Überwältigt von ihrer Angst rannten einige der Jungen aus der *doma* und schlugen gegen die geschlossene Tür des Vorratshauses, und dann erhob der Soldat gereizt die Stimme und trieb mit seinen Verwünschungen die völlig verängstigten Jungen in ihre Häuser zurück. Überall im Dorf war das hohle Echo von Schluchzen und plötzlicher Schreie der Wut zu hören.

Ich lag im Dunkeln auf dem Rücken und biß die Zähne zusammen. Das glatte, trockene Geschlecht des Mädchens, das mich an eine Sommerblume erinnerte, ihr mit Exkrementen verschmierter Hintern, das Gesicht, klein und gerötet vom Fieber – diese Bilder tauchten in rascher Folge vor mir auf und verschwanden wieder. Die Bilder kamen und gingen und kamen, und mein Penis erigierte immer wieder ein wenig, was mich mit Scham erfüllte. Dann und wann glaubte ich, den leichtfüßigen Schritt meines Bruders zu hören, und versuchte besessen daran zu glauben, daß ich keiner Illusion erlag. Ich hatte fast ständig das Gefühl, daß mein Bruder jenseits der *doma* mit ihrer stagnierenden Luft stand, trockenen Nebel und Staub mit den Händen reibend, aber mein verschämt lächelnder Bruder näherte sich nicht.

In der Abenddämmerung sah ich den Soldaten zu den Gräbern im Tal hinuntergehen, wo die Erde weich war und

Büsche standen, in seinen Händen ein kleines, in Lumpen gewickeltes Bündel; und ich sah die Kameraden, die ihm in einigen Metern Entfernung folgten. Ich stürzte aus dem Haus, schloß mich den anderen Jungen an, und während mir Tränen übers Gesicht liefen, beobachtete ich, wie der Soldat sorgsam ein Loch grub, in dem er das Lumpenbündel beerdigte, nicht ohne uns gelegentlich strenge Blicke zuzuwerfen, um uns am Näherkommen zu hindern.

Dann stieg der Soldat, nach vorne gebeugt, wieder den Hügel hinauf und kehrte zum Vorratshaus zurück, wo er schweigend auf dem Fußboden Reisig und Brennholz aufzuschichten begann. Und dabei halfen wir ihm, ebenfalls schweigend. Wir beobachteten, wie aus dem kleinen Haus gewaltige Flammen schlugen und Rauch aufstieg, ein lodernder Turm aus Feuer, in dem alles verbrannte. Anschließend gingen wir auseinander und kehrten in die Häuser des Dorfs zurück, über dem völlige Dunkelheit lag. Der Soldat hatte uns weggejagt.

Ich setzte mich in die *doma* des Getreidespeichers, in der das Feuer bereits erloschen war, und schluchzte lange, die Arme um die Beine geschlungen. Mein Kopf schmerzte, als würde er zusammengequetscht. Dann ging ich auf die dunkle Pflasterstraße hinaus und rief nach meinem Bruder. Nichts war von ihm zu sehen, auch nichts von seinem verschämten Lächeln. Ich lief den Hügel hinab.

Vor dem niedergebrannten Vorratshaus, im dreckigen, matschigen Schnee, der in der Hitze des Feuers geschmolzen war, stand der Deserteur. Er weinte schluchzend mit gesenktem Kopf, während seine Schultern bebten. Ich ging zu ihm, und wir starrten einander in der Dunkelheit an. Der Deserteur schwieg verbissen und machte keine Anstalten zu reden. Auch mir fehlten die Worte, um mit ihm zu sprechen. Ich wollte ihm sagen, daß ich von meinem Bruder und meiner Geliebten im Stich gelassen worden war. Aber ich brannte nur vor Ungeduld wie ein kleines Kind, das nichts von Wörtern weiß, und Tränen traten mir in die Augen.

Ich gab es schließlich auf, schüttelte den Kopf und wandte dem Deserteur den Rücken zu, um die Pflasterstraße zum Getreidespeicher hinaufzugehen. Der Schnee gefror wieder und begann hart zu werden. Plötzlich kam der Deserteur auf der dunklen Straße hinter mir hergerannt. Er legte den Arm um meine Schultern. Ohne ein Wort miteinander zu wechseln, kehrten wir zum Getreidespeicher zurück, wo wir uns auf den Boden legten, unsere Körper ineinander verschlungen. Sein schmutziges, schwächliches Kinn mit dem Bart und seine knochigen, blutleeren Wangen wirkten jetzt heroisch auf mich und schön. Als ich zu schluchzen begann, zog er meinen Kopf an seine nach Schweiß riechende Brust und ging unendlich sanft mit mir um. Der Bedrohung durch die Seuche ausgesetzt, zutiefst erschöpft, verzweifelt und derart apathisch, daß die Wörter in unseren Kehlen steckenblieben, verschafften wir uns dennoch kurze Momente armseliger Lust. Schweigend entblößten wir unsere dürren, frierenden Hintern, die von Gänsehaut überzogen waren, und überließen uns den Bewegungen unserer hinterlistigen Finger.

Kurz vor der Morgendämmerung hörte ich einen unterdrückten Schrei und erwachte aus meinem seichten Schlaf; vor Kälte zitternd, entdeckte ich, daß der Soldat nicht mehr in meinen Armen lag. Schließlich zog der Morgen herauf. Ich glaubte, abermals Menschen zu hören, die einander leise etwas zuriefen. Das verhaltene, zutrauliche Lächeln meines Bruders, die blitzenden Zähne im schmalen Spalt zwischen seinen Lippen. Ich sprang auf, rieb mit den Fingern die feinen Eispartikel vom Fensterglas ab und sah nach draußen. Jenseits der dicken, milchigen Nebelschicht zeichnete sich schwaches rosafarbenes Licht ab, das allmählich an Intensität zunahm.

Und als dann plötzlich die Stimmen der Vögel erstarben, so plötzlich wie ein Sturm, der mit einem Schlag zur Ruhe kommt, tauchten im treibenden Nebel mehrere dunkle, kräftige Männergestalten auf, Männer aus dem Dorf mit scharf zugespitzten Bambusspeeren, die Mienen hart und ausdruckslos wie die Gesichter von Tieren. Sie standen schweigend da und starrten mich an. Mit der Glasscheibe zwischen uns, die sich umgehend wieder mit einer weißen Eisschicht überzog, starrten wir einander für einen kurzen Augenblick an, als wären wir seltene Tiere. Ich keuchte, fassungslos vor Überraschung, doch dann wurde mir bewußt, daß sich unendliche Erleichterung in mir ausbreitete, wie warmes Wasser, das aus der Tiefe quillt. Die Erwachsenen aus dem Dorf waren zurückgekehrt…

Hinter den Männern, von jenseits des dahintreibenden Nebels, streckte ein stämmiger Mann mit kräftigem Kinn den Kopf hervor, und sein forschender Blick glitt über mich und weiter in den Raum hinter mir hinein. Ich erkannte, daß es der Schmied war, und fühlte sogar Gefühle einer alten Freundschaft in mir aufsteigen, als er mit einer kurzen Eisenstange, die er wie eine Waffe hielt, meine Tür gewaltsam öffnete und die Schulter durch den Eingang schob. Der Schmied preßte jedoch seine Lippen aufeinander, während er mich rasch mit harter Miene musterte, und sah mich an, als stünde weniger ein ebenfalls menschliches Wesen vor ihm denn ein Tier. Er versucht herauszufinden, ob ich eine Waffe versteckt habe, dachte ich, während ich unsinnigerweise die Fassung verlor, weil ich unbewaffnet war.

»Du kannst ruhig um dich schlagen, es wird dir nicht helfen!« sagte der Schmied, der flink ins Zimmer gesprungen war und mich am Arm packte. »Du kommst mit uns!«

Ich wurde wie ein Kriegsgefangener behandelt. Aber da mich der Schmied roh an den Armen festhielt, mit seinen riesigen, kräftigen Händen, die in weißen Arbeitshandschuhen steckten, hatte ich nicht die Absicht, um mich zu schlagen. Die Erwachsenen waren zurückgekehrt, man würde uns vor der Bedrohung der Seuche retten, endlich waren die Erwachsenen aus dem Dorf wieder da...

»Du wirst ganz friedlich mit uns kommen!« sagte der Schmied. »Wenn nicht, schlage ich dich!«

»Ich komme mit«, sagte ich heiser. »Ich möchte nur meine Sachen holen. Ich mache keine Schwierigkeiten!«

»Das Zeug dort?« fragte der Schmied und deutete mit der Eisenstange auf den Sack auf der Kornkiste, die in der Dunkelheit versunken war. »Na, hol's schon.«

Ich steckte den Kamel-Dosenöffner, den mein Bruder dagelassen hatte, in den Sack und wickelte die Schnur des Sacks um meinen Oberarm. Unterdessen wartete der Schmied, den argwöhnischen Blick wachsam auf mich gerichtet. Ich dachte, daß sich mittlerweile eine neue Legende bis in die hintersten Winkel der Bergdörfer verbreitet hatte, die Legende, wie überaus brutal wir Kinder aus der Besserungsanstalt waren.

Als ich mit dem Schmied, der seine Schulter an meine drückte, in die heftig dahintreibenden Nebelschwaden und den Wind hinaustrat, umringten uns die anderen Männer.

Schweigend gingen wir den Hügel hinunter. Dann glitt ich im Schnee aus, und der Schmied zog mich brutal an den Schultern hoch, wo seine Hand für den restlichen Weg auch liegenblieb, gekrallt in meine schmächtigen Muskeln.

»Ich werde nicht weglaufen!« sagte ich, aber der Schmied verstärkte nur den Griff, und meine Schultermuskeln begannen zu schmerzen. Die Männer, die mich abführten, schwiegen auf der kurzen Wegstrecke, und die Hand des Schmieds war noch immer in meine Schultern gekrallt. Die Männer stachen mit ihren Speeren geräuschvoll in den Schnee, der in der Kälte der Morgendämmerung gefroren war.

Im Nebel tauchten die Schemen meiner Kameraden auf, die sich auf dem Platz vor der Zweigschule um das erloschene Lagerfeuer herum versammelt hatten, ihre Säcke unterm Arm oder auf den Knien abgestellt. Sie begrüßten mich jubelnd. Ich ließ meinen Blick eilig über sie gleiten – ich suchte meinen Bruder. Doch als ich mich, vom Schmied an der Schulter gestoßen, unter sie mischte und mich im Nebel, der über dem Lagerfeuer lag und nach Holzkohle roch, auf den Boden kauerte, war meine schwache Hoffnung bereits enttäuscht worden. Und während ich die Kameraden beobachtete, die einer nach dem anderen durch den Nebel herbeigeführt wurden, hoffte ich, ich würde unter ihnen die weichen Bewegungen seiner Schultern sehen und das kleine, schön geschnittene Gesicht, und wurde enttäuscht und nochmals enttäuscht.

Und dennoch verlor sich meine leichte Erregung nicht. Und auch die anderen Jungen in meiner Umgebung, urplötzlich befreit von ihrer Angst vor der Seuche, wurden von einer ausgelassenen, fast tobsüchtigen Aufregung er-

griffen. Die Erwachsenen aus dem Dorf sind zurückgekehrt, dachten wir alle. Unter uns begann sich immer
mehr die Überzeugung breitzumachen, daß die Seuche
nur noch das Mädchen, wie eine letzte Blume, aus unserer
Mitte zu reißen vermochte, dann aber rapide ihre Macht
verlor. Und Freude wuchs in unseren Herzen. Einige von
uns lachten sogar, während sie sich gegenseitig anrempel-
ten oder obszöne Gesten machten.

Minami tauchte auf, am Arm von einem Mann aus dem
Dorf festgehalten, und lachte ununterbrochen mit aufgeregter Stimme. Er trat zwischen uns, mit roten, verschwollenen Wangen und glänzenden Augen, während Gelächter
wie Wasserblasen über seine feuchten Lippen sprudelte.

»Ich hockte in der *doma* und war gerade dabei, mein
morgendliches Make-up aufzulegen, als der da ankam, um
mich abzuschleppen«, brüllte Minami. »Das Schwein war
ganz hingerissen von meinem nackten Arsch. Aber dann
schlug er mich, weil er meinte, daß mein Arsch stinkt!
Total verrückt, was?! Gerade während ich Make-up auf-
legte!«

»Was meinst du denn mit morgendlichem Make-up?«
fragte, völlig befreit von seiner Angst, unschuldig einer
unserer jüngeren Kameraden, was Minamis Laune noch
steigerte.

»Ich spreche vom Make-up für meinen Hintern!«

Die Jungen um ihn herum lachten mit kindlichen Stimmen, währenddessen er stolz eine obszöne Pose einnahm.
Wir waren fröhlich und unbeschwert, wie an den Tagen,
an denen wir vor einem Ausflug in einer Reihe auf den
Appell warteten.

Der Nebel begann sich zu lichten und enthüllte einen

niedrigen, wolkenverhangenen Himmel, erfüllt vom feuchten Licht des Morgens, das den mit Dreck vermischten, abermals gefrorenen Schnee auftaute. All unsere Kameraden wurden aus ihren vorübergehenden Behausungen herausgeführt. Um uns herum wuchs allmählich die Zahl der Dorfbewohner, die uns mit Speeren und Jagdgewehren in den Händen umringten, die ausdruckslosen Mienen hart und angespannt. Im Vergleich zu ihrem Schweigen wirkte die halbverrückte Ausgelassenheit meiner Kameraden unnatürlich. Als sich der Nebel dann vollständig verzog, sahen wir, daß sich der Dorfpolizist und der Schulze durch die wortkarge Menge einen Weg nach vorne bahnten. Unsere Anspannung war wie ein vager Nukleus, der in unserer Mitte hart wurde.

»Ihr habt euch aufgeführt wie die letzten Schweine!« schrie der Schulze, während seine Wut überkochte. »Ihr seid in die Häuser fremder Menschen eingedrungen, habt Essen gestohlen und das Vorratshaus niedergebrannt. Was seid ihr bloß für Scheißkerle!«

Bestürzung breitete sich unter uns aus, und wir begannen zu zittern. Unsere an Wahnsinn grenzende Aufgeregtheit verwandelte sich plötzlich in dunkle Angst.

»Wir werden das, was ihr getan habt, in allen Einzelheiten an die Zentralbehörde melden! Gesindel, verdammte Parasiten!«

»Wer von euch hat das Vorratshaus niedergebrannt?« fragte der Polizist mit beißender Schärfe. »Los, raus mit der Wahrheit!«

Minami schüttelte rebellisch die Schultern, stellte seinen Sack in den Schnee und wollte sich setzen. Doch fast im selben Moment fiel der Polizist über ihn her, zerrte ihn am

Kragen hoch und versetzte ihm einen Schlag gegen das Kinn.

»He, das warst du, wie! Du bist unser Brandstifter!« brüllte der Polizist mit haßerfüllter Stimme und gab Minami einen Stoß. »Los, spuck's schon aus! Du Saukerl glaubst wohl, daß du dich über mich lustig machen kannst?! Ich rede mit dir! Du hast das Feuer gelegt, stimmt's?!«

»Ich war's nicht!« schrie Minami, der sich vor Schmerzen krümmte. »Ich war's nicht! Der Soldat war's, der aus der Kadettenanstalt geflohen ist.«

Der Polizist lockerte seinen Griff und sah Minami mit zitternden Lippen ins Gesicht, und unter den Dorfbewohnern breitete sich Unruhe aus. Wir standen um Minami herum, vernichtende Kritik in unseren Augen.

»Der Deserteur war also hier, wie? Und wo versteckt er sich?«

»Ich weiß es nicht«, sagte Minami.

»Du verdammter Saukerl«, stöhnte der Polizist, während er Minami zu Boden schlug und gegen seine Brust trat. »Du wirst dich über uns nicht lustig machen!«

»Wo ist der Soldat? Ich will hier endlich ein Geständnis!« sagte der Schulze und verdrehte einem der jüngeren Kameraden den Arm. »Du bist durch und durch verrottet, was! He, ich hab gesagt, ich will ein Geständnis hören! Wo steckt der Soldat?«

Getrieben von Schmerzen, Wut und vor allem von Angst, sagte der Junge: »Er ist in die Berge geflüchtet. Mehr weiß ich nicht.«

»Sperrt die Kerle ein!« rief der Polizist. »Und dann versammelt euch alle!«

Der Schmied und andere trieben uns weg. Wir gingen,

und während unsere Beine plötzlich schwer wurden und
der Hunger, der uns wieder zu Bewußtsein kam, unsere
Angst verdoppelte, hörten wir hinter uns die Dorfbewohner, die sich versammelten. Vor Wut fast wahnsinnig, niedergedrückt vor Enttäuschung und so erregt, daß uns Tränen in die Augen traten, wurden wir in der engen Scheune
eingesperrt, die zur Zweigschule gehörte. Draußen schob
jemand den Riegel mit roher Gewalt vor.

Die Kommandos des Polizisten waren zu hören, dann
brandete eine Welle von Fußschritten an uns vorbei, begleitet von klappernden Speeren, die aneinanderstießen. Die
Jagd in den Bergen hat wieder begonnen, dachte ich. Sie
würden den Soldaten in die Enge treiben und fangen. Er hat
früher als ich bemerkt, daß die Erwachsenen des Dorfs zurückgekehrt sind, und ist geflüchtet. Aber bald würden sie
ihn einholen, übermüdet, wie er von der Krankenwache bei
dem Mädchen war.

»Die Schweine«, erklärte Minami den Jungen in seiner
Umgebung und gab sich betont munter, um davon abzu-
lenken, daß er den Soldaten verraten hatte, »sind nur zum
Schnüffeln zurückgekommen, die wollten sehen, ob wir alle
tot sind. Ihre Frauen und Kinder sind nämlich nicht mit
dabei, stimmt's?! Und jetzt sind sie bestürzt, daß wir noch
leben. Und daß ich mir Make-up aufgelegt habe, hat sie
noch mehr bestürzt.«

Sagte Minami und lachte obszön. Aber die anfängliche
ausgelassene und halbverrückte Erregung unserer Kameraden war verschwunden, und Minamis unnatürlich schrilles
Lachen löste bei ihnen keinerlei Reaktion aus, sondern
versank in der wiedererwachten tiefen, klebrigen Angst
mit ihrer drückenden Schwere, versank in der Wiederkehr

nervöser Gefühle der Erwartung und wurde darin aufgesogen. Schließlich hockte sich Minami hin und kaute, mißmutig schweigend, an seinen Nägeln. Lange Zeit warteten
wir.

Als einer der Jungen, gepeinigt von Harndrang, gegen die
Tür schlug und flehentlich bat, ihm aufzusperren, reagierte
draußen niemand. Bleich vor Demütigung und Scham
mußte der Junge in einer Ecke der Scheune urinieren. Der
enge Raum füllte sich umgehend mit dem stechenden Geruch von Pisse.

Einige von uns spähten durch die Ritzen in der Bretterwand und teilten den anderen ihre kleinen Entdeckungen
mit. Anfangs bewegte sich draußen nichts. Doch dann, kurz
vor Mittag, machten die Jungen, die ihre Nasen an der Seite
der Scheune an die Bretter drückten, von wo der Blick zu
den Gräbern im Tal reichte, eine große Entdeckung. Sie
hörten seltsames Stöhnen, das sich nicht zu Worten formte,
und nun kamen alle, um – halb auf ihre Vorderleute krie-
chend oder auf dem Bauch zwischen deren Beinen liegend
– durch die Ritzen zu lugen. Die Wut, die in uns allen aufstieg, übertrug sich von einem Körper zum anderen, rettete
uns aus der Isolation, in die jeden einzelnen die Panik getrieben hatte, und schweißte uns eng zusammen.

Fünf Männer aus dem Dorf gruben unten im Tal bei den
Gräbern die Erde auf, die gesenkten Gesichter im Schatten,
fahles Sonnenlicht auf ihren Rücken und Schultern. Sie
gruben die Toten aus, die wir so sorgfältig wie wertvolle
Pflanzenknollen beerdigt hatten, und legten sie nebeneinander auf die Wiese, wo sich noch Reste von Schnee befanden. Wir erkannten nicht, wer von ihnen unser früherer
Kamerad war und wer die Leiche des zuletzt gestorbenen

Mädchens, dem ersten Keim unserer Panik. Sie waren mit Dreck beschmiert – nichts weiter als eine mysteriöse Mischung aus blauer und erdbrauner Farbe. Doch als die Männer Brennholz in die Gräber warfen, auf das sie die Toten in Bausch und Bogen legten, und kleine, scharfe Flammen aus den brennenden Leichen schlugen, die die stagnierende Nachmittagsluft in Bewegung versetzten, wurde unsere Wut grenzenlos. Sogar Minami weinte, mit zusammengebissenen Zähnen. Was sich unten im Tal abspielte, war eine Art Zeremonie, die uns, ob wir wollten oder nicht, zur Anerkennung der Tatsache zwang, daß alles, was im Dorf existierte, einschließlich der Toten, ja, selbst unter Einschluß der bereits beerdigten Toten, wieder der Kontrolle der Erwachsenen unterstand. Die Erwachsenen, die ihre Arbeit nicht sonderlich ernst nahmen, wirkten gelangweilt, und nach und nach zeigten sich auch andere auf dem Hang, der ins Tal führte. Sogar die Frauen und Kinder, die zurückgekehrt waren, schauten ungerührt zu.

Wir haben das Dorf kontrolliert, es war in unserem Besitz, dachte ich, von einem plötzlichen Zittern befallen. Man hatte uns nicht im Dorf eingesperrt, wir hatten es besetzt. Wir hatten unser Gebiet widerstandslos geräumt und den Erwachsenen übergeben und fanden uns nun in einer Scheune wieder, hinter verschlossener Tür. Man hatte uns hereingelegt. Man hatte uns wirklich geschickt hereingelegt.

Ich löste meine an die Bretter gepreßten Wangen und ging in die entgegengesetzte Ecke. Minami wandte sich nach mir um, seine schmalen, scharfen Augen vom Weinen gerötet, und sagte leise:

»Die Schweine sind zu jeder Gemeinheit fähig.«

»Ja«, sagte ich. »Die sind wirklich zu jeder Gemeinheit fähig.«

»Wir waren es doch, die an die fünf Tage auf das leere Dorf aufgepaßt haben! Und wir haben sogar der Jagd wegen ein Fest gefeiert! Und was machen die? Sie sperren uns ein! Die sind wirklich zu jeder Gemeinheit fähig.«

»Was Li wohl macht?« sagte einer der Jungen. »Glaubt ihr, daß sie ihn auch gefangen haben?«

»Wenn Li uns doch hier herausholen würde!« rief Minami mit wachsender Wut. »Wenn wir doch bloß Gewehre hätten, dann könnten wir diese Bauern, diese dreckigen Schweine, zum Teufel schicken!«

Ich nickte, und heiße freundschaftliche Gefühle für Minami stiegen in mir auf. Wenn ich ein Gewehr hätte, würde ich die ganze Bande abknallen, ich würde dafür sorgen, daß sie Blut aufs Pflaster spuckten. Aber Li kam nicht, um uns zu retten. Und wir hatten auch kein Gewehr. Ich setzte mich an die Holzwand, legte die Arme um die Beine und schloß die Augen. Und dann kam Minami herüber und setzte sich neben mich, seine Schulter eng an meine geschmiegt. Ich hatte die Augen immer noch geschlossen, und er flüsterte mir etwas mit heißer Stimme ins Ohr.

»Es tut mir leid, wie das mit deinem Bruder gelaufen ist!«

Ich wollte jedoch den Gedanken an meinen Bruder entfliehen.

»Dein Bruder ist flink und hat kräftige Beine«, sagte Minami. »Weißt du, vielleicht hat er sich irgendwo im Gras versteckt und beobachtet, wie sie uns gefangen haben. Es tut mir wirklich leid, was ich deinem Bruder angetan habe!«

Hinter uns, tief im Wald, waren plötzlich kurz hintereinander zwei Gewehrschüsse zu hören, vielleicht waren es

Warnschüsse. Rasch standen wir alle auf und spitzten die Ohren. Aber es kamen keine Schüsse mehr. Eine Welle neuer Angst überflutete unsere Körper. Wir warteten, während wir einander schweigend in die angespannten, starren Gesichter sahen, in denen sich unsere Gefühle spiegelten wie wimmelnde Insekten. Wir warteten, bis die Luft in der Scheune vollkommen dunkel geworden war und unsere Gesichter zu fahlen Flecken wurden.

Dann hörten wir das plötzliche Gebell von Jagdhunden, gereizte Flüche und eine Kakophonie von Schritten; wir warteten darauf, daß die Erwachsenen des Dorfs aus dem Wald herunterkamen, unsere Augen auf die schmalen, golden schimmernden Streifen des Abendlichts gepreßt, das durch die Ritzen in der Scheunenwand fiel. Die Beute der grausamen Verfolgungsjagd war umringt von Dorfbewohnern.

Sie gingen außerordentlich langsam, mit zäher Ausdauer. Aus ihrer Mitte erhob sich nur dann ein Gewirr rauher Stimmen, wenn Kinder sich in ihre Reihen schmuggeln wollten. Sie gingen mit hängenden Köpfen, seitlich am Körper trugen sie Jagdgewehre und Bambusspeere, die senkrecht nach oben ragten. Dann erschien der Deserteur mit schwankendem Oberkörper und so widerstrebenden Schritten, als würden ihn die Luft, die erfüllt war von Feuchtigkeit und vom Glanz der Dämmerung, und der Wind, in dem der feine Geruch von Schnee und Blättern lag, am Weitergehen hindern. Man hatte ihm seine Jacke heruntergerissen, und er trug – als wäre Hochsommer – nur ein Hemd aus grobem Stoff, die Ärmel aufgekrempelt. Als der Zug, der ihn umringte, die Scheune passierte, sahen wir, daß der Dreck in seinem kleinen, armseligen Gesicht getrocknet war und lehmfarben schimmerte, sahen, daß das braune Tuch zerrissen war, das seinen Bauch bedeckte und sich über seinen Hüften, die ihm kaum Halt boten, voll unnatürlicher Elastizität bewegte, sahen, daß der Riß im Tuch schwarzbraun verfärbt war und vom Bauch eine frische, feucht schimmernde Masse herabhing, eine Masse, die sich im düsteren Licht wie eine Welle hob und senkte, schlüpfrig glänzend in leuchtenden Farben. Bei jedem Schritt, bei dem ein Beben durch die Masse ging, spiegelte sich der Schein goldenen Lichts auf ihr.

Der Soldat taumelte, als er den Weg hinunter zum Platz vor der Zweigschule betreten wollte, und ruderte ungeschickt mit seinen langen Armen in der Luft, bemüht, nicht zu stürzen. Der Versuch war kindlich und mitleiderregend, und Tränen liefen uns über die Wangen. Doch fast im selben Augenblick stützten ihn zwei kräftige Dorfbewohner an den Schultern und schleiften ihn zwischen sich weiter. Sobald der Zug außer Sicht war, rannten Frauen, alte Leute und Kinder in baumwollgefütterten Kleidern, die sie bis zum Hals hochgezogen hatten, hinter ihnen her – wie ein frischer, kräftiger Wind nach einem Sturm.

Wir wandten die Augen von der Holzwand ab, setzten uns auf den bloßen Boden und starrten schweigend unsere Füße an. Unsere weißen, ausgetrockneten Füße, von denen sich die Haut wie Fischschuppen löste, unsere nackten, stinkenden, kleinen Füße, die dreckbeschmiert waren und so knochig wie Vogelbeine, sodann die schmutzigen, durchlöcherten Stoffschuhe, in denen sie steckten, und das auffällige Zeichen auf ihnen, das den Ort der Besserungsanstalt anzeigte. Wir ließen die Köpfe hängen, vergossen Tränen, schwiegen und hatten Angst, und lange Zeit verging, ohne daß sich etwas änderte. Einer der Jungen stand auf und pißte in eine Ecke an der Bretterwand, verspritzte aber in der ganzen Gegend heißen, gelben Urin, da seine Hüften von Schluchzern erschüttert wurden.

Vom Platz war der gehetzte metallische Klang von Schwertern zu hören, die einander berührten, und dann näherten sich regelmäßige, energische Stiefelschritte. Wir preßten unsere Stirnen abermals an die Bretterwand und sahen in der blauen Abendluft, aus der bereits jeglicher Glanz gewichen war, zwei Militärpolizisten, dem Schulzen und dem Dorfpolizisten hinterher, die eiligen Schritts an der Scheune vorbeimarschierten. Der Dorfpolizist hatte sich die Jacke des Soldaten um den Arm gewickelt. Ohne daß einer von ihnen der Scheune, in der wir untergebracht waren, Beachtung geschenkt hätte, versanken ihre Gestalten hinter der Hügelkante. Wir setzten uns wieder und ließen erschöpft die Köpfe hängen, während unsere Aufmerksamkeit für die Geschehnisse draußen erlahmte.

»Die Leute aus dem Dorf«, sagte Minami, »sind nur ungern zurückgekommen – und auch nur, weil die Militärpolizei hier ist, um ihn zu fangen.«

»Was machen sie wohl mit dem Soldaten?« sagte eine Stimme, in der noch Reste von Tränen mitschwangen. »Ich frage mich, ob sie ihn nicht töten.«

»Töten?« sagte Minami und lächelte kalt. »Du hast doch sicher gesehen, daß seine Eingeweide herausschauen. Glaubst du vielleicht, daß einer, dem sie Bambusspeere in den Bauch gerammt haben, noch lange lebt, um darauf zu warten, getötet zu werden?«

»Es muß weh tun, wenn einem beim Gehen die Eingeweide heraushängen«, sagte der Junge und begann wieder zu schluchzen. »Es tut doch sicher weh, wenn man von einem Speer durchbohrt wird.«

»Hör mit dem Geplärre auf!« rief Minami, versetzte dem schluchzenden Jungen einen Schlag in den Bauch, der sich hob und senkte, und brachte damit den Jungen zum Stöhnen. »In Ordnung? *Genau an dieser Stelle* werden sie dich durchbohren, die Verrückten aus dem Dorf.«

Die Eingeweide, die aus dem Bauch des Soldaten herausgeschaut hatten, quollen geräuschlos auf und füllten unsere vor Müdigkeit schweren Köpfe, in die der Schlaf zu sickern begann. Sie kamen über uns wie eine giftige Substanz. Einige von uns schluchzten krampfartig inmitten der Stille, andere urinierten im Sitzen, und durchsichtige Pfützen bildeten sich um ihre Gesäße und Beine. Ich wollte mich von der tiefen und heftigen Angst losreißen, die meine Kameraden verschlang.

Und dann wollte ich dem Leeregefühl in meinem Magen nachspüren, das sich momentan immer noch nicht bemerkbar gemacht hatte, trotz der Tatsache, daß ich eigentlich vor Hunger Bauchschmerzen haben müßte, und nahm mir vor, mich darauf zu konzentrieren. Aber ich spürte weder Hunger noch Kälte, und alles, was sich in mir regte, war der Brechreiz, der meine Kehle heraufstieg, und das glühende Gefühl im Mund.

»Ich hab Hunger«, sagte ich heiser, aber die Wortendungen blieben seltsam unklar, ehe sie verschwanden, und ich mußte den Satz mehrfach wiederholen, um mich den anderen verständlich zu machen. »Wißt ihr, ich hab Hunger.«

»Was?« sagte Minami und starrte mich aus Augen an, die vor Überraschung etwas Kindliches bekamen. »Du hast Hunger?«

»Ich hab das Gefühl, daß ich Hunger hab«, sagte ich lang-sam und spürte, daß die Worte, gleich einem Zauberspruch, in meinem Inneren Empfindungen weckten. Davon wurden auch die anderen rasch angesteckt – zuerst Minami, dann der Rest.

»Ich hab auch wahnsinnigen Hunger«, sagte Minami schrill. »Verdammter Mist! Wenn wir doch bloß noch Vo-gelfleisch hätten!«

Mein Zauberspruch wirkte hundertprozentig. Wenige Minuten später waren wir verzweifelte Jungen, die in einer engen Scheune eingesperrt waren und Hunger litten. Ich selbst war mittlerweile so hungrig, daß mir fast schwindlig wurde. Und wir begannen brüllend um Essen zu bitten, und hatten doch kaum Hoffnung, daß sich die Tür öffnete und die brutalen Leute aus dem Dorf uns etwas bringen würden.

Aber nicht lange, und die hölzerne Tür wurde hastig auf-gemacht – doch was dann grob durch den schmalen Spalt geschoben wurde, war nicht Essen, sondern Li, der von oben bis unten mit Erde, Blut und Dreck rätselhafter Her-kunft beschmiert war. Starr vor Überraschung sahen wir zu Li auf, der in der Mitte der dunklen Scheune stand, die Lippen zitternd vor Wut; da wir aber so sehr von Hunger gequält wurden, den wir selbst ›hervorgerufen‹ hatten, versuchte keiner von uns etwas zu sagen, und wir standen auch nicht auf.

Li blieb stehen und ließ seinen Blick mit gerunzelten Brauen über uns wandern, die Augen noch schmaler als sonst; dann setzte er sich neben mich, so dicht, daß sich unsere Seiten berührten. Von seinem Körper ging der stik-kige Geruch von frischem Blut und Baumknospen aus. Zahllose Kratzer, die mit getrocknetem Blut bedeckt waren, zogen sich von seinem kräftigen Genick zu den Wangen und Ohren, und aus der Tiefe seiner Augen loderte eine Kraft herauf, wie bei Tieren, die in den Wäldern leben. Er hatte sich im Wald versteckt, hatte sich auf seiner Flucht durch Büsche einen Weg gebahnt, und die Befriedigung über die bestandenen Gefahren, die ihn stundenlang begleitet hatten, teilte sich mir mit aller Macht mit.

Und es tröstete mich, daß er verletzt war, daß eingetrocknetes Blut an ihm klebte und er triumphal wirkte in seiner Wut.

»Ich dachte, du wärst ihnen ohne Probleme entkommen«, sagte ich zu Li, dessen Lippen zuckten, ohne daß ein Wort über sie gekommen wäre. »Das war wirklich Pech.«

»Pech?« sagte Li. »Ich könnte platzen vor Wut!«

»Das könnten andere auch«, erwiderte Minami.

Li starrte Minami an, anschließend mich und zögerte dann. Er schien sich alle Mühe zu geben, seine Hemmung zu überwinden. Die allzu glatte Haut seines Gesichts begann sich an den unerwartetsten Stellen zu heben und zu senken. Li wollte mit mir sprechen.

»Was ist los? Sag schon!«

»Ich bin ins Tal hinuntergestiegen«, antwortete Li hastig. »Weil ich dachte, daß es für mich furchtbar werden würde, wenn die Leute aus dem Dorf zurückkommen, ließ ich alles liegen und stehen und bin ins Tal hinuntergestiegen. Ich wollte abhauen, immer am Fluß entlang. An einen der Stützpfeiler der Lore hab ich ein Seil gebunden, dann bin ich hinuntergestiegen.«

»Heute morgen?« sagte Minami. »Schade, ich wäre mit dir mitgekommen, wenn du mich geweckt hättest.«

»Als ich unten im Tal zwischen den Felsen durchging«,

sagte Li in einem Atemzug und ignorierte Minami, während er mich nicht aus den Augen ließ, »hab ich den Sack deines Bruders entdeckt. Ich hab ihn zusammen mit Holzteilen und einer toten Katze gefunden. Er ist an einer Stelle hängengeblieben, wo das Wasser nach dem Rückgang der Überschwemmung nicht mehr so hoch stand. Ich bin also…«

Li fehlten plötzlich die Worte, und ich packte ihn bei den Schultern und schüttelte ihn. In meinem Kopf tat sich ein riesiger, dunkler Abgrund auf, und ich hatte das Gefühl, daß ich mit allem, was ich war, hineinstürzte. Ich konnte nicht mehr sprechen.

»Ich«, sagte Li. Er litt, zusammengepreßt von meinen zitternden Armen, und sah mich mit flehenden Augen an. »Ich hab den Sack mit einem Stock heraufgeholt und bin durch den Wald zurückgegangen, weil ich ihn dir geben wollte.«

Ich wurde von einem plötzlichen Schluchzen geschüttelt, einem anfallartigen Schluchzen, das in meinem Körper tobend zu gigantischer Größe anschwoll und meine Kehle und Brust verbrannte. Ich ließ Lis Schultern los und weinte laut, die Stirn an die Holzwand gepreßt.

»Was hast du mit dem Sack gemacht?« fragte Minami ernst, die Stimme gesenkt, um mich nicht in meiner Trauer zu stören. »Ich frag dich was! Hast du ihn mitgebracht? Und warum hast du nicht *ihm* den Sack gebracht?«

»Weil ich im Wald von den Leuten aus dem Dorf entdeckt und verfolgt worden bin«, sagte Li und schien nicht zu wissen, wohin er blicken sollte. »Ich wollte auf keinen Fall, daß sie von mir denken, ich hätte den Sack gestohlen, und darum hab ich ihn in ein Gebüsch geworfen. Und plötzlich standen dann andere Männer vor mir. Die hatten

Speere und versperrten mir den Weg! Ich hatte keine Chance mehr zur Flucht.«

»Du wirst uns doch wohl zu der Stelle führen, wo du den Sack weggeworfen hast?!« sagte Minami autoritär. »Falls er nicht mehr da ist, kannst du was erleben! Das war immerhin ein Andenken an seinen Bruder!«

Ich drehte mich in einer heftigen Bewegung um und wollte Minami packen, sah dann aber, daß seine Augen, die scharf blitzten wie Vogelaugen, voller Tränen standen. Die Spannung in meinen Muskeln löste sich ebenso auf wie meine Wut, und Trauer trat an ihre Stelle. Ich schüttelte den Kopf, verbarg den Kopf zwischen meinen Knien, umschlang sie mit den Händen und stöhnte.

Viele Stunden später, es war bereits tief in der Nacht, erklang plötzlich in der Ferne ein wehklagender Schrei, der umgehend erstickt wurde, während noch für kurze Zeit sein Echo im Tal widerhallte. Meine Kameraden richteten sich aus ihren gekrümmten Schlafpositionen auf und suchten mit angsterfüllten Blicken die Augen der anderen.

»Auf der gegenüberliegenden Seite des Tals steht ein Auto der Militärpolizei«, sagte Li. »Sie wollen ihn wegbringen, solange er noch am Leben ist. Ich bin mir sicher, daß sie ihn an die Lore gefesselt nach drüben schicken.«

»In dem Zustand, mit seinen heraushängenden Eingeweiden«, sagte Minami. »Wenn sie das tun, können sie ihn genausogut töten.«

»Die bringen einander gegenseitig um«, sagte Li voller Haß. »Wir haben ihn extra versteckt, und Japaner, seine Landsleute, bringen sich gegenseitig um. Die Militärpolizei, der Dorfpolizist und die Bauern mit ihren Speeren – die ganze Meute treibt ihn in die Enge, um ihn totzustechen. Ich versteh nicht, was die tun.«

Wieder erscholl der verzweifelte Schrei, voller Agonie, als stammte er von einem Menschen, der im nächsten Augenblick das Bewußtsein verliert, und sein Echo hallte für einen Moment deutlich im Tal wider, doch dann wurde der Schrei erstickt und brach ab. Dieser wilde Schrei wies unsere klumpigen Hoffnungen zurück und erreichte unsere Ohren kein zweites Mal. Li lauschte gespannt und wortlos, und ich sah seine dunklen, klaren Augen, die eindeutig einem Koreaner gehörten. Li erwiderte meinen Blick und starrte mir in die Augen, in denen die Tränen zu trocknen begonnen hatten.

Dann hörten wir das Getrampel einer großen Menschenmenge, die zum Platz vor der Zweigschule zurückkehrte, und nur kurze Zeit verging, bis ein dumpfer Laut in unseren Ohren dröhnte, als der Querbalken herausgezogen wurde, der gegen die Holztür der Scheune drückte. Die Leute aus dem Dorf hielten dick gebündelte Fackeln in die Höhe, und im flackernden Schein der düsteren Flammen betrat der Schulze als erster die Scheune. Und dann füllte sich der Raum mit den vielen Leuten, die hinter ihm hereindrängten. Und wir wurden in einer Ecke der Scheune zusammengedrängt, wo es nach unserer Pisse stank.

10
Urteil und Vertreibung

Der Jüngste von uns begann auf einmal zu schluchzen und setzte sich verängstigt hin, das Kinn vorgestreckt. Wir und die Leute aus dem Dorf sahen, wie zwischen seinen Knien muffig riechender Urin hervorströmte und im bloßen Boden der *doma* versickerte. Und wir wußten, woher die heftige, plötzliche Angst des Jungen rührte. An der frisch zugeschnittenen Spitze des Bambusspeers, den ein dünner, großgewachsener Mann direkt hinter dem Schulzen mit der rechten Hand umklammerte, klebte eine schmierige Substanz von rotbrauner Färbung, und der Hohlraum an der Speerspitze war mit etwas verstopft, das augenscheinlich ein Teil menschlicher Eingeweide war. Unsere Augen wurden geradezu magisch davon angezogen. Die Übelkeit, die uns befiel, war kaum zu ertragen. Mehrere aus unserer Gruppe beugten sich nach vorne, um sich unter würgenden Geräuschen zu erbrechen. Die Dorfbewohner starrten sie schweigend an.

»Sind alle von euch da?« fragte der Schulze und wandte sich um, nachdem er uns scharf gemustert hatte.

Niemand antwortete. Lediglich Schweigen erfüllte die Scheune und das Stöhnen jener, die sich übergaben, während die Luft im Raum dick wurde und schwer.

»Wie viele sind abgehaun?« fragte der Schulze wieder.

»Seit ihrer Ankunft im Dorf«, sagte ein Mann, dessen Speer an einem niedrigen Balken entlangkratzte, »fehlen zwei von ihnen. Aber da ein Junge schon vorher gestorben ist, bleibt nur noch einer.«

Jeder einzelne Vokal wurde betont, als er mit gesenkter Stimme *vorher* sagte. Das zeigte, daß sich unter den Leuten aus dem Dorf die Überzeugung breitzumachen begann, der ›Vorfall‹ sei abgeschlossen und hätte sich in eine Geschichte, nicht unähnlich einer Legende, verwandelt, in die Geschichte einer Naturkatastrophe, die bereits hinter ihnen lag. Wir aber bemühten uns, gerade jetzt den ›Vorfall‹ als reale Erscheinung zu leben. Wir würden in ihn hineingezogen werden, unsere Beine würden sich verfangen, und wir würden weiterhin mit ihm kämpfen müssen.

»Wir haben die Toten ausgegraben, die die da verscharrt haben, und sie dann verbrannt«, sagte ein anderer Mann. »Und außer dem Jungen haben wir nur das Mädchen aus dem Dorf gefunden – das waren alle toten Kinder. Der Kerl, der fehlt, ist wahrscheinlich in die Berge geflüchtet.«

»He, ihr Strolche«, sagte der Schulze und beugte sich vor. »Wo hat sich der Kerl versteckt? Wenn ihr nicht mit der Sprache herausrückt, hetzen wir die Jagdhunde auf ihn. Und bis *wir* ihn dann finden, haben die Hunde seinen Hals mit Sicherheit bereits zur Hälfte zerfleischt. Was haltet ihr davon?«

Ich biß mir auf die Lippen und ließ den Kopf hängen. Wut ließ mich in jäh aufsteigender Trauer versinken, und die Trauer verschmolz mit der Wut und breitete sich aus. Lis schwielige, kräftige Hände streichelten schüchtern über meine Hüften. Das tröstete mich, aber meine Augen waren von einem Film bitterer Tränen bedeckt, und so konnte ich seine Finger nicht sehen.

»Du weißt es, oder täusche ich mich?!« sagte der Schulze zu einem jüngeren Kameraden, einem Jungen, dessen Lippen vor Furcht zitterten.

»Ich weiß es nicht«, antwortete der Junge keuchend. »Er ist seit gestern mittag nicht mehr hier. Ich weiß es wirklich nicht.«

»Ihr dreckigen Halunken aus der Besserungsanstalt!« schrie der Schulze, plötzlich außer sich vor Wut. »Bis jetzt habe ich noch keine einzige ehrliche Antwort bekommen! Wollt ihr euch vielleicht lustig machen über uns?! Wir könnten eure dürren Hälse im Handumdrehen zerquetschen. Und wir könnten euch totschlagen!«

Keiner von uns wäre auch nur auf den Gedanken gekommen, sich über die brutalen Dorfbewohner lustig zu machen. Wir waren patschnaß vor Angstschweiß, der aus unseren Achselhöhlen hinunter zum Bauch strömte. Jedesmal, wenn sich der Mann mit dem Bambusspeer in der Hand, der mit Blut und Fett beschmiert war, bewegte oder seine Füße verlagerte, begann sich unser Herzschlag zu erhöhen und beruhigte sich dann wieder.

»Für das, was ihr in unserer Abwesenheit getan habt, für jede einzelne eurer Schandtaten, könnten wir euch mit gutem Recht totschlagen!« sagte der Schulze anklagend, die groben Lippen geöffnet, die, feucht von Speichel, brutal schimmerten. »Ihr seid in unsere Häuser eingedrungen, ihr habt Essen gestohlen. Und dann habt ihr auch noch übernachtet, wo es euch gerade gepaßt hat. Ihr habt unsere Häuser vollgepißt und mit Scheiße verdreckt. Einige von euch haben Werkzeug kaputtgeschlagen. Und zum krönenden Abschluß habt ihr das Vorratshaus angezündet.«

Der Schulze machte einen Schritt nach vorn und schlug wahllos in die verängstigten Gesichter meiner Kameraden, schlug zu mit dem Rücken seiner harten, mit dicker Haut bedeckten Hand, die naß wurden von den Tränen kindlicher Wut, Angst und der Demütigung.

»Wer war's? He, wer von euch Kerlen hat meinen buddhistischen Altar versaut?! He, ihr Hurenkinder, ihr verdammten Hundesöhne! Ich will wisssen, wer das war!«

Jedesmal, wenn sich der Schulze mit seinen muskulösen Schenkeln näherte, fühlte ich mich zu Tode erschreckt, aber ich ertrug mit erhobener Stirn die starrenden Blicke der Dorfbewohner im Hintergrund. Ihre Augen, die vor Wut glänzten, und ihre geöffneten Lippen, hinter denen Speichel schimmerte, der sich in ihrer Anspannung gebildet hatte, waren ein einziger harscher Vorwurf. Wer war es? Wer hat meine Lebensmittel gestohlen? Wer hat in der *doma* meines Hauses Feuer angezündet? Wer hat meine Wände und die Decke im Wohnzimmer mit obszönen Krakeleien beschmiert?

»Wißt ihr, daß wir lange über eure Bestrafung nachgedacht haben?«

Einer der Jungen, dem der Schulze einen Stoß gegen die Schulter versetzte, stand auf. Er zitterte.

»Ich habe überhaupt nichts getan«, sagte er kläglich. »Bitte vergeben Sie mir.«

Nachdem ihn ein einziger Schlag auf den Boden befördert hatte, stand das Lamm auf, auf das es der Schulze als nächstes abgesehen hatte, und wiederholte dieselbe mutlose Entschuldigung.

»Vergeben Sie mir bitte. Wir wußten einfach nicht, was wir tun sollten.«

Einer nach dem anderen erhob sich, bat flehentlich um Gnade und wurde umgestoßen oder getreten. Und doch leistete kein einziger Widerstand. Wir waren am Ende und unterwarfen uns, nur der Schulze brüllte und tobte wirklich lange Zeit weiter.

Schließlich unterbrach er sein Wutgeheul, ließ seine Arme sinken, die er gerade noch durch die Luft geschwungen hatte, und stützte die Hände in seine stämmigen Hüften. Er starrte uns an, schüttelte den Kopf und bahnte sich einen Weg durch die Dorfbewohner nach draußen. Unsere Körper erstarrten. Auch die Dorfbewohner standen in steifer Haltung da und schienen auf seine Rückkehr zu hoffen. Von draußen erklangen Rufe, woraufhin einige von ihnen den Raum verließen. Als dann im schmalen Eingang, eng aneinandergedrängt, eine Gruppe neuer Gesichter auftauchte, krümmte sich Li immer mehr in sich zusammen. Die Wangen der neuen Gesichter wirkten auf merkwürdige Weise heller und glatter als die der übrigen Dorfbewohner. Sie blickten uns an, vage und unentschlossen, und keiner von ihnen machte uns Vorwürfe.

»Sind das deine Leute?« fragte ich Li, meinen Mund dicht an seinem Ohr, aber er antwortete nicht.

Ich sah in Lis Ohrmuschel einen Klumpen geronnenen Bluts. Dann ein langes Schweigen und inmitten des Schweigens die Geräusche, wenn reiner, warmer Speichel, der in kindlichen Kehlen steckte, hinuntergeschluckt wurde, und die schwerfälligen Bewegungen der Dorfbewohner. Dies breitete sich aus, Welle um Welle, bis es die Leute erreichte, die sich vor der Scheune zusammengeschart hatten und nach wie vor geduldig versuchten, einen Blick ins Innere zu erhaschen.

Erschöpft und von Schlaflosigkeit bedrängt, hielten wir still unter den wachsamen Blicken der Dorfbewohner. Wir warteten.

Nach einer halben Ewigkeit kamen der Schulze und die anderen wieder zurück. Wir blickten auf und sahen, daß der wutfiebernde Glanz in seinen Augen und auf seinen Lippen verschwunden war.

»Habt ihr euch die Sache durch den Kopf gehen lassen?« sagte der Schulze. »Habt ihr gründlich über die Schweinerei nachgedacht, die ihr euch geleistet habt?«

Sein Blick wanderte über unsere schweigende Schar, dann fuhr der Schulze fast flüsternd fort, mit einer tiefen, vorsichtigen Stimme voller Verschlagenheit. »An dem, was ihr getan habt, läßt sich ohnehin nichts mehr ändern. Wir verzeihen euch.«

Erleichterung, klebrig vor seltsamer Widerlicheit, versuchte in uns einzudringen, eine noch nicht voll entwickelte Erleichterung, in der sich ein harter Kern verbarg, der nicht mit uns verschmolz. Und erst dann kam der Schock. Wir waren vollkommen verblüfft. Einer von uns überließ sich, nervös schluchzend, ganz seinem kraftlosen Weinen. Dazu kam, daß er energisch sein kleines Kinn hob und sogar zu lächeln versuchte, während er seine schmutzigen, schmalen Brauen runzelte.

»Morgen früh wird der Erzieher aus eurer Anstalt bei uns eintreffen, zusammen mit den restlichen Jungen, und damit beginnt dann formell euer Leben als Evakuierte«, sagte der Schulze mit sanfter Stimme, während er uns aus harten

Augen anblickte. »Wir haben beschlossen, dem Erzieher nichts von euren Schandtaten zu berichten. Statt dessen will ich euch etwas sagen. Ihr habt seit eurer Ankunft im Dorf ein durch und durch normales Leben geführt. Im Dorf herrschte keine Seuche. Die Leute aus dem Dorf sind nicht geflohen, um sich in Sicherheit zu bringen. So werden wir das machen. Auf diese Weise nämlich halten wir uns sämtliche Scherereien vom Hals. Ihr habt verstanden, oder?!«

Der Deckel auf meinem Herzen, der sich zu heben begonnen hatte, fiel mit einem dumpfen Knall zu. Das übertrug sich auf die Körper der Jungen, die um mich herumstanden, und führte dazu, daß alle wieder eine Haltung einnahmen, aus der harter Widerstand gegen den Schulzen sprach, eine Haltung, die gefaßt und korrekt war. Der Versuch des Schulzen, uns hereinzulegen, war nicht ungeschickt. Und nichts war erniedrigender und häßlicher und bewies die Schwerfälligkeit der eigenen Gedanken deutlicher als ›hereingelegt zu werden‹. Selbst die armseligste und nichtswürdigste Tunte würde dabei vor Scham am ganzen Körper erröten.

»Also, wir haben uns verstanden, oder?! Ihr werdet ihm das verdammt noch einmal sagen!« rief der Schulze, aus seiner vorgetäuschten Ruhe aufgeschreckt, durch unsere ausbleibende Reaktion, und ließ seinen Blick über uns schweifen. Aber zu diesem Zeitpunkt hatten wir alle bereits wieder unsere normale Haltung eingenommen und hielten als engverschworene Freunde fest zusammen, mit funkelnden Augen, die Brust dem Schulzen herausfordernd entgegengestreckt.

»He, du! Du wirst das doch sagen?!« fragte der Schulze

und tippte Minami mit dem ausgestreckten Zeigefinger auf die Brust.

»Darauf kann ich verzichten«, erklärte Minami mit zukkenden Wangen. »Wir sind eingesperrt worden. Man hat uns allein und im Stich gelassen, während um uns herum eine Seuche herrschte. So war das in Wirklichkeit, oder etwa nicht!«

»Genauso war das! Ihr habt uns im Stich gelassen!« sagte ein zweiter Junge. Und dann fielen die anderen Kameraden um ihn herum ein und begannen zu schreien.

»Hör auf zu lügen!«

Den Schulzen verblüffte unser Gegenangriff zuerst, doch sofort geriet er wieder in eine fast wahnsinnige Erregung, während Wut durch seinen Körper flutete. Er schwenkte die Arme, und Speichel sprühte aus seinem Mund, in dem schwärzliche Goldkronen zu erkennen waren.

»Wenn ihr Lumpen glaubt, daß ihr euch über uns lustig machen könnt, täuscht ihr euch gewaltig! Ihr tut, was ich euch sage – wenn nicht, dann schlagen wir euch tot! Hört ihr mir zu?! Hier gibt es genügend Hände, die es kaum erwarten können, euch zu erwürgen! Geht das nicht in eure Köpfe?«

Um zu verhindern, daß sich meine Kameraden wieder in ihre Angst zurückzogen, mußte ich dem Schulzen etwas entgegenschreien. Ich stand auf und begann in voller Lautstärke zu brüllen, während ich mich schwindlig fühlte und das Blut aus meinen Wangen wich, aus Angst vor dem Schulzen und den brutalen Menschen hinter ihm.

»Wir lassen uns nicht täuschen! Von dem, was du sagst, lassen wir uns nicht täuschen! Uns legt keiner herein! Du bist es doch, der sich hier über uns lustig macht!«

Der Schulze öffnete die Lippen, starrte mich an und versuchte, etwas zu sagen, aber ich hatte nicht die Absicht, mir das anzuhören. Bevor er erneut zu brüllen beginnen konnte, mußte ich so lange wie möglich weiterschreien.

»Wir sind von den Leuten aus deinem Dorf im Stich gelassen worden. Wir haben ganz allein in einem Dorf gelebt, in dem möglicherweise eine Seuche herrschte. Dann seid ihr zurückgekommen und habt uns eingesperrt. Glaubt bloß nicht, daß ich das verschweigen werde! Ich werde alles erzählen, was man mit uns gemacht hat und was wir gesehen haben. Ihr habt den Soldaten abgestochen. Auch das werde ich erzählen, seinen Eltern und Geschwistern. Als ich euch gebeten habe, ins Dorf zurückzukommen, um zu sehen, ob hier wirklich eine Krankheit herrscht, habt ihr mich zurückgejagt. Ihr habt Kinder inmitten der Seuche allein gelassen und keinen Finger gerührt, um uns zu helfen. Und das werde ich erzählen. Glaubst du tatsächlich, daß ich schweigen werde?!«

Einer der Männer schlug mir den Schaft seines Speeres von der Seite über die Brust, und ich fiel um und stöhnte, während mein Kopf gegen die Bretterwand prallte. Ich versuchte es, aber ich konnte nicht mehr atmen. Und dann der bittere Blutgeschmack im Mund und Blut, das aus meiner Nase schoß. Ich legte den Kopf zurück und rutschte stöhnend in eine entlegene Ecke an der Wand, um dem nächsten Angriff auszuweichen. Das Blut, das aus der Nase strömte, rann quer über meine Wange und besudelte die Haut unter meinem Ohr, den Hals und die Unterwäsche. Da ich es gewöhnt war, auf die Nase geschlagen zu werden, hörte die Blutung rasch auf, aber die Angst, die von meinem Unterleib den Rücken hinaufkroch, und die Tränen, die über den klebrigen Film meines Bluts liefen, das zu gerinnen begann, schienen niemals mehr ein Ende zu nehmen.

»Habt ihr kapiert?! Wenn ihr nicht wollt, daß euch dasselbe passiert, dann verhaltet euch ehrlich und aufrichtig gegenüber uns!« sagte der Schulze langsam und drohend nach einem Moment der Stille. »Gebt zu, daß nichts passiert ist und ihr nichts gesehen habt! Und morgen beginnt ihr ernsthaft euer Leben als Evakuierte!«

Meine Kameraden verkrochen sich förmlich in sich und schwiegen in der Dunkelheit, wie kleine Tiere. Sie schwiegen wirklich so eisern, wie es ihnen möglich war, und das übertrug sich auch auf mich. Aber mir war klar, daß ihr Schweigen nicht von langer Dauer sein konnte.

»Jeder, der sich den Vorstellungen des Dorfs widersetzen will, soll sitzenbleiben! Die anderen stellen sich an der Wand auf! Sie erhalten Reisklöße von uns.«

Unruhe entstand, wie eine kleine Knospe, und wurde rapide größer. Der Mann mit dem blutverschmierten Speer trat einen Schritt nach vorne und rief mit heiserer Stimme:

»Alle, die Einwände gegen das haben, was der Schulze sagte, bleiben sitzen – und zwar ganz ruhig, sie bekommen von mir nämlich Prügel!«

Ein Junge schnellte in die Höhe und ging schwer atmend zur Wand gegenüber, wo er, die Stirn an die Holzbretter gepreßt, am ganzen Körper bebte und schluchzte. Langsam stand ein zweiter auf und folgte ihm, erfüllt von brennender Scham. Und nach kurzer Zeit befanden sich auf meiner Seite nur noch Minami und Li, der unentwegt zitterte, den Blick gesenkt.

»He, wie lange soll das mit eurem Starrsinn noch weitergehen?« fragte der Schulze, und seine Stimme klang zutiefst vorwurfsvoll. Einer der Männer stieß mit dem Speer gegen Minamis Wange. Aus seinem verletzten Mundwinkel begann langsam Blut zu rinnen, während ein gleichgültiges, höhnisches Grinsen voller Kälte sein bleiches Gesicht verzerrte und es unter sich begrub. Er wich dem Speer aus, der sich abermals seinem Gesicht näherte, und stand auf. Hartnäckig jeden Blickkontakt mit mir vermeidend, ging er hinüber zu den Kameraden an der Wand und sagte dabei:

»Ich hab's gesehen! Und es war ein Heidenspaß, im Stich gelassen zu werden! Kein Problem, darüber zu schweigen.« Dann brüllte er wild die Jungen an, die ihm den Rücken zuwandten und mit hängenden Köpfen zitterten.

»Ich seid doch sicher auch hungrig?! Und möchtet bestimmt Reisklöße essen, was!«

»Li!« sagte die triumphierende Stimme des Schulzen, die jetzt den Raum beherrschte. »Willst du dich etwa gegen mich auflehnen?«

Li hob furchtsam ein wenig den Kopf, schielte zum Schulzen hinauf und begann dann stammelnd zu sprechen, in einem Ton, als flehte er ihn an.

»Ich«, sagte er äußerst unterwürfig in einem rauhen Dialekt. »Ich wollte hier zusammen mit den andern im Dorf bleiben, um es zu bewachen. Zuerst hab ich auch daran gedacht zu fliehen, aber später wollte ich dann das Dorf bewachen. Wir haben sogar das Fest der Jagd gefeiert...«

»Und was hat das damit zu tun?« schnitt ihm der Schulze das Wort ab. »Ich hab was gefragt! Was das damit zu tun hat, will ich wissen!«

»Damit wollte ich...«

»Hast du dir schon einmal überlegt«, sagte der Schulze gefühllos, ohne Li Gehör zu schenken, »was aus eurer Siedlung wird, wenn du dich mir und dem ganzen Dorf widersetzt? Wir können euch alle verjagen, schon morgen, zum Beispiel!«

Li hielt stand. Ich sah, wie sich in den Gesichtern, die sich im dunklen Eingang drängten, wie sich in den weißen, flachen Gesichtern der Menschen Angst ausbreitete. Aber keiner von ihnen sagte etwas.

»Der Polizist meint, daß sich der Deserteur möglicherweise in eurer Siedlung versteckt hat. Sollte das zutreffen, dann wandert ihr alle ins Gefängnis! Und ohne unsere Hilfe könnt ihr nicht mehr ins Tal zurück. Verstehst du das nicht?!«

Li zog seine Hand von meinem Knie weg. Er stand rasch auf, schluchzte tief in der Kehle und verließ die Scheune, nachdem er sich mit hängendem Kopf einen Weg durch die Leute aus dem Dorf gebahnt hatte. Wut und Trauer fielen mich an, als ich beobachtete, daß Li und die Leute aus seiner Siedlung fluchtartig wegrannten, während die Gesichter anderer Leute aus dem Dorf den Eingang versperrten.

Und dann blieb nur noch ich. Der Schulze drehte sich um und erwiderte ruhig meinen haßerfüllten Blick. Wir starrten uns wortlos an.

»He, wie steht's nun? Was soll das, daß du ganz alleine wegen einer derartigen Lappalie ein solches Theater machst? Die Leute aus dem Dorf haben doch nur für einige Tage das Tal verlassen – mehr ist nicht geschehen. Ihr wart es doch, die sich in der Zwischenzeit etwas zuschulden kommen ließen! Wovor wir allerdings gnädig die Augen schließen, wie ich bereits sagte.«

Ich schwieg verbissen. Feindseligkeit schlug mir aus den zahllosen Augen der Dorfbewohner entgegen. Frauen brachten große Platten, auf denen sich Reisklöße türmten, und einen eisernen Topf mit Suppe. Und dann wurden die Klöße und die heiße Suppe, die in Holzschalen schwamm, an meine Kameraden ausgeteilt. Es war richtiges Essen, menschliches, reichhaltiges Essen, wie wir es niemals während der vielen Monate in der Besserungsanstalt und auf unserer langen Reise zum Tal bekommen hatten – und auch nicht in den Tagen, als wir Kinder auf uns allein gestellt waren. Es war nicht das kalte, mechanische Essen, das vom normalen Leben und von der Liebe abgeschnitten ist, es war Reis, zu Bällchen geformt von den Händen von Frauen, die ihr Leben in Freiheit auf Feldern, Äckern und Straßen verbrachten, und es war Suppe, die von den Zungen normaler Hausfrauen vorgekostet worden war. Während meine Kameraden das Essen hinunterschlangen, wandten sie mir hartnäckig den Rücken zu, offensichtlich schämten sie sich vor mir. Aber ich schämte mich selbst vor mir, schämte mich wegen des Speichelflusses in meinem Mund, schämte mich für meinen Magen, der sich schmerzhaft zusammenzog, schämte mich für den Hunger, der das Blut noch im letzten Winkel meines Körpers vertrocknen ließ.

Als der Schulze schweigend auf mich zukam und mir eine Platte mit Klößen und eine Holzschale unter die Nase hielt, schlug ihm mein zitternder Arm beides aus der Hand – und es ist vielleicht genau auf diese würgende Scham zurückzuführen, daß ich das tat. Der Schulze aber ging schnaubend auf mich los und stöhnte, während seine hochgezogenen Lippen krampfartig zuckten.

»Schluß mit deinen Unverschämtheiten!« brüllte er.

»Hörst du, jetzt ist Schluß mit deinen Unverschämtheiten! He, für was hältst du dich eigentlich? Lumpen wie du sind überhaupt keine richtigen Menschen. Du bist nichts weiter als eine Mißgeburt, die ihre miesen Erbanlagen in der Gegend verbreiten wird! Es nützt niemandem etwas, daß du groß und erwachsen wirst!«

Der Schulze packte mich am Kragen und erwürgte mich fast, während er vor Wut auch selbst kaum noch Luft bekam.

»Hörst du mir zu?! Lumpen wie dich sollte man erwürgen, solange sie noch klein sind. Man wartet bei Mißgeburten nicht, bis sie groß sind, um sie zu zerquetschen. Wir sind Bauern, und wir reißen schädliche Keime immer gleich am Anfang aus.«

Bleich, wie er war, die sonnenverbrannte Haut mit Schweiß bedeckt, wirkte er wie ein Kranker, der an einem Fieberschub leidet. Er stand zitternd da, während er mir seinen Atem, der nach vereitertem Zahnfleisch roch, zusammen mit Spucke ins Gesicht blies. Ich dachte mir, daß ich ihn in Panik versetzt hatte, was mich aber keineswegs stolz machte, sondern vor blinder Furcht zittern ließ.

»Hört du mir zu? He, hörst du mich?! Weißt du«, brüllte der Schulze, »wir können dich auch in die Schlucht hinunterwerfen! Kein Mensch wird uns einen Vorwurf machen, wenn wir dich töten!«

Er schüttelte seinen Kopf mit dem kurzgeschnittenen grauen Haar und schrie dann mit wuterfüllter Stimme:

»He, ihr Strolche! Zeigt mich einer von euch an, wenn ich ihn umbringe?«

Ich stand da, zurückgebeugt, einen würgenden Arm um

den Hals, und meine Kameraden schwiegen verängstigt und verrieten mich.

»Hast du kapiert? He, hast du jetzt endlich kapiert?«

Ich schloß meine Augen und nickte, an meinen Wimpern hingen bittere Tränen. Und ob ich kapierte! Ich war am Ende, stand auf dem Schafott, und alle ließen mich im Stich. Der harte Griff an meinem Kragen lockerte sich, ich atmete tief ein, hustete leise und versuchte, mich zusammenzureißen. Ich wollte nicht, daß die Kameraden, die mich verraten hatten, die wenigen Tränen sahen, die zitternd an der trockenen Haut unter meinen Augen hingen.

»Also, das hätten wir! Iß etwas!« sagte der Schulze.

Ich weigerte mich, den Kopf gesenkt. Der Schulze legte mir die Arme auf die Schultern und starrte mich an. Dann erhob er sich und ging zum Schmied, mit dem er sich leise zu unterhalten begann. Der Sack mit meinen Siebensachen wurde mir gegen die Knie geschleudert.

»Steh auf!« sagte der Schulze.

Ich hängte mir den Sack über die Schulter und stand auf. Der Schmied und einige weitere, gleich ihm ungewöhnlich starke Männer, deren sonnenverbrannte Haut sich zwischen den einzelnen Muskeln einbuchtete und vor Schmutz starrte, umringten mich. Von ihnen mitten durch die Dorfbewohner geschleift, erreichten wir den Platz vor der Zweigschule. Dort ließen sie mich im Stehen warten. Die Dorfbewohner scharten sich vor der Scheune zusammen und sahen mich an. Ich zitterte in der Kälte. Es war dunkel und der Schnee verharscht.

Nach einer Weile trat der Schulze aus der Scheune. Und kam mit großen Schritten auf mich zu. Ich wartete angespannt auf ihn.

»He!« sagte der Schulze. »Jetzt hör mal zu!«

Erfüllt von bösen Vorahnungen, bebte ich am ganzen Körper.

»Wir könnten dich töten, aber wir schenken dir das Leben«, sagte der Schulze in einem Atemzug und schaute mich aus Augen an, in denen ein dunkles Licht glomm. »Du wirst heute nacht aus dem Dorf verschwinden! Und dann machst du dich aus dem Staub, so weit weg wie nur möglich! Denk daran, daß niemand hier zu deinen Gunsten aussagen wird, falls du uns bei der Polizei anzeigen solltest! Und vergiß nicht – für den Fall, daß du in die Besserungsanstalt zurückkehren willst –, man wird dich dort bestrafen, weil du von hier weggelaufen bist!«

Die Worte des Schulzen, die voller Haken steckten, drangen nicht richtig zu mir durch, aber ich biß mir auf die Lippen und nickte. Vom Schmied und einem anderen Mann an den Armen gepackt und fast übers Pflaster geschleift, ging ich die Straße entlang. Schweigend stiegen sie und ich zur Anhöhe über dem Tal hinauf.

Der Mann blieb zurück, um den Flaschenzug der Lore zu bedienen, und mußte rittlings auf der Apparatur sitzen, bis sich die Lore in Bewegung setzte. Also kauerten sich zunächst nur der Schmied und ich in den schmalen Karren, unsere Knie aneinandergepreßt, und umgaben uns wie Tiere mit düsterem Schweigen. Sobald der Flaschenzug arbeitete, den der Mann flink in Gang gebracht hatte, lief er geräuschlos über die Schwellen und stieg bei uns ein. In dem Moment, in dem er sich setzte, trat er mir mit seinen schneebedeckten Schuhen auf die bloßen Finger, und ich schrie auf. Aber die beiden Männer, die sich in angstvoll zitternde, nächtliche Tiere verwandelt hatten, schwiegen und reagierten nicht auf mein Stöhnen. Verfolgt von dem leisen Scheppern des Seils, steckte ich meine schmutzigen Finger in den Mund und schmeckte Schnee und Dreck und Blut auf der Zunge.

Nicht mehr lange, und ich würde aus der ausweglosen Situation, in der ich gefangen war, vertrieben werden, hinaus ins Freie. Aber auch dort würde ich unverändert eingeschlossen sein. Eine Flucht war vollkommen unmöglich. Drinnen wie draußen warteten geduldig harte Finger und grobe Arme, um mich zu zerquetschen und zu erwürgen.

Als die Lore hielt, stieg der Schmied aus, noch immer mit einer Waffe in den Händen. Ich folgte ihm. Und plötzlich griff er mich an, das Zahnfleisch entblößt. Ich ließ mich nach vorne fallen, und seine Eisenstange, die meinen Hinterkopf streifte, sauste mit einem dumpfen Laut ins Leere. Ich erhob mich vom Boden und stürzte blindlings in ein dunkles Gewirr von Büschen hinein, bevor der Schmied abermals ausholen konnte. Ich rannte weiter, hinein in die Finsternis zwischen den tiefschwarzen Bäumen, während Blätter gegen mein Gesicht schlugen und meine Füße sich in Efeu verfingen, ich blutete am ganzen Körper, da meine Haut überall aufgerissen war, und fiel dann erschöpft mitten in Farne hinein, die tief unter dem Schnee begraben lagen. Ich stützte mich auf die Ellbogen und richtete mich auf, und um mein Schluchzen zu unterdrücken, konnte ich nichts tun, als meine Kehle an der nassen Rinde eines kalten Busches zu reiben. Aber das Schluchzen drang weiter, endlos, zwischen meinen verdreckten Lippen hervor und würde, davongetragen von der dunklen, feuchten Luft, dem Schmied und den anderen, die weit unten am Hang nacheinander riefen und auf der Suche nach mir verzweifelt herumrannten, mein Versteck verraten – dem Schmied und den anderen Dorfbewohnern, die nach meinem Blut gierten. Um mein Schluchzen zu dämpfen, riß ich den Mund auf und begann wie ein Hund zu hecheln. In Erwartung des Angriffs der Dorfbewohner starrte ich durch die dunkle Nachtluft und umklammerte dann mit meiner eiskalten Faust einen Steinklumpen, um für den Kampf gewappnet zu sein.

Aber ich wußte nicht, was ich tun sollte, um den Gefahren auszuweichen, die mich erwarteten, wenn ich auf der Flucht vor den brutalen Leuten aus dem Dorf durch den nächtlichen Wald lief. Ich wußte nicht einmal, ob ich noch genügend Kraft haben würde, um wieder loszulaufen. Ich war nichts als ein erschöpftes Kind, das in wahnsinniger Wut Tränen vergoß und vor Hunger und Kälte zitterte. Plötzlich kam Wind auf und trug die Schritte der Dorfbewohner, die mir bereits dicht auf den Fersen waren, zu mir herüber. Mit zusammengebissenen Zähnen stand ich auf und rannte zwischen dunkleren Zweigen hindurch, hinein in das Dickicht, in noch größere Dunkelheit.

Kenzaburō Ōe

Der kluge Regenbaum

Vier Erzählungen

Aus dem Japanischen von
Buki Kim und Siegfried Schaarschmidt

Band 13235

Soweit das Werk des Autors in deutscher Sprache nachzulesen
ist, findet man bei ihm häufig diese Themenkomplexe wieder:
die kleine überschaubare, durch die Zivilisation zutiefst ver-
störte Dorfwelt seiner Heimatinsel Shikoku; geistig behinderte
Menschen (zumal Kinder); Angst vor Identitätsverlust (oder tatsächlich eingetretener Identitätsverlust); unüberbrückbare Ge-
gensätze zwischen traditionell japanischen und amerikanischen
Denk- und Verhaltensweisen. Diese Aspekte finden sich auch
in den vier Erzählungen, die in diesem Band versammelt sind.
›Der Sündenbock‹ handelt von einem japanischen Mediziner,
dessen Diplome in Mexiko nicht anerkannt werden und der
sich nur mühselig im sozialen Abseits (z.B. als Abtreibungs-
arzt in einem Bordell) durchschlagen kann. Obwohl die Tex-
te auf den ersten Blick sehr japanbezogen erscheinen, erwei-
sen sie auf den zweiten Blick, daß der Autor, allgemeinmensch-
liche und international gültige Themen anschlägt. Es geht um
Schuld, Versagen, Irrationalität.

Fischer Taschenbuch Verlag